喪眼人偶

澤村伊智

目錄

序章

那東西起初還在遠處，現在卻已來到床邊。

站在那兒，抬頭看著我。

雖然用棉被蓋著頭，但我就是知道。

因為我感受到一股不應該有的氣息，這裡明明應該沒有別人。

我的腦海中，突然浮現那東西的身影。

是祂。

祂的樣子和那女孩敘述的一模一樣——貓咪般的大小，穿著黑色長袖和服，頂著妹妹頭，雙手低垂，脖子微傾。

臉上纏著紅色的……

我下意識地睜開雙眼，在伸手不見五指的棉被中大口喘氣。

祂就在這片黑暗的外面。

我與祂之間，只有一條棉被之隔。

祂花了四天的時間，終於靠近我至此。

四天了，距離我從那女孩口中聽到這個都市傳說，已經四天了。

那女孩教我的防身歌跟避邪咒根本就不管用。

念咒、貼符、灑酒驅邪……能試的我都試了，但都毫無作用。

為什麼她可以全身而退，我卻落得如此下場？

我知道三島她們全都死了。那女孩在教如何避開死劫時，她們根本就沒在聽。而且她們笨得要命，緊急時刻肯定想不起來那首歌怎麼唱。

據我所知……除了她們，其他人都活得好好的。

怪了，聽過這個都市傳說的人，應該不只我跟三島她們啊。

難道其他人都把「程序」記得清清楚楚，一步不差地照做了？

不可能，絕對不可能！

這個想法看似合理，但我很確定，這是不可能的事。

那麼饒舌的防身歌，大家真的都會唱嗎？最後的咒語也都背得起來嗎？

這對大人來說都很困難，更別說是孩子了。

正常的大人，怎麼可能把都市傳說當一回事呢？

若把歌詞、咒語抄起來隨身攜帶，倒就另當別論了。但照理來說，應該不會有人這麼做。

既然如此，那就只有一個可能了——

詛咒並非來自那東西。

而是來自那個女孩。

仔細想想，那女孩從一開始就很可疑。她並非單純的個性陰沉，也不是普通的怪人。看來，那個令人反感的流言並非空穴來風。

光是待在她身邊，就讓人感到全身不對勁。

那感覺該如何形容呢？像是待在漏氣處。

或是洞口邊？

又或者該說是縫隙旁呢？

『詛咒是人創造出來的。』

偏偏在這時候，腦中響起了我最不想聽到的聲音。

明知是幻聽，卻忍不住繼續聽下去。

『連我們都看不到，這才麻煩。』

那聲音繼續說。傲慢而冷淡，一副無所不知的口氣。

彷彿根本不在乎我的死活。

『不碰詛咒才是聰明的作法。不過，像妳這種小鬼，應該不懂這個道理吧？』

「煩死了！」

我大吼出聲。聲音消失在棉被裡。

妳不也是個小鬼嗎?跟我有什麼兩樣?

連妳都知道的事情,我怎麼可能不知道?重點在於邏輯,只要用邏輯思考,一切就簡單多了。

要填滿縫隙並不是件容易的工作。我不是不知道方法,但這個方法非常耗時,還會讓我看起來像個蠢蛋。

況且我已經沒時間了。

消除詛咒最簡單的方法……

妳心裡想的,那個能救我一命的……

獨一無二的方法。

就是追根溯源,消滅詛咒的元凶。

一定是這樣的,絕對不會錯。

『妳做得到嗎?』

那聲音問。

「做得到。」

我出聲回答。我做得到,這麼簡單的事情我當然做得到。無論是現在還是以後,只要是妳做得到的事情,我一定也做得到。

我掀開棉被,鼓起勇氣看向床邊。

床邊什麼都沒有。

正當我覺得奇怪時——

呵呵、呵呵呵呵……

背後傳來一陣笑聲。我反射性地往聲音的方向看去。

祂就在我面前。

黑、白、紅色的——

人偶……

就站在我的枕頭上，在我眼前的，是纏繞著起滿絨毛、散亂的大紅色……

喔呵呵呵呵呵……

繩子後方傳來悶笑聲。

我連滾帶爬地跌下床，睜大眼睛瞪著人偶，這才發現不對勁。

一切都連起來了，我發現這個詛咒的運作模式了。

這是很常見的模式。

對吧？妳也是這麼認為的吧？

姊姊。

『……』

回答我啊！姊姊！

告訴我，我的推理正不正確。
然後我一定能把這件事做好。
而且比妳做得更乾淨俐落！
快說啊！回答我！
告訴我是或不是就夠了！
不行的話，妳只要在旁邊看著我就行了。
拜託，求妳了。
妳不是無所不知嗎？
妳難道沒注意到我現在很危險嗎？
那東西已經來到我面前了！
我向妳道歉，我保證以後不會再說那種話了。
我不會再直呼妳的名字，晚上也會好好回家。
乖乖去學校，乖乖上課。
所以、所以、所以……
求求妳救——
門突然打開了。

那女孩站在門口，目瞪口呆地看著我。

隨後低喃了一陣，走了進來。

太好了，她竟然自己上門了。

我不禁露出一抹笑容，開口說：

「我正想找妳呢，貞子。」

第一章 貞子

一

如果不在明天一早前送印，就真的要開天窗了。

「你們這樣，搞不好真的會趕不上出刊日喔！」

晚上十點，印務部的北原姊一走進編輯部劈頭就這麼說。平時總是沉著冷靜的她此刻表情相當凝重，我在這裡待了兩年半，還是第一次看到她這麼緊張。

「是啊……」

戶波總編搔了搔斑白的長髮，口中念念有詞。臉曬得黝黑，此時此刻，眼尾的三條皺紋看上去比平常更深了。前輩們的座位區，不斷傳出嘆氣和咂嘴聲。

如今出版業不景氣，雜誌銷售量一片慘澹，《月刊　胡說八道》因退書率居高不下，早已成為董事長的眼中釘。以前公司上下就傳言董事長要以「休刊」的名義廢掉這本雜誌，若這次再因延遲上市而造成公司損失，就真的難逃廢刊的命運了。這一點，就連身為計時人員的我都非常清楚。

戶波總編把戒菸棒往桌上一丟，對我叫道：

「藤間！」

「啊、有！」

我急忙起身應聲。

「有聯絡到阿湯嗎？」

戶波總編都叫湯水先生「阿湯」。湯水清志——作家，負責撰寫我們雜誌的〈都市傳說的源流〉連載專欄，該專欄以黑白跨頁為始，篇幅長達三頁，也是我們此時此刻的燙手山芋。

他從上週開始就音訊全無，也沒把稿子寄給我們。

而好死不死，我是他的責任編輯。

「還沒。」我先發制人地說：「我從中午開始每隔十五分鐘就打給他一次，可是都沒人接，五分鐘前也打了一次。」

「你是打他家還是手機？」戶波總編又問。

「都打了。」

「他有回電子郵件嗎？」

「沒有。」

「你是寄電腦的信箱？」

「我也傳了手機簡訊給他。」

「你有沒有跟他說事態的嚴重性？還是說得很含蓄？」

「我、我寫得很嚴重，標題還寫了『急件！速回！』」

「LINE呢？傳了嗎？」

「傳了，但他沒有讀。」

「他最近有上Twitter發推文嗎？」

「最後一則推文的時間是上個月底，內容也很正常。對了，他也沒有回Twitter的私訊跟留言。」

「Facebook呢？」

「一樣，貼文跟留言都沒回，聊天室也顯示離線。」

「mixi呢？」

「呃……」好久沒聽到這個詞，我感到一陣頭暈目眩，「他應該沒有玩mixi吧。」

我回答得很委婉。mixi是大約十年前，我念國高中時風靡一時的社群網站，剛註冊時我也成天泡在上面，但現在已經好久沒玩了。

「藤間，你怎麼不早點跟我說呢？」

北原姊雙手叉腰瞅著我，彷彿在看一個做錯事的孩子似的。我下意識地縮起身子，躲避她的視線，將注意力放到四周。

對面的佐佐岡面無表情地盯著螢幕，抖腳抖到全身都在微微顫動，而且不斷用腳打拍子——這是他煩燥時的小動作。

隔壁的周防則撐著下巴，粗魯地按著平板電腦的螢幕。

只有「實習生」岩田彷彿置身事外，一臉從容地吃著從便利商店買來的麻婆豆腐蓋飯。

我已經在反省了。

這次真的是我的錯，當初聯絡不到作者、注意到大事不妙時，我就應該立刻跟戶波總編報備。然而，我卻決定獨自面對問題，因而鑄下大錯。

「真的很對不——」

「現在道歉太遲了吧，笨蛋。」

戶波總編笑著說完，抬頭看向北原姊。

「小北，抱歉喔，因為阿湯從來沒有出過包，是我太大意了。至於這傢伙，因為他最近表現一直都很好，我也就沒有過問他的工作情形，是我這個做總編的監督不周。」

戶波總編很乾脆地說完。

北原姊嘟起紅唇，沒有回答。

「藤間，你版面設計好了嗎？」

戶波總編突然問我。

「設計好了。」

「只剩下編排文字？就只等阿湯的稿了？」

「是的。」

「主題是什麼？」

「嗯……這次是單篇主題，收音機體操第三……」

「單篇啊？好！」

戶波總編輕巧起身。

「給我十五分鐘，我找新主題做替換，佐佐岡！」

「有。」

佐佐岡一聲重低音回答後，抬起頭來。

「我找到主題後會給你簡略的結構，由你負責找圖片。如果編輯部沒有適合的圖片，就到網路上找，記得要找沒有版權問題的喔。」

「好。」

佐佐岡再度看回螢幕。

「周防。」

「……有。」

「你負責修正版面跟編排文字，我寫完稿前你可以先睡一下。」

「好，那我先失陪了。」

周防起身時發出椅子磨地的聲音，隨後大步走出辦公室。

「藤間。」

「有。」

我已經做好心理準備，照這個流程來看，等總編決定好主題，負責寫稿的應該就是我了。看了看時鐘，期限是明天早上九點，稿子最晚一定要在早上六點前寫完。也就是說，我得在不到八小時的時間內生出五千字，還得扣掉下筆前查資料跟思考的時間。

我有種胃中塞了鐵塊的感覺，說老實話，我不覺得自己能夠勝任這個工作。然而事到如今，已不是說聲「我做不到」就能解決問題，我已經沒有選擇了。這次要是搞砸的話，一定會被炒魷魚。

「我、我會加油。」

我的聲音略微嘶啞。

「你在說什麼？喔，我懂了。」

戶波總編莞爾。

「怎麼可能讓你寫稿啊？這次是總編我闖出來的禍，當然是由我來寫。」

總編爽快地說，看上去有些躍躍欲試。

胃中的鐵塊消失了，取而代之湧上心頭的是另一股情緒。

「真、真的很抱——」

「沒關係啦。」

戶波總編轉了幾下肩膀說：

「藤間，你等等能幫我去阿湯家看一下嗎？你知道他家在哪吧？」

「我知道，在笹塚。」

「嗯……」戶波總編拿下叼著的戒菸棒，「你還年輕大概不知道，很多單身男人啊……過了五十歲之後會突然變得很厭世。」

雖是帶著微笑說的——

眼裡卻不含一絲笑意。

從公司走到都營新宿線・新宿三丁目站的路上，天空開始下起小雨，而走出笹塚站時已成了滂沱大雨。

早知道就帶傘來了，兩個大男人共撐一把傘真是難看。

「我都隨身攜帶雨傘，因為書淋濕就不能看了。」

走在我身旁的岩田說。他穿著一身軍綠外套，一副陪笑的模樣，將稍大的折疊傘微微往我這邊傾斜過來。路過的汽車車燈照在他圓圓的娃娃臉上，映出他口裡吐出的白煙。

剛才戶波總編要我去湯水先生家時，岩田突然朗聲說：「我也要去！」那聲音開朗到讓人覺得他搞不清楚狀況，惹得戶波總編苦笑回應：「你好熱心喔，年輕真好。」

岩田哲人，二十五歲，跟我同年，在S大學研究所攻讀民俗學。喜歡超自然現象和稀有書，偶爾會幫忙我們做編輯工作，又或是處理簡單的稿件。因他和我不同，並非正式僱用的計時人員，所以薪水是從編輯預算中扣除支付的。

在作家野崎先生的介紹下，半年前他開始進出編輯部。前輩和總編大概是考慮到我們正缺人手，再加上有野崎先生掛保證，所以大家都沒有異議。

事實上，岩田做事非常認真。自從他來了以後，辦公室整潔乾淨到讓人懷疑自己走錯樓層，因此，無論是戶波總編還是諸位前輩都相當疼愛他。

他們對他，比對我好多了。

「我一直很想去作者家拿一次稿。」

岩田朝氣蓬勃的聲音把我拉回現實之中。見他一副興致高昂的模樣，我說：

「我們不是去拿稿，稿是戶波總編要寫的。」

「我知道啊。」

岩田一副毫不在乎的態度讓我感到傻眼。同時也意識到，自己跟他一起被派出來跑外務是多麼悲慘的事。

戶波總編是不是認為我沒有能力一個人跑外務，所以才讓岩田跟我一起來呢？

喔不，這不是「外務」，甚至連「工作」都稱不上。

我哈了一口氣，其中混雜著嘆息。「這其實是戶波總編個人的委託，因為擔心原本同期的安危，所以才叫我們去一探究竟。」

聽到我這麼說，岩田睜大了眼睛。

「同期？」

「湯水先生本來是我們公司的員工，他跟戶波總編是同屆畢業、應屆考進公司，那時公司還不叫做GIGA出版社。不僅如此，湯水先生還是《月刊 胡說八道》的創刊成員，是我們的老學長、大前輩。」

「哇！」岩田大驚小怪，一雙眼睛閃閃發光，「原來湯水先生是創刊元老啊！真是個大師級人物呢！」

他的反應再度讓我傻眼，當學生真好，無憂無慮的。

我們沿著大路走到一家營業到深夜的超市前，右轉進入小巷。又轉了幾個彎後，在一棟老舊的公寓前停下腳步。門口的牌子用復古字體刻寫著「都會笹塚」——就是這裡。

我們走進敞開的玻璃門，通過電梯，進到開著日光燈的走廊。嘖了一聲繞過隨意擺放在走廊上的三輪車。

湯水先生的自宅兼工作室位於一樓內部的最角落——一〇七號房。我呼了一口氣，按下褐色的門鈴。

門內傳來微弱的叮咚聲。

沒有人應門，裡頭靜悄悄的樣子。

「他會不會已經睡了？」

岩田一邊收傘一邊悄聲低語。

「不可能。」

我小聲回道。湯水先生是個不折不扣的夜貓子，若是平常，這個時間他一定還沒睡。

我又按了一次門鈴，結果不出所料，依舊沒人應門。

「一般來說這種情況……」岩田把臉湊過來，故作正經地說：「門應該沒上鎖才對。」

「不會吧……不過也很難說。」

我半信半疑地壓下門把，隨著一聲悶響，我的指尖感到一股反作用力。門果然是鎖著的。

「也是啦。」

岩田失望地聳聳肩。

我嘆了口氣，為求保險，還是檢查了一下門右邊的窗戶。但可想而知，窗戶是鎖著的，而且窗簾緊閉，我們看不見屋裡的狀況，只知道裡頭沒開燈。

「他有常去光顧的店嗎？」

岩田小聲問。

「店？」

「我是說，文壇人士常去的酒吧之類的店？」

「沒有，湯水先生不喝酒。」

「是喔！居然有作家不喝酒？」

「……他以前會喝，但離婚後就戒酒了。很久以前的事了。」

「哇，他離婚啦？果然是大師級人物。他是外遇還是負債？」

岩田笑著看向遠方。

世上對「文字工作者」的印象大概就是這樣吧？愛喝酒、整天泡在酒吧、拋家棄子、金屋藏嬌、毫無生活能力、欠一屁股債，最後搞得妻離子散……

不對，這未免也太老派了吧？而且都是過去大牌作家給人的印象，跟湯水先生這種現代超自然作家完全扯不上邊。

退一百步來說，假設湯水先生跟這些大牌作家有一樣的特質，那就更慘了。因為，大牌作家的結局，通常都跟戶波總編所擔心的一樣——

自殺。

我現在更擔心湯水先生了。

「我們是不是應該報警？」

一想到這裡，這句話便脫口而出。

「要嗎？」岩田歪頭，「要到陽台看一下嗎？」然後指向門口，用手指畫出到陽台的路線。

突然一陣音樂大響，把我和岩田嚇得同時跳起——是我的手機鈴聲。我急忙從口袋拿出智慧型手機。

「噓！」

見岩田伸出食指放在嘴前，我不禁嘟噥了一句：「知道啦。」看到螢幕上顯示「佐佐岡慎也」五個大字，我不禁鬆了一口氣，按下接聽鍵，靠在牆上，遮住嘴巴低聲道：

「喂，我是藤間。」

『我是佐佐岡。』

「是，辛苦了！」

『你現在在哪？湯水先生家嗎？』

「對。」

『有找到他嗎？』

「沒有，按電鈴沒人應門，大門也鎖著。」

『是喔……』

他靜默了一陣。

『戶波總編有跟你說鑰匙的事嗎？』

「鑰匙？」

我試著回想出發前戶波總編跟我說的話——說有任何狀況都要立刻聯絡，沒有進展的話就在五點前回到公司，除此之外我就想不起來了。我把事情告訴佐佐岡後，他說：

「我想也是。」

語畢，話筒傳來類似風的吹拂聲。我想那大概是佐佐岡的苦笑聲，他平常很少笑，就算笑也都只是嗤之以鼻。

『湯水先生他啊……』佐佐岡靜靜地開口，『平常都把鑰匙藏在瓦斯表裡，你把蓋子打開，下方有個像藏寶箱的東西，鑰匙就放在裡面。』

「是喔……」

『他以前都是放在那邊。從前還在用紙本交稿的時候啊，他覺得一一應門太麻煩了，所以都是叫我們這些編輯自己拿鑰匙開門。』

既然如此，何不一開始就不要鎖門？正當我這麼想時，佐佐岡又說：

『那時候他可是當紅炸子雞，無論什麼時候去找他，他都在寫稿。』

話筒再度傳來鼻子發出的苦笑聲。

我道謝後掛斷電話，也不管在一旁直問「什麼什麼？他說什麼？」的岩田，自顧自地打開位於大門左側的瓦斯表。

一彎下腰，就看見佐佐岡說的「藏寶箱」。那是一個亮銀色的小型塑膠盒，我用雙手捧起盒子，打開一看，裡面裝著一把再普通不過的鑰匙。呼……我不禁鬆了一口氣。

這樣我們就能進去了，可是……

腦海中不禁浮現淒慘的景象，我連忙起身，告訴自己不要胡思亂想。

插入鑰匙轉動後，門鎖應聲而開。我拔出鑰匙後看向岩田，他雖然嘴上「喔喔」地直感嘆，表情卻充滿不安。看來，他似乎跟我有同樣的疑慮。

雨聲愈來愈大，頭上的日光燈很刺眼。

我握住門把，緩緩將門拉開。

剛踏進漆黑的門口便聞到一股異臭。我心想：這是屍體的味道，不過記憶立刻否定這個想法，因為我以前聞過這個味道。

那是一股焦味，正確來說，是東西燒完後的餘味。

去年在我住的公寓附近，有間破舊不堪的房子發生火災。所幸火勢尚未蔓延開來就被撲滅，無人傷亡。

不過，火災過後的好一陣子，附近便瀰漫著一股焦臭味。就連我房間都聞得到，那味道害我吃不下也睡不著，光是待在家裡都成了一種酷刑。無計可施之下，晚上只能借住在公司和朋友家。

這間房裡的味道和我當時聞到的味道一模一樣，也就是說——

「咦？這裡發生過火災嗎？」岩田在我背後問道。

「應該不是。」我搖搖頭回答。

我們兩人都是壓低聲音說的。

大門關起來前，我瞄到牆上的電燈開關。伸手按下後，橘色燈光瞬間照亮短廊。房門半掩著，看不到裡面的狀況。

「啊。」岩田連忙說：「打擾了！」

見他戰戰兢兢地提高音量，我也跟著喊道：

「您好，我是《月刊　胡說八道》的編輯藤間。」

可想而知，無人回應。

我脫鞋進屋，沿著走廊緩緩前進。

一推開房門，那股焦味更濃了，我不禁皺起眉頭。

房裡相當昏暗，門的左手邊有一座流理台和雙口瓦斯爐。看來這裡是廚房，裡頭還有另一道門。

木頭地板上散落著黑黑的東西。

岩田從我身後伸手按下牆壁上的電燈開關，這次亮起的是白色日光燈。

「……這是文件嗎？」

他指的是地板上的東西。我也覺得是文件，那是一疊厚厚的Ａ４紙，上面布滿燒焦的痕跡，還有好幾個褐色邊緣的小洞。大大小小的灰燼散落得滿地都是。

我彎下腰定睛一看，發現那疊「文件」上有似曾相識的咖啡色格紋，以及手寫文字。

「是稿紙，手寫稿。」

「咦？湯水先生還在交手寫稿喔？」

「不是，他是交電腦檔案。」

「那怎麼會有這個……」

看到岩田蹲下盯著稿子的模樣，我恢復了原來的冷靜，並想起我們來這裡的目的。

「別管那個了，走吧！」

對岩田說完後，我小心翼翼地避開地上的灰燼，輕推開另一道門。

一推開門，一股完全不同的味道撲鼻而來。

我之前絕對沒有聞過這個味道。但我敢肯定，我不得不肯定……

這絕對是死屍的味道！

那是一間客廳兼飯廳，雖然漆黑一片，但在廚房燈的照耀下，還是看得到裡面的傢具擺設。電視、櫃子、窗簾、沙發，以及一整面高及天花板的書櫃、書櫃、書櫃。不僅如此，餐桌、地板上也丟滿了書。更裡面還隱約看得到一張書桌，桌上放著一台電腦螢幕，桌前聳立著椅背的黑影。

前方地上倒著一個大型的黑色塊狀物。從大小形狀看來，那絕對是——

「藤間哥。」

岩田的聲音小到幾乎要聽不見。我轉頭看向他，他一臉快哭出來的表情看著我，伸長了手放在牆上的電燈開關上。

全身僵硬的我，好不容易才點了點頭。

岩田也點頭回應我。

天花板的電燈啪一聲亮起。

我鼓起勇氣往前一看。

看清地上的東西後，我深深地吐了一口氣，岩田則發出「唔唔」的呻吟聲。

湯水先生——不，是湯水先生的屍體仰躺在地，身穿黑色的成套棉質家居服。

他很明顯已經死亡，因為無論是癱軟雙腿的末端，還是癱在地上、高舉過肩的雙手，都呈現非常不自然的慘白。

那斑白的短髮、下巴的大黑痣……一看就知道是湯水先生。

他的嘴巴張得大大的，甚至看得到喉嚨。

臉頰上有好幾條像是割傷的痕跡，嘴唇、耳朵、頭髮、額頭、手掌、手指上都沾有乾掉的褐色血跡。

一雙死不瞑目的眼珠子黑漆漆的。

不，那似乎不是眼珠。

我下意識地走近屍體。

「藤、藤間哥……？」

岩田的聲音聽起來快哭了。但我沒有回答他，自顧自地向前走。

我的心撲通撲通地跳著，就連耳朵深處都聽得見心跳聲。

呼吸也亂了調，滿溢的空氣彷彿就要將我的肺臟撐破。

然而，我的頭腦卻非常冷靜，沒有任何反應，也不做任何判斷，只是不斷記錄雙眼所見。

我不願看，卻又好想看；我好想立刻逃離現場，卻又忍不住一探究竟。茫然之間，矛盾的情緒在我心中天人交戰，但我還是沒有停下腳步。

走到屍體旁邊後，我的大腦幾乎無法思考，只是冷靜地分析眼前情景。

那兩塊黑黑的……是眼窩。

是平時看不見的身體內部。

原本該有的東西不見了。

湯水先生的兩顆眼珠，消失無蹤。

二

■■■回■錄

■■■■

■■■■■■■■張

■■■■■■

■■■■■■■■■

■■■■■■生，東京都■■■■■■

沒有■■■

這是發生在■■■■身上的真實故事。■■■■記憶■■可靠，但■■■■如今依然歷歷■■。

說老實話，其實是因為前幾天發生了某件事，才喚醒■■許多回憶。

這件事我們後面再談，首先我想先從■■依序■■。■■■■■■回憶。

國中二年級的十月某■——

那天明明不是參■日，爸爸卻擅自來學■找我。不過，我並沒有見到他就是了。

還記得那是第六■課。

鐘響沒多久，■導兼英文老師花岡一進教室，便對我招招手，壓低聲音說：「來生，妳出來一下。」我馬上就意識到發生了什麼事，連忙從■■上站起。

我在全班同■的注目和竊笑聲中走出教室。

才關上門，花岡便開門見山地叫我去保健室。

「不好意思。」

這句話對我而言早已習以為常。

這是第幾次道歉了？又是第幾次麻煩花岡了？

也不管我願不願意，每每只要爸爸來學校找我，就一定會像這樣舊事重演。

「沒關係，幫我跟矢島老師問好喔。」

花岡說完便走進教室。

我沿著空無一人的走廊往保健室走去。

看到我來，保健老師矢島從圓椅上站起，先是整理了一下白袍，然後像平常一樣把我帶到床邊。保健室內有兩張並排的病床，矢島幫我安排的是靠窗的那張。靠走廊的床上一個短髮女同學睡得正熟——這一點也跟平常一樣。

我在床邊坐下，脫下室內鞋。

「不好意思。」我又說。

矢島撥了撥她乾燥的大鬈髮，指著一旁的小書架親切地對我說：「妳可以看書喔。」她滿是痣的臉龐掛著沉穩的表情，嘴角露出笑容。

我心情不安地點了點頭，坐上病床。

矢島拉上隔簾，我沒脫外套就直接躺在床上，將棉被拉至胸口，想像等等即將發生的事。

應該差不多快聽到了吧？

果然不出我所料，走廊遠處傳來大吼聲。他又在強詞奪理，用故作聰明的字眼威嚇老師了。

——你身為老師，應該要尊重學生，也就是里穗的意思吧？

我的意思就是不想見他、不想跟他說話，甚至不願跟他共處同一個空間。

早在媽媽下定決心，帶我和龍平、真美逃出那個家之前，我就是這麼想的。

我屏氣凝神地聽著遠方的聲音。

——我行使為人父母理所當然的權利，有什麼問題嗎？

為人父母？理所當然的權利？

這句話實在太蠢了，害得我不小心嗤笑出聲。

我根本不當「爸爸」是父親，之所以繼續叫他「爸爸」，是因為我不想花時間幫他改稱謂。

無論是那一天、另一天，還是之後的每一天。

一想到這裡，至今的回憶瞬間湧上心頭——爸爸、被爸爸玩弄於股掌之間的媽媽、我們這些小孩子……一股既沉重又混濁的情感沉澱在我的胃底。

打鐘的殘音在耳邊迴盪。我抬起頭想看現在幾點，卻礙於角度問題看不到時鐘。

這時，隔簾突然被人拉開，只見矢島將手插在白袍的口袋裡。

「他好像離開了。」

她故作平靜地說。

已經聽不到爸爸的聲音了，取而代之的是逐漸增強的喧鬧聲。不知不覺間，第六節課已經結束，大家已經在準備放學了。

對這一切我已習以為常，時間也變得彷彿能夠快轉一般。

「不好意思。」

掀開棉被時，我又道歉了一次。

走出校舍，我躲在校門旁的陰影處左顧右盼。確定爸爸不在後，我往家的反方向走去，到車站搭乘電聯車。兩站後下車走了一小段路，來到紅磚蓋成的市立圖書館。

為了保險起見，我又掃視四周一番。所幸並沒有看見爸爸。

不等自動門完全打開，我就從書包中拿出五本書，默默放在還書櫃檯上。櫃檯的男館員臉色不太好，看都沒看我一眼就問：「還書嗎？」我小聲回答：「對。」

他將書依序放上感應器，那動作看起來像是在生氣似的。

「感謝您按時歸……」

我沒聽到最後幾個字。一方面是因為他聲音太小，一方面是因為我沒等他說完就走進圖書館。

地板上鋪著地毯，幾乎聽不見腳步聲，只有腳底不斷傳來走路的感覺。

翻報紙的聲音劃破了寂靜。

不認識的老人家、沒看過的年輕人。有人站著看書，有人坐在書架旁的椅子上睡覺，有人坐在桌前用功。

多不可數的書本、井然有序的書架。

我深深吸了一口氣。唯有在這裡，我才能夠自由呼吸。

三

這天下午，我在空蕩蕩的編輯部裡，讀著那天從湯水先生家拿來的稿件。正確來說，是稿件掃描檔的影本。

大約在一小時前，戶波總編率領編輯部同仁去參加湯水先生的告別式。大家約在會場集合，而身為計時人員的我則被安排留守辦公室。

『那就拜託你囉。』

電話那頭的戶波總編，聲音聽起來情緒相當低落。

因校稿已經結束，這天沒有什麼要緊的工作。所以中午到公司的我先把亂七八糟的校樣整理好，然後備份檔案。過程中一絲不苟，全神貫注。

如果不這麼做，我的腦中便會浮現出那天的情景。

屍體、沒有眼珠的臉。

岩田打電話報警時的高八度音。

通話紀錄、「佐佐岡慎也」五個大字、我那顫抖不已的手指。

『真的嗎？』

佐佐岡的聲音不可思議地冷靜，冷靜到令人鼻酸。

警察來到現場做筆錄，然後我渾渾噩噩地過了一週。佐佐岡把事情的來龍去脈全告訴戶波總編後，戶波總編用一個小時就把稿子寫完，順利校好稿……這件事我是什麼時候知道的？我已經不記得了。

正當我要把滿了的垃圾袋綁好時，門咿呀一聲打開，岩田走了進來。自從那天做完筆錄、一起吃完飯後，我們就沒碰過面了。

「咦？」我停下手邊的工作，「你今天有班喔？」

我今天沒叫他來，其他人當然也不會叫他來。

「沒有。」

岩田面露難色。

「怎麼了？」

「……藤間哥。」

他卸下大大的後背包，拉開拉鍊。

「你可以幫我看看這個嗎？」

說完，他從包包裡拿出一包用塑膠袋裝著的東西。是他寫的稿嗎？學生就是學生，這種時候還有心思自我推薦。

正當我這麼想時，岩田打開袋子，裡頭飄出幾粒黑粉落在地板上。

他將那東西放在透寫檯上。我這才發現，那是我們之前在湯水先生家看到的稿件。

「喂，你這麼做很糟糕耶！」

我毫不客氣地說。對警方而言，湯水先生的死應該屬於「案件」，岩田怎麼可以把案發現場的東西擅自帶出來呢？

「你現在立刻拿去還給警方，跟他們道歉！」

「可是……」

岩田將身子傾向我。

「你不覺得，湯水先生的死狀怎麼想都很不正常嗎？看那樣子，絕對不可能是自殺。」

「不──這很難說喔，也是有些很詭異的自殺方式。」

我回答。應該是去年吧？我們雜誌才刊登了這方面的報導。

忘記是越南還是哪裡了，有個男人為了自殺，刻意引誘鱷魚把自己吃掉；日本也有人拿業餘木工用的那種細頭電鑽，把自己鑽得全身是洞而死，喔不，這個案例好像是自殺未遂。有傳言指出這些詭異的自殺案件其實都是陰謀，又或是警察失職沒有查出真相。但無論如何，這世界上似乎真的有人想方設法要讓自己痛苦地死去。

所以，我們無法斷言不會有人挖除自己的眼珠自殺。

「是沒錯啦……」

岩田的反應顯得不太耐煩。

「可是，我覺得湯水先生的死跟這份稿子有關。該說是動機嗎？」

「我說啊──」我伸手擋在他面前，「調查、破案應該是警方的工作吧？」

「可是啊……」

岩田指向稿子。

「我已經把稿子看完了。」

「看完了？」

「嗯，前天一口氣全部看完了。」

「……上面寫什麼？這到底是什麼東西？」

岩田一瞬間露出笑容，隨後又恢復正色。

「藤間哥，你明明就對這份稿子很有興趣。」

「才……」

我居然中了這麼簡單的計，真令人不甘心。這麼一來，我也沒資格多說什麼了。

「有啊。」我嘆了口氣，「我有興趣，超有興趣的。但有興趣歸有興趣，這份稿子還是得歸還警方。」

「你說的沒錯，所以啊……」

岩田再度把手伸進後背包，從裡面拿出一疊用長尾夾固定成冊的Ａ４紙。

「我去研究室把它掃描列印出來了。」

「真的假的……」

「前面幾張太破爛了，花了我一番功夫才掃描好。啊，不過你放心，我已經打掃乾淨了，應該不會被老師他們發現。」

岩田把影本放在透寫檯上，將焦黑的原稿收進袋裡。

他一開始就打算歸還原稿，卻故意引我上鉤，確定我對這份稿子有興趣後再給我看。

他就這麼想給我看嗎？

見我在發呆，岩田又說：「還有啊——」然後從背包的夾層拿出一個透明袋子。

那是一個夾鏈袋。

岩田拿起袋子。

「稿子中間夾著這個東西，你不覺得很奇怪嗎？」

他說完後走近我。

「我看看喔……你是說這個袋子嗎？」

我端詳了袋子一陣子，是裝了灰塵嗎？還是頭髮？然而，裡頭卻空空如也。岩田苦笑著說：

「不是啦。」

「不是袋子，是裡面的紅線。」

他指著夾鏈袋的正中央說。

他又在引我上鉤嗎？我看了看他的表情，又看了看袋子，來來回回看了好幾次。

「裡面是空的。」

我決定據實以告。

「咦？」

岩田張大了嘴，緊接著是一陣沉默。他的表情一點一滴地流失，最後終於開口說：

「啊，抱歉，我可能搞錯了。」

語畢，他將袋子收回背包中。

搞錯什麼？正當我要追問時，他唐突地換了話題。

「不是有都市傳說嗎？」

「什麼？哪個都市傳說？」

「藤間哥，我們雜誌不是請湯水先生寫都市傳說的連載專欄嗎？之前在等的也是都市傳說的稿子。」

剛才不是還在講夾鏈袋的事情嗎？雖然一頭霧水，但我還是回答了「對啊」。岩田將稿子塞進包包，拉上拉鍊，然後指向透寫檯上的影本。

「這份稿子寫的就是都市傳說——」

他停了一拍又說：

「——湯水先生肯定是被這個都市傳說害死的。」

我被他的氣勢震懾到一時語塞。這時岩田又說：「那我先去還稿囉，辛苦了。」隨後便快步離開辦公室。

我拿起那份影本，此時此刻，我已無心繼續處理雜務。

這份手寫稿的前面幾頁被燒出好幾個洞，幾乎看不懂在寫什麼。花了一番工夫把斷句拼湊起來，才發現這應該是某個人所寫的，過去的親身經驗。至少文章是這麼設定的。

文章還有個標題，雖然看不太清楚，但應該是什麼人的回憶錄。

就讀國中二年級的「我＝來生里穗」有個貌似不正常的父親，她因此備受困擾，學校生活也不甚順利，只有圖書館能讓她忘卻日常的痛苦。文體偏向小說。

若屏除掉背後的種種因素，這是一部「真實故事風」的小說。

這會發展成什麼樣的都市傳說呢？這個故事跟湯水先生的死又有何關聯呢？

我一邊思考岩田所說的話，一邊繼續讀下去。

四

爬上昏暗的公寓樓梯，打開二樓的家門，我躡手躡腳地走進破舊的客廳。家裡空無一人，媽媽去「生活超市」打工了，龍平大概跟朋友出去了，真美不是一個人在「生活超市」的休息室裡玩，就是在跟其他計時人員玩。

打開冰箱一看，裡面有昨天吃剩的馬鈴薯沙拉，以及裝著味噌湯的保鮮盒。媽媽應該會帶超市賣剩的東西回來，所以今天只要煮白飯就好了。

看向時鐘，指針指向下午五點。頂多再一個小時，媽媽就會回來了。

將米洗好、設定好電鍋，我走進跟龍平共用的房間。

躺進上下鋪的下鋪後，我打開書包，拿出從圖書館借來的書，在棉被上排成一排。

《怪奇俱樂部》

《女巫角》

《七夜怪談》

《看上癮！驚悚影展》

《怪奇小說選Ⅰ》

哪本好呢？該從哪本看起呢？

兩本是兒童讀物，三本是給大人看的作品。

聽說《七夜怪談》的電影明年初會上映，我曾看過一篇報導，說這部作品非常恐怖。

真的嗎？我看了一眼《七夜怪談》的封面。

白色的背景中央有一隻拿著錄影帶的女性的手。僅只如此，非常簡單的設計，一點都不恐怖，完全沒有恐怖小說的氛圍。但即便如此，還是成功吸引了我，讓我把它借回家。

我看向《怪奇小說選Ⅰ》。在圖書館翻閱時，我只覺得這本書的字很小，內容對我而言似乎太難了。但因為我對其中一篇短篇〈芋蟲〉的內容相當好奇，還是決定借回家。

我只剩下五十五分鐘，甚至更少的時間。

最後，我拿起《看上癮！驚悚影展》，沒換制服就倒在床上。這本書幾乎都是照片或圖片，所以讀的速度，喔不，是看的速度很快。

大大的封面上，有一個手是利刃鋼爪、臉部被燒得面目全非的男人。

一個戴著曲棍球面具的男人。

一個手抱電鋸、頭戴軟爛面具、一頭亂髮的男人。

我知道他們叫什麼名字，也知道他們是哪部電影的角色，但對電影的故事內容幾乎一無所知。我只有在電視上偶然看過他們的兩、三部電影，畢竟我沒錢租錄影帶，也沒錢上電影院，就連他們出了新電影我都不知道。

不過，我很喜歡透過文章、照片想像他們的故事。

我翻開目錄，上面列了一整排電影名稱，有我知道的，也有我不知道的。頁面上還有一大張菜刀的圖片、血滴圖案、看上去像是死者的遺體剪影。

今天會邂逅什麼樣的電影、什麼樣的怪物呢？

會讀到什麼樣的恐怖故事呢？

我舔了舔乾燥的嘴唇，翻到下一頁。

不出我所料，龍平果然在六點整回到家，隨後媽媽也背著真美進門。沒有人說「我回來了」，我也沒出聲迎接他們。

我們平常就是如此，不只我，全家人都很低調。

自從逃到這間公寓之後，就一直是這樣。

龍平正在上鋪看漫畫。我將書籤夾在書裡，爬出下鋪。

打開餐桌上的塑膠袋，裡面有過期的蘿蔔乾，還有醋醃小黃瓜裙帶菜、麵包和吐司，還有兩包看似仙貝、令人難以想像是什麼味道的零食。

媽媽把真美放在沙發上，收衣服去了。

我像平常一樣熱味噌湯、把菜端上桌、盛飯。

媽媽把真美放在兒童座椅上，自己也坐了下來。穿著體育服的龍平臭著一張臉，一屁股坐在椅子上。大家也不等我就坐，就開始吃飯了。

這一點也跟平常一樣。

我一個人雙手合十，喝了一口走味的味噌湯。

洗完澡後，我在洗手檯前吹頭髮。媽媽從走廊探頭進來，她今晚不用去小酒館上班。

我在鏡中與她四目交接。

媽媽穿著一套破舊的睡衣，一臉沉重地問我：

「今天還好嗎？」

吹風機的聲音大到我聽不見她說什麼，但我還是讀懂了她的嘴型。

她是在說爸爸的事，她要問我的是：有沒有見到爸爸，如果見到了，有沒有告訴他我們現在住在哪裡。

「嗯。」

我惜字如金地回答。

「真的嗎？你們應該見到了吧？」

媽媽撇了撇嘴。

我關掉吹風機，用最簡短的方式說明。

「他來學校找我，但沒有見到我。」

「去學校找妳？」

媽媽齜牙咧嘴地說出這幾個字後走到我的身旁，她的個子和我差不多嬌小。

「他去學校找妳，怎麼可能沒有見到妳？是怎樣？妳看到他就跑喔？」

「花岡老師他們讓我躲起來了。」

「然後呢？」

「他摸摸鼻子走了。」

「然後呢？」

「什麼然後？」

我不耐煩地轉頭看向她，與她大眼瞪小眼。

媽媽將眼睛睜得老大，眼眸中閃爍著光芒。那是憤怒、不安，以及懷疑的眼光。懷疑我是不是倒戈到爸爸那邊，背著她和爸爸來往。

「真的什麼都沒發生？」

媽媽不放心地又問一次。

「真的沒有。」

聽到我這麼說，媽媽深深嘆了口氣，臉上的表情也放鬆了許多。她將手放在我的肩膀上，無力地靠向我。

她細瘦如骨的手指，漸漸陷入我的肩膀。

「對不起。」她小聲地說，「里穗，妳跟我是同一陣線，怎麼可能去找那個爛人呢？妳是這麼乖巧的孩子，又處處為家人著想……」

媽媽不斷地碎念，我一邊用肩背感受著她的重量，一邊看著眼前的鏡子。鏡中映出母親的手指、頭臉、身體，和我的身體。

我那吹到一半，烏黑而厚重的長髮。

以及被長髮遮住一半的臉龐。

那是一張不起眼又慘白的東方臉，面無表情，仿佛沒有生命似的。

這是當然的，我心想。

因為我是只人偶。龍平也是，真美也是。

我們是專供父母互相爭搶、名為「小孩」的玩具。

早上八點十五分。

我走進市立三角中學的校門。沿路遇見的幾個同學都沒看到我，不過就算看到了，他們也不會跟我打招呼，我也沒意思理他們。

我在小學時期朋友就很少，現在則半個朋友都沒有。

在鞋櫃前換室內鞋時，我看到一班的曾根崎在一旁鬼祟地晃來晃去。她總是將眼睛睜得又大又圓，偶爾盯著傘下的後方，又或是木頭踏板的縫隙看。纖細的手指前端留著尖銳的指甲，經常將指甲咬得喀喀作響。

她的室內鞋被藏起來了，大概是三島或小宮幹的吧？不然就是馬屁精土屋。我不知道凶手是誰，但這樣的情形每週至少會發生一次。

我避開曾根崎的視線，走向樓梯。

走到樓梯間時，我看見一個矮小的身影，是井原，學校發的背袋在他身上顯得特別巨大。我追過他後轉頭看向他——滿是雀斑的蒼白臉龐、細長的上吊眼，以及歪向一邊的嘴巴。

「阿井，早安。」

我輕聲向他揮手打招呼。

阿井笨拙地舉起手回道：「角骯。」他歪嘴露齒，雙眼瞇成新月狀。

他是在對我笑，我也對他投以自然的笑容。

我壓下想跟井原玩的心情，快步爬上樓梯。

走進二年五班教室，在靠走廊第二排的最後一個座位，拉開椅子坐下。

鐘響了，教國語的瀨戶老師走進教室。同學們連忙回到位子上坐好，並在石倉大喊「起立」後起身，聽令向老師敬禮、坐下。

「好，翻開上次發的講義。」

瀨戶用肥短的左手撥了撥三七分的頭髮，手腕上的金色手錶閃閃發光。

教室內傳出翻紙的聲音。

看著印在講義上的幾首短歌，再看看自己不堪入目的字，我一如往常地關上心房。

可想而知，第一個浮現在我腦中的，是爸爸。

爸爸不曾連續兩天來學校找過我，所以今天應該不會來吧？雖然他是大型報社的高層人員，但也沒辦法每天來找我，何況還是在白天的上班時間。

這麼說來，他今天應該也不會去小學找龍平。

「這首短歌的下句意思有點難懂，為什麼呢？今天是……蘆原同學，你來回答。」

「嗯，因為不知道是在說誰嗎？」

「誰？你在說什麼啊，這首和歌不是在吟詠人喔。」

爸爸為什麼要特地來學校找我跟龍平？他到底想做什麼？

我想，他大概是想說服我們離開媽媽，改和他一起生活。

喔不，正確來說，是救出。

把可憐的我、龍平和真美，從有如牛鬼蛇神的壞蛋——母親手中救出來。

我大概知道爸爸在想什麼。

「石倉同學，你來回答。」

「因為省略了主詞。」

「沒錯。這樣懂了嗎？蘆原同學。」

「……懂了。」

「好。那這句的主詞是什麼呢……江藤同學。」

爸爸不知道我們現在住哪，也沒有我們的聯絡方式。

其實，他也不是查不到。只要花點錢，要拿到這些資訊簡直易如反掌。他甚至不用花一毛錢，

印象中，他曾跟我誇耀自己認識很多徵信社的人。

不過，爸爸不會用這種方式。正確來說，是「無法」用這種方式。

因為他不想招來周遭人的「誤會」。

他怕別人以為他是個被家人所厭惡，導致妻兒對他避之唯恐不及的男人。

雖說這是事實，但爸爸卻不這麼想。

「我不知道。」

「唉，我想也是。」

「嘖。」

「怎麼了？江藤同學，你嘴巴不舒服嗎？」

「不，沒事。」

「我想也是。黑田同學，你來回答。」

所以就現狀而言，爸爸只能去我們「一定會去」的地方，也就是「學校」找我們，除了這麼做他束手無策。

媽媽並沒有因此幫我跟龍平轉學。她為此找了各式各樣的藉口，像是「為了我們將來升學著想」、「擔心我們跟朋友分離」等等，但其實真正的原因是，她在遠一點的地方沒找到適合的房子。媽媽的世界非常狹隘，就連身為女兒的我都這麼覺得。

所以她花了超過十年，才離開那個家。

位於一棟十二層樓高的電梯大樓中，既寬敞又漂亮。

最頂層的邊間，四房兩廳的格局，一二一七號房。

爸爸現在應該還住在那裡吧？一定是堂而皇之地帶女人回家吧？

我想，他一定會用如在夢中的表情，跟女人述說我們這些孩子如何又如何。

女人被迫聽這些事情，一定會打從心裡感到厭煩。

雖然這都是我的臆測，但一定百分之百都是事實。事情絕對如我所想！

「唉，你們這班的男生，古文真的很爛耶。」

我抬起頭，只見瀨戶露出得意的笑容，把頭髮往上撥。

我知道他要改點女生回答了，所以趕緊將注意力拉回到課堂上。

放學後，我先去了一趟廁所，然後到特教班找正在等媽媽來接他的井原玩。玩著玩著，他突然叫了好大一聲，把我嚇了一大跳。見他哈哈大笑的模樣，我不禁撫了撫自己的胸口。

老師回來後，我起身道：

「那我先走囉，阿井。」

「小里，掰掰。」

他用嘶啞的聲音說完後，神采奕奕地對我揮了揮手。聽到他叫我的名字，我很高興。保險起見，回家路上我左顧右盼了好幾次。

回到家後，我換好衣服躺到床上，正要開始讀《七夜怪談》時，電話響了。

那鈴聲彷彿惡作劇一般，不斷從客廳傳來。

我屏氣凝神，打算等對方自己掛斷。

然而，電話連續響了十幾聲都沒有掛斷，電話答錄機又沒開。於是我慢條斯理地爬下床，往客廳走去。

電話櫃就放在走廊另一頭。棕色的小型電話鈴鈴作響，上面的「來電」綠色燈號不停閃爍。

我拿起話筒。

「……喂。」

『啊，妳是……里穗對吧？我是手島。』

話筒傳來中年女子的開朗聲音。放下一顆心的同時，一股不安瞬間向我襲來。我不認識叫做手島的人，但是，對方卻知道我的名字。

『嗯……我是妳媽媽的……喔不，應該說，我是田無阿姨啦。』

這句話瞬間喚醒我的記憶，腦中浮現出「手島」的臉龐，她留著一頭鬈髮，看上去年輕，充滿活力，總是穿著牛仔褲。

她是母親念短大時的同學，我還在念國小時，她常來我們家玩。因為她住在田無，所以都對我們自稱「田無阿姨」。

想到這裡，我心中的不安也跟著煙消雲散。

「不好意思，呃……好、好久不見。」

我吱吱唔唔地向她打招呼。

『妳過得好嗎？』

田無阿姨說完，小小聲地發出聽起來像是「啊」、「糟」的聲音。看來，她似乎覺得自己說錯話了。

就我們家的情況而言，問我這句話確實不太妥當。媽媽把事情都告訴了阿姨，所以阿姨才知道這個號碼，也很清楚我們家的狀況。

不僅如此，阿姨還給了我們不少經濟上的援助。我們家的冰箱、電視、微波爐、床鋪，就連這台電話都是她送的。

「我很好，托您的福。」

我誠心回答。

『是嗎？那就好……』

阿姨的聲音沒那麼高亢了。

「是。」

我不知道該怎麼回答，只硬生生地擠出了這個字。阿姨接著說：

『昨天晚上，史明到我家來找我。』

「咦？」

我全身瞬間僵硬。史明——爸爸。

原本已消失殆盡的不安感，再度蔓延至我的全身。

『他啊——』阿姨神祕兮兮地說，『是來問我，知不知道你們現在住哪裡。』

「那妳……」

正當我要問她「那妳告訴他了嗎？」時，她立刻接話：

『我當然沒有告訴他。我相信幸子，啊，我相信妳媽媽。』

「是……喔……」

我感到一陣虛脫，正當我回過神來，正打算向她道謝時——

『問妳喔——』阿姨再度朗聲說：

『里穗，妳老實跟我說，妳想要一家人一起生活嗎？』

「什麼？」

我聽不懂這個問題的意思。事情都發展到這個地步了，她還要問什麼？

我默不作聲，阿姨也閉口不語。

雙方就這麼沉默了一陣子。

『……說老實話，妳會不會覺得……還是一家人住在一起比較好？』

「不會。」

我鄭重而明確地回答。

『這樣啊……』阿姨意圖用開朗的聲音粉飾太平，『沒有啦，因為昨天晚上史明跟我說，妳跟小龍其實很想一家人共享天倫之樂。他還說，應該要優先考慮孩子的心情。』

「我不想跟他一起住。」

這次我決定打開天窗說亮話，聲量也不知不覺提高許多。

『這樣啊……』

阿姨又說了一次。

跟阿姨寒暄完、掛上電話後，我在電話前站了良久。

阿姨的聲音告訴我，她其實不相信我說的話。

她已分不清誰對誰錯，不知道該相信爸爸還是媽媽了。

拖著沉重的腳步走回房間。

我一頭栽進床裡，翻身仰躺後，嘆了一口氣，翻開《七夜怪談》。

五

見佐佐岡和周防穿著喪服走進辦公室，我若無其事地將影本收進抽屜。聽他們說，戶波總編和以前的同事喝酒去了。

「唉。」

周防的座位就在我的斜對面。他坐上自己的椅子，將修長的雙腿「咚」的一聲放在桌上，一雙尖頭皮鞋閃閃發光。

「最近未免也太多了吧。」

周防將椅子向後傾，一邊巧妙地保持平衡，一邊望著天花板。一頭布丁色的頭髮晃啊晃的。

我戰戰兢兢地問：

「什麼東西太多？」

「你沒聽說嗎？」周防鬆開黑色領帶，「去年年底的事啊！《真人真事靈異出擊》的總編輯，一早被人發現倒在公司的休息室，身體都僵硬了。享年四十九歲，單身。」

他伸出食指。

「再來是過完年後，設計師山內先生因為工作銳減、又正好碰上震災而罹患憂鬱症。他把自己關在老家不出門，後來就自殺了。享年五十歲，單身。」

「我們以前常常發案子給他呢。」

「對啊。」

周防伸出中指。

「然後是軍團出版社的飯田先生。還有之前在我們公司，後來轉至蒼龍書房的石塚先生，下屬見他沒來上班，到他家去找他，結果發現他死在家裡。這兩位都是五十三歲，當然也是單身。再加上——這次的湯水先生，五十二歲。」

周防用攤開的手掌遮住天花板，板著臉呢喃道：

「戶波總編說得沒錯，人老了又沒人照顧，真的很容易沒命。」

「這只是巧合吧。」

佐佐岡盯著電腦螢幕說，他不知道什麼時候已換上長滿毛球的刷毛衣。平常總是滿臉鬍渣的他，今天剃得乾乾淨淨，看上去比較年輕。

「是嗎？天底下哪有這麼巧的事。」

周防說完，發出「喲」的一聲把腳放下，佐佐岡抬起頭說：

「應該說，我們圈子裡這個年齡層的人最多，在分母多的情況下，分子——也就是去世的人當然也多。」

「也是。」周防一臉表示理解卻又感到無趣的表情，接著又問：「話說，佐佐岡哥，你今年幾歲？」

「四十一。」佐佐岡用鼻子嗤笑了一聲，「虛歲四十二，正好犯太歲。」

聽到他這麼說我其實有點驚訝，我以為他不會在意這種事。

草草結束話題後，兩位前輩各自回到工作崗位上，我則回頭處理雜務。之後完成了幾件周防交代的事情，然後在不早不晚的時間吃了便利商店的便當。

期間，前輩所說的話不斷在腦海中迴盪。

沒錯，最近超自然雜誌界有好幾個五十歲上下的人接連去世。不過就像佐佐岡所說，問題出在分母。

簡單來說，這個業界老了。

事實上，現在GIGA出版社裡只有兩個跟我年紀相仿的編輯，兩年半前我剛進來時還有十幾個人，不過後來紛紛離職了。據說，公司已經很久沒有錄取應屆畢業生了。

負責帶我的周防今年三十五歲，他在公司有十年資歷，也已結婚生子，然而，公司上下卻都把他視為「年輕人」。

我掃視了一下周圍，此時此刻，空蕩蕩的辦公室裡只有我、佐佐岡和周防三人。即便加上戶波總編跟岩田也不過五人，卻佔用了GIGA出版大樓三樓的十五坪空間。

據說以前這裡有將近二十名編輯，現在卻只剩四分之一，之後大概也很難再增加了吧。

我鬱鬱寡歡地吃完便當，先到茶水間丟垃圾，然後打開辦公室的門，走下樓梯到二樓上廁所。三樓也有廁所，不過是女廁。現在GIGA裡只有四名女員工，人數比例不到整體的兩成，廁所比例卻占了一半，偶數樓為男廁，奇數樓為女廁——這其實也是一種「衰老」的象徵。

正當我在洗手時，周防粗魯地開門進來。

「辛苦了。」我輕聲向他打招呼。周防「喔」了一聲後站到小便斗前，轉頭對我說：「問你喔。」

「什麼事？」

「你看到湯水先生的那個了吧？」

「哪個？」

被我這麼一問，周防露出不耐煩的神情。

「屍體啦，死狀。」

「嗯，看到了。」

「是什麼樣子？」

「……該怎麼說呢。」

我不經意地低頭看向雙手。水不斷從水龍頭涔涔流出，當時的情景再度浮現在我的眼前，湯水先生仰躺倒地，雙眼——

「我沒有仔細看，因為他很明顯已經死了。」

我脫口回答。

「你快嚇死了吧？」周防嗤之以鼻，「媽寶就是媽寶。」

他說完，抖了一下纖瘦的身體。

「不好意思。」我用道歉敷衍帶過，粗魯地關掉水龍頭。

抬頭看向鏡子，裡面映出一個滿頭亂髮、臉色發青、一臉倒楣相的矮小男人，不但眼歪嘴斜，雙唇還毫無血色。

我假裝摸臉，試圖放鬆僵硬的表情。

六

十一月——天降奇蹟，我在圖書館的角落找到一個空位，坐在那裡思考剛才還掉的幾本書。

《看上癮！驚悚影展》很有趣，雖然裡面介紹的都是我知道的電影，又或是之前就讀過的幕後花絮，但還是令我相當滿意。整本書充滿了影評人、記者的熱情，讀來引人入勝。

果然不出所料，《怪奇小說選I》對我而言太難了，裡面幾則故事我是有看沒有懂。不過，〈芋蟲〉也沒有辜負我的期待，是個噁心的故事，看得我全身發癢。

至於《怪奇俱樂部》，我只記得「白色藥粉的故事」。沒錯，它給我的衝擊就是這麼大。

一般人對惡魔以及女巫世代傳承都有既定的印象，這本書描述了隱藏在其背後的那些大忌與深層恐懼如何在現代復甦，進而讓故事中的人物變得詭譎而怪異。

這並非邪念又或是惡意，然而，人類一旦與這些東西扯上邊，就會發生非常糟糕的事，讓自己變得人不像人。這無關道德善惡，即便是今時今日，在社會的旁枝底層仍存有人類絕對不可觸碰的禁忌。

作者的構想怎能如此令人毛骨悚然。

再來是《七夜怪談》。

這是一個關於詛咒錄影帶的故事。

主角一步步抽絲剝繭，解開詛咒的真相。我看得相當入迷，彷彿跟著故事裡的記者一起行動似的，迫不及待想知道事情的內幕。

好期待明年上映的電影喔。不過，這本書要怎麼拍成電影呢？裡面沒有妖魔鬼怪，靈媒又都死光了，「詛咒」又非肉眼可見，對於電影成品，我是既期待又怕受傷害。

《女巫角》則是本推理小說。

腦袋被圖書館裡的暖氣吹得一片空白，我到廁所前的飲水機喝水潤喉。

這時，女廁的門打開了，館員中尾小姐走了出來。一見是我，她立刻露出笑容。

「妳好。」

「……妳好。」

我對她輕點了一下頭。

成了這間圖書館的常客後，有次我因為忘了書名而向櫃檯求助，當時幫我的就是中尾小姐，她花了超過三十分鐘幫我找到那本書——《死神難預料》。

從那次以後，她每次看到我都會向我搭話，我也漸漸習慣了與她聊天。當然，我們的話題總是離不開書。

「妳今天也要借恐怖類的書嗎？」

她毫不避諱地問道，音量不大卻很清楚。

「對。」

「要借哪些？」

「還沒想好。」

我老實回答。今天我沒有特別要找的書，所以打算用書名、封面、故事大綱「審核」，憑直覺從排列整齊的書列中選出想看的作品——我對這件事情其實樂在其中。

「抱歉，我對恐怖類的書不熟，不然就可以推薦給妳了。」

中尾小姐一臉愧疚地說。她的個性就是這麼真誠，從不裝模作樣。這也是我肯跟她聊天的原因之一。

「我只知道一些比較熱門的書……」

「沒關係，我自己找就可以了。」

「像妳這樣，如果有志同道合的書友互相推薦好書，一定會更有趣。」

「是啊……」

我點點頭。這我當然知道，但問題是我沒有志同道合的書友，想找也找不到。

小學時我的朋友本就寥寥無幾。知道我喜歡這種超自然的東西後，他們竟紛紛離我而去，笑我是個怪人，還說我很噁心。

我不打算求他們回到我身邊，現在也沒意思要結交合得來的朋友。

我與中尾小姐並肩走過走廊。進入書架區時，她突然說了一句「對了！」然後把我帶到一個我平常不太會去的書區。

高度及腰的書架上，放了一塊寫著「青壯年區」的牌子。

「這個應該可以幫妳找到志同道合的書友。」中尾指著書架上方說。

我循著她手指的方向看去，那兒放著一本學生筆記簿。

褪色的藍色封面中間的標籤上，寫著「意見交流簿」五個大字。

中尾小姐笑著對我揮手後便回櫃台了。我打開筆記簿，幾個粗體大字立刻印入我的眼簾。

《安全駕駛吸血鬼》真的超超超超超讚的！

未免也太好看了吧！阿爾加德大人實在太～帥了！大家要記得去找來看喔！　小舞

這段文字旁用螢光筆畫滿了星星、愛心和十字架圖案。我眨了眨眼，這才意識到這本筆記簿的功用。

這本「意見交流簿」是供讀者互相推薦好書、交換資訊的小天地。我隨手翻了幾頁——

大家好！

《碧眼白貓》真的好好看喔。

有看過的人可以分享一下感想嗎？拜偷拜偷。　咪咪

EVERYBODY LOVES《櫻花妹桃源鄉》！JUN

《KT殺人事件》

當紅製作人手室小津谷被人發現陳屍在東京巨蛋中，且屍體上留下了令人費解的文字「CLOBE」……神樂是小津谷旗下樂團「JS網路」的主唱，他和同團成員根津隼人開始調查起這個案子……

喜歡江户川亂步的人千萬千萬不能錯過這部作品！　古賀

→ ~~犯人是花井朋子。她用事先錄下的死者聲音來混淆視聽。~~

→這裡不可以暴雷喔！請自重。　古賀

→ 這裡是大家交流的天地，請各位以和為貴。　T

「原來如此。」我心想。

任何跟書有關的話題都可以寫在上面，想怎麼寫就怎麼寫，要寫幾頁就寫幾頁，也不需要留本名。大家在上面暢所欲言，有些留言更是圖文並茂，才隨手翻了幾頁，就有好幾則留言挑起了我的興趣。

我猶豫了半晌，最後還是從筆袋中拿出藍筆。

有人看過鈴木光司的《七夜怪談》嗎？覺得如何呢？我個人覺得非常有趣。

之後我應該會去看這部電影。

有好看的恐怖書籍請務必推薦給我。　車里　小里我的口氣是不是太有禮貌了？有人會注意到這則留言嗎？這個筆名應該不會太做作吧？

我默默將筆記簿合起，走回熟悉的小說區。找書的時候，我往青壯年區看了好幾次。每每有穿制服的學生或國小生靠近，都讓我雙腳發抖、臉紅燥熱。

結果根本沒有人打開那本筆記本。無計可施之下，我只好隨便選了三本看起來很恐怖的書，然後離開圖書館。

大概是有同學撞見我那天鬼鬼祟祟的樣子，又看到我借的書。這件事慢慢在學校傳了開來，說我是個喜歡鬼故事的怪人。

幾天後，學校同學明顯開始疏遠我。

我們家沒有辦聖誕派對，聖誕老人當然也沒有來。

就這樣到了結業式那天。結業式結束後，大家在教室領完成績單，向老師敬禮之後，正當我準備回家時，花岡當著大家的面把我叫到導師室。

一個女同學見狀哈哈大笑，幾個同學也跟著起鬨。

花岡把我帶到導師室的角落，一個用隔板隔出的會談空間。花岡穿著白底紅線的體育服，在我對面的沙發上坐了下來，若無其事地問：

「最近還好嗎？」

「什麼意思……」

我一時之間不知該如何回答。我不知道花岡在問什麼，喔不，應該說，我不知道他在問哪件事，所以不知從何答起。

「我是問妳家裡最近還好嗎？後來有發生什麼事嗎？」

原來是在問這個。

「那之後都很平靜。」

我簡潔地據實以告。之後爸爸沒有再到學校找我跟龍平，既沒在附近徘徊，也沒做出什麼特別的舉動。

家裡則是一如往常地安靜，一如往常地令人不舒服。

花岡似乎聽出我的話中之意，沒有特別做出回應。

「那學校呢？」

他接著又問。

「就一般般。」

我盡量保持從容地說。沒有人霸凌我，也沒有人傷害我。沒有同學會主動來跟我搭話，他們不是擺明了不想理我，就是盡量避開我。一切都跟以前一樣，如此普通，如此平常。

「那……」花岡將手肘放在張開的雙腿上。「妳自己本身還好嗎？來生。」

「嗯？」

「妳有什麼煩惱嗎？最近心情還好嗎？有沒有身體不舒服、早上爬不起來之類的問題？」

「……沒有。」

我搖搖頭。我的心情確實一直都很低靡，早上總是特別憂鬱，生理期更是又痛又長。

可是，這不是一朝一夕的事了，早在搬到現在的家之前，我就已經是這樣了。改變的不是我，而是周遭人對我的態度，以及我在班上的定位。以前他們只認為我是個陰沉的女孩，現在則覺得我是個喜歡恐怖故事的奇怪女生。

我想老師應該很清楚這一點。老師站在講台上，學生的狀況看得一清二楚，他只是想要確定自己的想法而來試探我。

「是喔。」

花岡靠向椅背，用力吐了一口氣。他不是在深呼吸，也不是在嘆息。

「妳有什麼煩惱盡量跟我說。」

他看向我，隨後又補充道：

「我不會告訴別人的。」

我輕輕點頭。我知道花岡是在擔心我，他從以前就很關心我。所以剛搬完家，我就立刻跟他說了家裡和爸爸的情況。花岡在這件事情上處理得很用心，他請其他老師一起幫忙，並在同學前為我保密，不讓爸爸靠近我。

「對不……喔不，謝謝老師。」我低頭道。

「不用這麼客氣。」花岡接著又問：「聽說，妳喜歡恐怖小說跟電影？」

一抬起頭，就看見花岡一臉玄妙的表情。

沒想到事情傳到老師那裡去了。老實說，被他這麼一問我有點不好意思，但這是不容否認的事實。

「對。」

聽到我這麼回答，花岡凝視著我的雙眼。

「老師會努力的，努力讓妳不必再用那種方式來逃避現實。」

他說這句話時，臉上滿是同情。

七

當我從稿件中抬起頭來時，前輩們全都走光了。編輯部裡只剩下我一個人。

牆壁上的鐘指向十一點。平日的這個時間，電車應該沒那麼擠了，我也差不多該準備回家了。

我再度看向桌上的稿件。

到底還要多久才會進入都市傳說的部分？目前為止的章節，全都在描寫一個邊緣少女的日常生活。

不過，我其實能了解主角里穗心中的孤獨。驚悚或超自然愛好者其實是很孤單的，這一點至今未變。即便別人願意尊重你的喜好、不去干涉你的興趣，卻仍是知音難尋。

簡單來說，縱使對方沒有惡意，也會對驚悚作品抱有誇張的偏見，覺得那是偏激、不健康又不正常的東西。里穗的導師就是很好的例子。

可能是時代不同的關係吧。我雖然能了解她的心情，卻沒有到感同身受的地步。現在只要上社群網站，就能輕易找到同好。

我在跟里穗一樣大時，就常常在網路上看恐怖故事、搜尋神祕檔案，再跟不認識的網友一起討論。我不喜歡去學校，不擅長運動，也沒什麼談得來的朋友，這讓我更加沉迷於網路上的超自然世界。也是因為如此，我才會從事現在這份工作。

網路上的資訊實在太了無新意了，總是不斷重複討論某個案件、某個鬼故事。想吸收更多「超自然新知」的我，才會進入這個可以取得第一手資訊的業界。

這一行充滿「邊緣人同志」，他們與我興趣相仿，有些人甚至比我更了解超自然世界。

不過——

門碰地一聲被打開。我聞聲抬頭，戶波總編穿著喪服走進辦公室，雙眼通紅，黑眼圈在日光燈的照耀下特別明顯。

「……你還沒下班啊？趕快回家囉！」

戶波總編沉聲說。走過我身後時，手上的便利商店塑膠袋不斷發出窸窸窣窣的聲音。在位子上坐下後，戶波總編從袋中拿出玻璃罐裝的日本酒，猛地拆掉塑膠封膜，將封膜呈拋物線丟在桌上。

「您辛苦了。我等等就要回去了。」

「好。」

戶波總編拉開拉環與罐蓋，咕嚕咕嚕地喝起酒來。少許酒從唇邊溢出，沿著下巴流到喉嚨。

戶波總編發出一聲疲倦的嘆息，將玻璃罐放在桌上，冷不防地說了一句：

「我聽說了喔。」

「聽說什麼？」

「我向警方強問出阿湯的狀況，喔不，應該說死狀。」

一股緊張感瞬間蔓延至我的全身。腦中浮現湯水先生的死狀，天知道我有多麼想要忘記那一幕——裂開的大嘴，空洞的眼窩。

戶波總編拿起酒罐一飲而盡。

「死因是，因出血和精神壓力所造成的突發性心跳停止。」

接著又道：

「警方說，就死狀來看，他進行了極度接近自殺的自殘行為。」

我瞬時無言以對。戶波總編靠向椅背繼續把話說完：

「他似乎不斷抓自己的臉，想要把眼睛挖出來，就連嘴裡都弄傷了，指頭跟手上都留有口腔組織。心臟受不了這樣的自殘，所以才會停止跳動——就這樣。」

「……可是，他為什麼要那麼做？」

「不知道，警方也沒找到遺書。」

戶波總編若無其事地說，然後看著手裡的酒罐發呆。

聽到這裡，要我怎麼放心下班呢？我怎能放深受打擊的戶波總編孤身一人留在這裡？雖說如此，我卻想不出什麼安慰的話語。

人死不能復生？節哀順變？現在說這個，似乎已為時已晚。

「明天可以嗎？」

戶波總編猛然抬起頭。

「什麼？」我問。

「開都市傳說的會議。我們得為之後的事做打算了。」

邊說邊用通紅的雙眼看著我。

我知道，戶波總編是在說湯水先生的連載專欄。是要保留原專欄、請新的作者呢？還是要推出新企畫呢？我心裡已有幾個初步的提案。

「沒問題，明天我可以。」

「那好，辛苦了。」

戶波總編說完，連人帶椅轉過身背向我。

我對著那背影喊了聲「您也辛苦了」，然後離開編輯部辦公室。

八

寒假期間，我和龍平整天待在家裡充當真美的保姆，媽媽則一天到晚出外工作，很少在家。

龍平收到好幾張同學寄來的賀年卡，我則一張都沒收到，除了花岡的——

祝九八年健康快樂！我們一起加油喔！

我猶豫了一會兒，最後還是決定把賀年卡折得小小的，收進抽屜最深處。

一月三日深夜，我們兄弟姊妹之間多了一個祕密。

那天無論我跟龍平怎麼哄，真美就是不肯睡，我們索性就帶她到客廳看電視。

每台綜藝節目都大同小異，龍平拿著遙控器，每幾分鐘就轉一次台，看了又轉，轉了又看。

原本在陪真美玩玩具的我，聽到電視傳來與剛才完全不同的聲音，猛然抬起頭來。

小小的螢幕播映出看似辦公室的地方，一個我沒看過的女人，正與一個剛走進來的人談笑。

——鈴子開始在房仲公司工作了，自那天後她便滴酒不沾。

男聲旁白淡然念道。

畫面一轉，映出那位女性在超市購物的畫面，提籃裡裝有熱食和保鮮膜。鏡頭拍攝她走過酒類區的模樣，再拉近拍攝架上的啤酒。

『我不會再重蹈覆轍了。』

女人說完，畫面切換到一個昏暗而狹小的房間。女人穿著和服外套坐在暖桌旁，凝視著鏡頭。

『我先生和公婆做出這樣的決定並沒有錯。畢竟他們是為了孩子好，這種情況，任誰都會覺得，不要讓孩子跟媽媽接觸比較好。』

她露出一絲笑容後再度開口。

『可是……』

女人哽咽得說不出話來。鏡頭拉近拍攝她的臉，眼眶中充滿淚水。

『……我知道我沒有資格說這種話，畢竟我已經沒資格當人家的媽媽。可是，我希望……等我身體恢復正常、回到一般人的生活後……他們能讓我見孩子一面……一面就好……』

「龍平。」

龍平無視我的叫喚，面無表情地盯著電視。

「龍平！」

「幹嘛啦！」

龍平不耐煩地瞪了我一眼。那表情有如凶神惡煞……他什麼時候開始有這種表情了？

「不要看這台。」

我故作平靜地說。

龍平故作姿態地嘆了口氣，對電視按下遙控器。螢幕立刻切換到一個男人身上沾滿白色粉末、在地上打滾的畫面，喇叭傳來哈哈大笑的聲音。

真美把塑膠球丟過來，我接起丟回去。

「剛才那個女人應該是酒精中毒吧？跟我們家的情況不一樣喔。」

說這句話時，我沒有看龍平。

「誰不知道啊！」龍平心浮氣躁地說，「但是媽媽也每天喝酒不是嗎？」

「那是為了工作，她回家又沒喝。」

「有差嗎？在店裡喝就不會酒精中毒喔？」

我不知該怎麼回答，只好顧左右而言他。

「可是多虧了媽媽，我們才能去上學，我跟你都是。」

龍平大概發現了我的尷尬，所以沒有回嘴。

電視傳來一陣鑼響，幾個我沒看過的女明星開心地抱在一起，看來是綜藝節目的某個單元結束了。

我阻止真美把球放進嘴裡，把球拿到她的眼前晃啊晃的，當她伸手要拿時又立刻拿開。真美愣了一會兒，發出嬰兒特有的「嗚姆」聲。

我知道龍平是在擔心媽媽的身體。雖然我們之間很少說話，但我知道他在想什麼。龍平在學校如魚得水，在家裡就只是吃飯和睡覺，即便如此，他仍然很關心家裡的狀況。我稍微檢討了一下自己，同時也為自己的將來感到憂心。

這樣的生活是無法長久的。撇開爸爸的問題不談，媽媽的身體也很可能會撐不下去。到時我就得去工作補貼家用，無論就經濟狀況還是媽媽的健康狀況而言，我應該都無法繼續念高中。

我腦裡盡想著這些事，機械式地反覆逗弄真美。

「姊！」

龍平的聲音把我喚回了現實。我循著他手指的方向往電視一看，心跳差點沒停止。

電視裡的，是爸爸。

螢幕播映出爸爸平時工作的情景。他氣宇軒昂地走在路上，在辦公室敲著打字機鍵盤。

爸爸戴著金屬框眼鏡，臉上掛著嚴肅而認真的表情。採訪時卻彷彿變了個人似的，露出溫吞而誠懇的笑容。

這應該是剛才的節目吧？我豎起耳朵盯著螢幕。

——來生先生一家五口原本過著幸福而快樂的日子。然而某天他下班回家，卻發現家成了一只空殼。

畫面切換至我們以前的家——整潔而寬敞的電梯大樓。

——夫婦認知上的衝突，男女價值觀的差異，讓他太太帶著三個孩子默默消失，完全不留給他一絲商量的餘地。

『如果你問我有沒有錯，當然有。我常跟她起口角，就結果而言，我的工作性質也讓她備感壓力。』

爸爸坐在大餐桌前頻頻頷首，隨後從記事本中拿出了一個東西。

那是張照片。雖然上了黑條，但還是看得出是我們的全家福——爸爸、媽媽，以及站在前面的小小的我和小小龍平。當時真美還沒出生。

那是在迪士尼樂園拍的照片。

『但父母的事情何必牽扯到孩子？我以前跟孩子們感情很好，她這樣突然把小孩帶離爸爸身邊真的好嗎？為人父母，我們應該要坐下來好好商量，攜手度過難關才對，她卻選擇無聲無息地消失……』

畫面中的爸爸先是苦笑，隨即恢復正色。畫面外傳來一個模糊不清的聲音。

『小朋友笑得好開心喔。』

『是啊，真的很開心。』

爸爸沉痛地說。

「……他在說什麼啊……？」

龍平目瞪口呆地呢喃。我也是這麼想的。

那天，爸爸把我們強行帶到迪士尼一整天，強迫我們玩不感興趣的遊樂設施，看我們毫不關心的遊行。

那天我本來要去找朋友玩的，媽媽也因頭痛欲裂想在家睡覺休息。

照片裡的我們個個精疲力盡。

除了爸爸以外。

一股寒意蔓延至我的全身。節目裡說的都是對爸爸有利的部分，根本不是事實。

直到真美往我身上靠，我才回過神來，把妹妹抱起來。

『孩子不是父母的玩具，我們不應該把孩子捲入大人的紛爭。』

爸爸嚴肅地看著鏡頭。旁白繼續說：

——來生先生在友人的協助下，不斷追尋孩子們的下落。時至今日，太太依舊沒有和他聯絡。

「龍平。」

我沉重地開口。

「……幹嘛啦。」

我凝視著龍平槁木死灰般的臉。

「這件事先不要跟媽媽說，免得又發生什麼事。」

「……知道啦。」

龍平輕輕地嘖了一聲。

九

隔天，我將一早收到的最新期《月刊　胡說八道》放入信封裡，貼上收件人標籤，將贈刊寄給作者、外包工作人員、受訪者等人。

戶波總編所寫的〈都市傳說的源流〉內容非常完整，完整到讓人無法想像這是連夜趕出來的稿子。這次的主題是〈特別篇　《殘穢》與史上最強怪談〉，文中簡單明瞭地介紹了小野不由美的原著、熱映中的電影，以及實際流傳的恐怖故事。後半的分析也非常有深度，而非只是列出既有的舊資料。不是我在偏袒自己人，戶波總編在職場的表現真的非常出色！沒想到連文筆都這麼好，喔不，應該說，寫東西才是本分。

真要挑剔的話，就是這篇文章跟「都市傳說」實在沒什麼關係。之所以加上「特別篇」，就是為了遮掩這個「文不對題」的瑕疵吧。

不過，這次真的是情非得已，我也沒資格對戶波總編說三道四。

戶波總編昨晚似乎直接在編輯部過夜。中午我來上班時，剛走出電梯就遇見穿著喪服的戶波總編。

「喔，你來啦。」

總編一邊用手帕擦手，一邊對我露出爽朗的笑容。

下午三點我和戶波總編開會，決定保留〈都市傳說的源流〉這個專欄。我提出的企畫全被以

「沒搞頭」為由駁回了。我感到遺憾卻不生氣，因為這些指正很有道理。

當談到要請哪位作者時，我劈頭就說：

「我覺得野崎先生不錯。」

「嗯，我想也是。」

戶波總編靠向椅背。

野崎昆——是介紹岩田來我們公司的自由寫手。他原本在一家製作公司上班，最早是和佐佐岡合作增刊事宜，從很久以前就跟我們有工作往來。

雖然他號稱自己什麼都寫，但主要都是寫超自然方面的稿子，名片頭銜印的也是「超自然作家」。他的本名是野崎和浩，之所以將筆名取作「野崎昆」，是因為日本有個醃牛肉品牌叫做「野崎Corn beef」，而「Corn」發音類似「昆」，就隨隨便便取了這個名字。

野崎先生取名很隨便，但工作可不馬虎。他非常敬業，文章內容仔細，通順好讀，檔期也不會太滿。

雖然野崎先生也有難搞的地方，但他三十三、四歲的年紀在文壇屬於比較年輕的一輩，在合作的對象中也是比較好說話的。再加上他是個單身漢，跟有老婆的周防、有女友的佐佐岡相比，與他相處無須顧慮那麼多。

我覺得他跟我很像。

我之所以舉薦他，也是為了方便自己做事。

「不過，他的文章吸引力有點不足。」戶波總編撇了撇嘴，「不是沒有深度，但就是無法滿足讀者的胃口。內容也滿誠懇的，但就是不夠有趣。」

「湯水先生的文章就很有魅力。」

我由衷感嘆。

「是啊。」戶波總編看著天花板，「他的文章個人色彩比較濃厚，不過我很喜歡。資料什麼的也都收集得非常詳盡。就像最近把《今昔物語集》跟『蚯蚓漢堡』還有『三腳雞』兩個都市傳說扯在一起的那篇。」

「那篇真的很好看，雖然有點怪力亂神，但實在很有說服力。」

「他從以前就是這麼高竿。」

戶波總編望向遠方，似乎沉浸在與湯水先生過去的回憶中，那是我所不知道的世界。半晌，總編喊了一聲「好！」然後坐回原來的姿勢。

「沒關係，就野崎吧！就這麼說定了，你馬上去跟他詢問檔期，可以的話立刻跟他敲定下一期的主題。」

戶波總編說完便拿起戒菸棒，結束這場會議，準備進行下一個工作。

「是。」正當我鬆了一口氣，打算回去座位時，戶波總編突然又叫住我：

「幫我跟野崎說，三頁篇幅現在交給他正逢時。」

說完，意有所指地露出笑容。

晚間九點，我走出JR高圓寺站南口，步行幾分鐘後，走入一棟住商綜合大樓，沿著窄小的階梯爬上四樓。全黑的門前掛著一塊白色的塑膠牌子，上面淡漠地寫著「déraciné」──失根。我要找的就是這裡。

一打開沉重的大門，幾個客人同時看向我。店裡既昏暗又狹小。吧檯裡一個矮胖的中年男子正在擦玻璃杯，他用富有磁性的嗓音對我喊道：「歡迎光臨。」被那視線和男聲這麼一嚇，我不禁懷疑自己是不是走錯了，真的是這裡嗎？野崎先生說的應該是──

「藤間。」

店裡正播放巴薩諾瓦的音樂，還是叫爵士諾瓦？我忘了。一個似曾相識的聲音從遠方傳來，我往內部的桌子看去，只見一個黑影俐落地起身向我走來。黑暗中，我慢慢看清那人的長相──一頭黑髮，以及令人看不出年齡的削瘦臉龐。

是野崎先生。他平常不是臭著臉，就是露出挖苦的笑容，今天卻一臉愧疚。

「真不好意思，跟你約在這種地方。」

「不會，我才不好意思呢，臨時約您出來，而且還是在您的休息時間……」

正當我要鞠躬道歉時，野崎先生伸手制止了我。

「我跟別人事情還沒談完，但還是先處理你這邊好了。」

說完，他帶我往店內走去，來到一張小桌旁。

我抱著包包在小椅子上坐下，野崎先生則在我對面坐了下來。桌上的蠟燭早已燃盡，我看不清他的表情。

野崎先生念了幾個飲料名，問我要喝什麼。我回答：「啊，我喝薑汁汽水就可以了。」工作時喝酒會壞事。

佐佐岡加班到深夜時，偶爾會邊喝燒酎調酒邊工作，但我工作時對酒精是敬謝不敏。

「那就——」

野崎先生話還沒說完，一個女人突然伸手把蠟燭放在我們桌上，用打火機點燃。她小巧的指甲上塗著全黑的指甲油。

抬起頭一看，一名穿著黑色襯衫、身材嬌小的女人衝著我笑了笑。她看上去歲數比我大一些，整齊的牙齒，及肩的淺色頭髮，一雙大眼的睫毛刷得根根分明。

「歡迎光臨，你是編輯嗎？」

她毫不避諱地問道。我雖覺得有些莫名其妙，但還是禮貌性地向她自我介紹。

「我、我是《月刊　胡說八道》的藤間洋介。」

她露出燦爛的笑容。

「喔，你在戶波總編手下工作啊？野崎承蒙你照顧了。」

語畢，她對我深深一鞠躬，隨後立即抬起臉來看向野崎。她是叫他「野崎」，而非「野崎先生」，然而野崎先生對此卻毫無反應。

「給我們兩杯薑汁汽水。」

野崎先生說這話時沒有看她。女人不改一臉笑容，說完「好的」就往吧台走去。

女人離開後，野崎先生將酒單放在桌上，若無其事地說：

「我們進入正題吧。」

說完，他打開記事本。

我一手拿著最新一期月刊，開始向野崎介紹〈都市傳說的源流〉專欄。幾乎每一期的文章他都看過，所以談得相當順利。

野崎拿起曲線瓶薑汁汽水，一臉嚴肅地說：

「如果我寫得不夠好，湯水先生肯定會生氣。」

他早就得知湯水先生的死訊，出殯前一天還去參加了守靈。野崎在製作公司上班時就認識湯水先生，轉行當自由寫手時，湯水先生還分了好幾個工作給他。

「至於稿費……」

我說出一個難以啟齒的數字，比湯水先生更廉價的數字。不僅如此，蒐集資料的費用和交通費全都得由作者自行吸收，當然，我們也沒有經費聘僱專業攝影師，所以照片拍攝工作必須由野崎先生或我們編輯部負責

雖然我覺得自己沒有錯，但還是禮貌性地添了一句：「真的很不好意思。」

「不會。」野崎先生露出淡淡的笑容，「我很榮幸自己能被你們選為湯水先生的接班人。」

看著他正襟危坐的態度，我實在不知道他是在挖苦還是在說真心話。
這時，我發現他的記事本一角洋洋灑灑地寫了幾行字，那吸引了我的目光。

都市傳說‖恐怖故事（部分）？將兩大恐怖支柱之一膨脹到極致？
‖恐怖故事的恐怖↑路徑、勢力圖
傳染、感染↑不夠力？（表達方式）
（幸運信↑鹿島大明神）～七夜怪談～殘穢？

「那是什麼啊？」
野崎循著我手指的方向看去，「喔」的一聲撇嘴笑了。
「這是我的功課，事前功課。該說是線索嗎？其實更像是假說。」
「功課？」
「是啊。」野崎雙手抱胸，「就是在寫稿前先把內容彙整一遍，要寫的是什麼樣的都市傳說、怎麼寫才有趣……以目前的篇幅來看，按部就班一一介紹的話是一定塞不下的。而且就現在這個時代而言，光介紹是沒有意義的，因為網路上隨便搜尋就一大堆文章了啊。」
他的敬業態度讓我感到欣慰，同時也相當吃驚。現在不少作者都只是把網路上的資訊「東拼西湊」成一篇文章。肯整理還算好的，有些作者甚至只是「複製貼上」——連改都不改就交稿了。說實在話，很多編輯也是半斤八兩。

我們雜誌因為有戶波總編把關，比較沒有這個問題。喜鵲出版社去年停刊的雜誌——《奇哉怪也》最後那幾期簡直是慘不忍睹。封面故事〈新尼斯湖水怪其實是「姥鯊」？〉就是盜用網路上的文章，裡面的圖片八成也是未經許可就使用了。

我鬆了一口氣，把專欄交給野崎先生果然是對的。我接著又問：「這個約等於符號又是什麼意思？後面還加了問號。」

身為編輯，我也得了解一下狀況。不過，最主要還是因為我對他的「假說」感到好奇。

「內容還沒完整到可以跟別人說。」野崎先生面露難色，然而拗不過我的再三懇求，他從口袋拿出香菸點燃道：「好吧，那我就跟你聊聊好了，只是聊聊喔。」

見野崎先生正襟危坐，我也不禁跟著抬頭挺胸。

野崎先生思考一陣後，「呼」地吐出一口煙。

「你覺得都市傳說可怕嗎？就內容而言。」

被他這麼一問，我有些猶豫地回答：「不覺得。」

「當然也有嚇人的，但大多都只是奇事軼聞。」

「是啊。」野崎先生將香菸放在菸灰缸上，「既然如此，那為什麼都市傳說會被歸類於超自然範圍？超自然雜誌常拿都市傳說做文章，對吧？幾乎成了基本款。許多恐怖電影、恐怖小說也理所當然地以都市傳說為題材，其中還包括不怎麼恐怖的都市傳說，這又是為什麼呢？」

野崎先生看向我。看來，他採取的是一問一答的對話方式，我不禁扶住太陽穴。

「……應該是因為真相撲朔迷離、真假難辨的關係吧。」

「也就是說？」

而且還是打破沙鍋問到底。我思考了一陣後說：

「我、我覺得，因為不知道是真是假，所以才會讓人感到畏懼不安。這一點和超自然現象相當類似，也是都市傳說的魅力所在。再說，恐懼不就是來自於未知嗎？所以……」

「原來如此。」

野崎先生頷首。

「我的假說是這樣的——都市傳說是『恐怖故事』的其中一種，將兩大恐怖支柱之一膨脹到極致的產物。」

他說。

我聽不懂他在說什麼，所以不知如何附和他。

「抱歉，我從頭說起好了。」野崎先生露出苦笑說：

「『恐怖故事』是我為了方便起見而採取的略稱，它的範圍涵蓋怪談、怪奇幻想小說、驚悚小說、驚悚電影、都市傳說。無關媒介，也無關定義和成立過程，而是泛指那些以『嚇人』為目的，也就是讓閱聽人覺得自己被嚇到的故事。」

「嗯。」

「恐怖故事為何恐怖？很簡單，是因為內容，也就是故事中的敘述。我們大致上可以將這類故事分成幾種模式，像是鬼魂、怪物、殺人魔、詛咒等等，但具體內容卻是千差萬別。」

「是。」

「藤間，你剛才說恐怖故事之所以恐怖是因為真假難辨，這主要是技術性的問題，也就是敘述表達的功力。將故事寫得迷霧重重、將真相鋪陳得撲朔迷離，是每個恐怖故事追求的目標，要做到這點其實有很多方法，對症下藥就行了。」

「是沒錯……啦。」

起初我頻頻點頭，中途改為歪頭聆聽。

「相信我，真的沒錯。」野崎先生正色說，「如果說恐怖的點在於真假難辨，這相對代表著，恐怖的東西是什麼都無所謂。換句話說，重點不在於對象，而是技巧，也就是怎麼鋪陳、如何描述。」

「嗯……」

聽到這裡，我的頭更歪了。野崎先生抽了一口菸。

「抱歉，說來話長，等等我要說的才是重點。」他伸出食指繼續說：

「我剛才說的，是『兩大恐怖支柱』的一號支柱。二號則是恐怖故事的流傳，也就是恐怖故事傳開後所引發的恐懼。」

他伸出中指，手呈V字手勢——除此之外沒有別的感想，因為二號支柱實在太令人失望了。

「是、是嗎？」

我不想多說，一心只想聽他把話說完。

「嗯。」野崎先生用力點頭，「說到比較有名的都市傳說，不外乎就是《裂嘴女》、《廁所裡的花子》、《瑪莉的電話》、《紅背心》、《伏地女》這些吧。」

「嗯，這些我全都聽過，都是當紅、主流的都市傳說。」

野崎先生話鋒一轉，說到了都市傳說。我靜靜等待他繼續說下去。

「那我問你，你覺得這些傳說是真的嗎？當然，還有其他更有根據、更難以判斷真偽的都市傳說，但我是問剛才提到的那幾個。」

「不覺得。」我不加思索地回答，「這些應該都是編造出來的故事，畢竟這個世界上根本就沒有妖魔鬼怪，裡頭怪力亂神的部分相當可疑。」

「是喔。」

野崎先生沉下臉片刻，隨即又恢復原本的表情。

「既然如此，這些傳說為什麼會當紅呢？藤間，你是怎麼判斷的呢？」

我沉思片刻後說：

「這些傳說我聽過好多次了，眾所皆知，屬於『不分區』型的都市傳說。」

「沒錯。」野崎先生滿臉認同，「重點在於這些傳說家喻戶曉，裂嘴女是，花子也是。」

「是。」

我點點頭表示同意。不過，這不就只是換句話說嗎？我還是不知道恐怖的點到底在哪裡。

「請你想像一下……」

野崎再度開口。

「某人在日本某處捏造出裂嘴女、花子的故事，然後一傳十、十傳百，在日本地圖上擴散開來。」

我在腦中勾畫出一幅常見的日本地圖，淺綠和淺褐色構成的那種。

然後在隨意一處——琵琶湖東畔標上一紅點，想像傳說從該處傳開的樣子。

紅點慢慢擴大，在本州上慢慢暈染開來。

「假設剛才提到的都市傳說都是虛構的故事——」野崎說：「那麼想當然耳，這些故事一定有作者。但我認為，這些作者並未積極宣傳這些故事。雖說也有像『人面犬』這種刻意編造出來的流言，但你覺得，光憑個人力量，真的能夠操控媒體輿論至此嗎？我是覺得不可能。」

「然而，這些故事離開作者後便有如脫韁野馬，一傳十，十傳百。」

本州已陷入一片通紅，都市傳說跨越瀨戶內海，將四國半邊土地染成紅色。

「一開始是口耳相傳，傳到某個程度後，再經由媒體報導一舉傳開。」

紅色開始往下進入福岡，往上進入函館。

「各地開始出現新的版本，每個區域加一點油、添一點醋，然後再傳到別的區域。」

野崎先生繼續說。

在毫無預警的情況下，整張地圖慢慢被染紅。這片紅色以琵琶湖東畔為中心點，有如波浪、血脈般向外擴張。

「這些沒有實體的言語、資訊、故事，彷彿有生命、有想法一般，成長、變化、增殖——」

紅點，喔不，是一大片紅色已蔓延至知床半島和鹿兒島縣。

「——最後籠罩全日本。」

野崎先生靠向椅背，拿起香菸放入口中。

沖繩也瞬間淪陷。

我將紅色的日本地圖甩出腦袋。

「這就是所謂的無心插柳吧。」

說完，我嘆了口氣。

「你說的沒錯。」野崎用力點頭，「簡單來說，『無心』才是最可怕的地方。不過，這麼說似乎又不太恰當，因為這又會扯到媒體素養的問題。」

我不禁感嘆了一聲。

「野崎先生，您的口條好好喔。」

「才沒有呢。」

他一如往常露出挖苦般的笑容。

「我的調查還不夠完整，只能靠虛張聲勢唬唬人罷了。若讓那些比我聰明的人來說明，一定更簡單易懂，這對岩田他們系上的教授而言簡直易如反掌。」

說完，他聳了聳肩。

「也……就是說……」我反芻著野崎先生的話，「都市傳說的主要恐怖支柱屬於第二種對吧——啊，不對，您剛是說『膨脹到極致』？」

「嗯，我的觀察啦。」野崎先生回答，「又或許可以說，這些都市傳說是恐怖故事用以廣為流傳的進化版，導致一號恐怖支柱的退化，也就是內容上恐怖程度降低。曖昧不清，卻又煞有其事，簡單好懂——總的來說，都市傳說只求讓人印象深刻，內容是什麼並不重要。還有一點，一定要能刺激大眾的討論意願。」

「您說的——」我指向他的記事本，「跟幸運信相當類似呢。」

野崎吐了口煙。

「幸運信、連環信跟都市傳說屬於同種性質。雖然形成的過程大相逕庭，但兩者都是以『流傳』、『擴散』為目的。我們甚至可以說，兩者是互相影響的。有一說認為，知名都市傳說《鹿島大明神》就是幸運信的口頭版本。」

「然後呢……」

「回到『流傳』的話題。這類流傳已從實體信進階成聲音又或是電子郵件的附加檔案，就像以前科幻小說寫的那樣。」

「……我大概懂您的意思。」

我將有印象的「科幻小說」想過一輪後，點了點頭。高度進化的知性生命體捨棄了肉身，讓意識獲得永生——我好像看過還是聽過這麼一個故事，卻又想不起是哪一部作品。

我看向野崎先生的記事本，上面寫著「七夜怪談、殘穢」。

腦中同時浮現那份稿子和戶波總編寫的專欄文章。

「《七夜怪談》也跟都市傳說有關嗎？」

被我這麼一問，野崎先生露出苦笑說：「這該怎麼說呢。」

「其實，你不覺得詛咒錄影帶就是『影像版的幸運信』嗎？雙方模式簡直一模一樣，都是把詛咒拿給別人看，然後交棒給下一個人。」

「啊，對耶。」

我搔了搔頭，向他坦白道：「貞子在這部作品裡太過搶眼了，導致我沒注意到還有這個特點。」

野崎先生雙手抱胸說：「我懂你的意思。不過，就算把重點放在貞子身上，她的詛咒也是透過影片，並逐步經由影像媒體擴散至日本國內，甚至到全世界。」

「嗯……Twitter上也有類似的東西在流傳。不過與其說是詛咒，更像是在搞笑。」

「即便如此，二號恐怖支柱時至今日依舊存在，甚至有愈來愈主流的趨勢。」

「原來是這樣。」我喃喃自語。

野崎先生起身說：「至於《殘穢》。在我看來，是一個將二號支柱全面回饋在內容——也就是一號支柱上的故事。先假設引發靈異現象的因子，再針對該因子的傳播、擴散進行調查。書中將這樣的過程譬喻為『樹木』。」

「是。」

我開始想像某個地方的巨大紅點，不斷向東延伸枝節，有如血脈一般擴張的情景。

「書中將靈異現象的傳播、擴散稱作『感染』。因傳播的媒介是人類，所以這個詞形容得非常恰當，我們甚至可以說，《殘穢》的二號恐怖支柱就是『感染所造成的恐怖』，不過——關於這點我實在想不透。」

「為什麼呢？」

「細菌、病毒都是非常微小的生物。雖然嚴格來說病毒並非生物，但那不是重點。我要說的是，都市傳說、恐怖故事即便經過傳播擴張，還是得看做一個單位不是嗎？」

野崎先生目光如炬地看著我。我不發一語，只是點點頭。

都市傳說、恐怖故事的「流傳」本身是非常可怕的。這些沒有實體的資訊彷彿有生命一般，脫離了傳播者的控制，在茫茫人海之中四處流竄。

我的腦中再度浮現那幅被染得通紅的日本地圖，有如血脈般的紅色勢力依舊在持續擴張。

我照著野崎先生所說，將整片紅色看作一個單位、一個生命體，想像它是一個沒有五官、史前未有的巨大生物。

喔不，用「怪物」二字，還可能比較適合形容恐怖故事。

又或者是——妖怪。

我不禁豁然開朗，野崎先生的理論既有趣又有力。這讓我不禁再次感嘆，找野崎先生接手專欄果然是對的。

野崎先生撐著下巴沉思。看來，他對目前的分析內容似乎還不滿意。他真的好認真喔，不過，像他這樣實事求是的態度，真的來得及寫稿嗎？我們的專欄篇幅只有三頁，字數約五千字——

喔，差點忘了戶波總編要我轉達篇幅的事。

我趕緊向野崎先生如實轉告，只見他露出奇妙的表情。

「……總編怎麼知道的？應該不是岩田說的吧。」

他是在不高興嗎？氣岩田？還是氣戶波總編？

「不好意思，是我搞不清楚狀況，失言了。」我急忙道歉。

「不，沒關係。」野崎先生露出苦笑，態度再度拘謹起來說：「請幫我跟戶波總編道謝。」

正當我歪頭感到不解時，野崎先生立刻將話題轉回公事上。

「下個月要寫什麼？」

對喔！最重要的事我居然忘了。我列舉了幾個提案，像是三腳莉卡娃娃、鹿島大明神、兒歌《小幸妹妹》的歌詞，並建議他可將剛才的假說寫進去。

他聽完後面露難色，似乎並不滿意。

最後我們達成共識，請他在明天傍晚前列出幾個提案，再於後天之前從中選定。其實嚴格來說我們並沒有達成共識，只是討論出一個結論罷了。「那就勞煩您了。」「拜託你囉。」我們說完客套話後，開始收拾桌面。

薑汁汽水的瓶子不知不覺間已空空如也。

「要再來一瓶嗎？」

女人走過來問我。正當我要揮手跟她說「不用」時，野崎先生不客氣地對她說：「我們結束了啦。」並露出不耐煩的神情，和剛才簡直判若兩人。

「那……」女人對野崎的不耐煩視若無睹，眉飛色舞地說：「我們繼續把剛才的事情談完吧。」我這才想到，野崎先生說他剛才在談事情。

野崎先生在跟酒吧店員談什麼啊？是副業嗎？還是是下一篇文章會寫到的東西？他的個性雖稱不上孤僻冷漠，卻也並非八面玲瓏，跟他第一次見面時我也非常緊張。老實說，我覺得他根本不適合做生意。

「快介紹一下啊，野崎。」

女人說。不知不覺間，她已蹲到野崎先生身旁。

野崎滿臉不情願地伸了個懶腰。

「藤間……」

「是。」

野崎先生指著女人說：

「這女的，喔不，她是這間店的兼差人員。」

他只是單純在介紹我們認識嗎？不，應該不是。這時，野崎一副難以啟齒的模樣說：

「也是我的未婚妻，我們預計今年秋天完婚。」

面對這突如其來的消息，我瞬時無言以對。

這時女人站了起來。

「我叫比嘉真琴，請多多關照。」

她向我鞠躬，淺色頭髮順勢搖曳。然後對我投以一個欣喜的笑容，轉頭看向野崎先生。

「不是我在說，我們可以不要在這個時間、這個地點挑選婚禮場地嗎？」野崎先生嘆息著說。

「那可不行，我也想聽聽大家的意見嘛。」真琴小姐笑道。

原來他們是在談這個。

我這才恍然大悟，戶波總編原來是這個意思。

『三頁篇幅現在交給他正逢時。』——三頁，奇數頁。

用二除不盡，無法雙分的單數。

跟日本人包紅包的概念一樣。

佐佐岡和戶波總編都一樣，在奇怪的地方表現得很老派，真拿他們沒辦法。

「咦？」一聲尖銳的叫聲將我拉回了現實。只見真琴小姐歪著頭盯著我，不，正確來說，是盯著我的腹部，那眼神既嚴肅又帶刺。

「怎麼了？」

被野崎先生這麼一問，真琴小姐沉吟著皺起眉頭。

「那個，藤間先生。」

「什、什麼事？」

「你包包裡面有什麼東西？」

「包包？」

我這才發現自己將包包放在膝上，原來我一直抱著包包跟野崎先生說話。我記得裡面有——

「……錢包、筆袋、雜誌，還有稿子的影本。」

「是喔，那可能是我眼花了。」

真琴一臉傷腦筋地搔了搔頭。

「抱歉，我剛才隱約看到你包包裡裝了只人偶。」

十

開學典禮結束回到家時，家裡多了一名中年男子，和媽媽隔著餐桌面對而坐。

「這位是舟木叔叔，他身兼餐廳老闆等多職，平時很照顧媽媽，所以我請他來家裡作客。」

媽媽抱著真美對我解釋。她今天似乎沒有排班，凹陷的臉龐上掛著安心的笑容，不斷稱讚舟木叔叔。我一看就知道，舟木叔叔根本就是媽媽店裡的客人，但她從頭到尾都沒有提到這件事。

「他很喜歡看書喔，里穗，你們一定合得來。」

舟木叔叔有著一張四方臉。他摸了摸用髮膠抓立的頭髮，笑盈盈地對我說：「我們要好好相處喔，里穗。」說這話時，他金色的門牙閃閃發光。

我以最簡略的方式和他打完招呼，便走進自己房間，緊緊關上房門。房間地上丟著一個小學書包。客廳裡似乎聊得不亦樂乎，媽媽高聲大笑。我躲在棉被裡，在一片黑暗中閱讀借來的書。

考完學力鑑定測驗後就開始正式上課了。同學一如往常地避開我，除了兩個人。

「欸，妳真的不跟妳爸聯絡嗎？」

下課時間在廁所，一個聲音突然這麼問我。是曾根崎！她什麼時候進來的？我愕然看向她。她睜大眼睛，露出不懷好意的笑容。

「妳爸在電視上說的啊。那是妳爸對吧？妳沒看嗎？不是我在說，妳媽真的很糟糕耶，竟然這樣硬把孩子帶走。」

「我不知道妳在說什麼。」

我故作鎮定地回答。然而她卻依然故我，將臉湊過來問：

「妳媽很恐怖嗎？跟我們家一樣耶。我媽是家裡的老大，所有人都得對她唯命是從。」

「才不是這樣。」

說完，我飛也似地逃出廁所，也不管曾根崎在背後對我喊「我們應該很合得來喔！」自顧自地奔向樓梯。之後我不斷在校舍內繞來繞去，直到午休結束。

只有井原願意陪我玩。

「嘿，阿井。」

「什摸素？」

剛剛還哭喪著臉的井原對我露出傻笑。老師出去開會了，我在特教班的榻榻米上陪著他。

「阿井，你喜歡你媽媽嗎？」

「喜歡。」

井原毫不猶豫地回答。一雙下垂的眼睛瞇得跟新月一樣細。

「那，你喜歡你爸爸嗎？」

「喜歡。」

這次也沒有半點遲疑。我回了他一個笑容。

「真好。」

就連我自己都不敢置信，我怎麼會脫口而出這種話？難道我其實很渴望喜歡上自己的父母，一家人和樂融融地團聚在一起嗎？

我的胸口發疼，頭腦發熱。

「……因為你爸媽很疼你對吧。」

「對。」

阿井露出一口亂牙笑了，黑漆漆的口腔看上去深不見底。我陪他玩了一會兒後，便離開前往圖書館。

還好書後，我瀏覽了一下書架，然後裝作若無其事地走向意見交流簿。其實在那之後我來確認過好幾次，但每次都撲空。

我翻到最新留言的那幾頁，不出我所料，還是沒有人回我。大概是沒人注意到吧？還是大家都覺得我很噁心？想著想著，有留言的頁數已全數翻完。

其實我從一開始就不抱期待，想想也是，怎麼可能會有人回嘛！我一邊這麼告訴自己，一邊往回翻找之前寫的留言。我的留言大概，喔不，肯定已經被塗黑，又或是被人在旁邊寫上「白痴」等字眼。我只是想親眼確認而已。

有人看過鈴木光司的《七夜怪談》嗎？你覺得好看嗎？我個人覺得非常有趣。

之後我應該會去看這部電影。

有好看的恐怖書籍請務必推薦給我。 　　車里　小里

結果，我的留言沒有被塗黑，旁邊也沒有惡作劇塗鴉，不僅如此，同頁的空白處還用小字寫著——

→小里：

我好奇借了《七夜怪談》回家，好可怕喔。雖然貞子的詛咒很嚇人，卻也很令人同情。

最後的結局也令人發抖呢。

就連我這種平常不太看小說的人，也很喜歡這本書呢。

為了感謝妳，我也想推薦妳幾部作品：

《心驚膽顫都市傳說百科》

《幸運信大追擊！》

《都市傳說實錄叢書第四集 人面犬》

雖然這些不是小說，但跟《七夜怪談》都有點像。

看完別忘了告訴我感想喔。 由佳里

PS. 我也想看《七夜怪談》的電影！

這應該是小學生寫的吧？字跡雖然很端正，但用字措辭卻很簡單。

由佳里。

看來她很喜歡恐怖故事，而且對都市傳說特別有興趣。我讀小學時，都市傳說在學校裡傳得沸沸揚揚，當時我還把好幾則傳說當真了。後來我發現那些都是編出來的故事後，就再也沒有接觸了。比起都市傳說，看書還比較有趣。

我反覆看了好幾次她的留言才動筆回覆。

→由佳里

謝謝妳的回覆。

我等等就去借妳說的那些書，感覺都很有趣呢。

《七夜怪談》的電影我一定會去看！ 小里

之後我把這些書找齊，在圖書館讀到快要關門才去辦理借書手續。回家後，舟木叔叔也在，媽媽正在做晚飯，她告訴我，她已經把超市的工作辭掉了。

餐桌上，舟木叔叔和媽媽聊得非常開心，為了不要掃了他們的興致，席間我只敷衍性地插了幾句話，吃完飯便回到自己房間。晚一點龍平也走了進來，爬上上舖。

正當我在看人面犬的書時，媽媽拉開拉門，化著一臉濃妝。

「那我先出門囉，真美就拜託你們了。」

「路上小心。」

我說完後，龍平也跟著複頌。

媽媽露出笑容。而站在她身後的舟木叔叔，從頭到尾都面無表情地看著我們。

十一

終於出現「都市傳說」四個字了。

我原本趴在暖桌旁，將雙腿放在暖桌裡取暖。但因為烤得太熱了，所以起身改為盤腿坐。

這間套房離小田急線豪德寺站約十分鐘的路程，位於幹道旁一棟公寓的二樓邊間。從「失根酒吧」回來後，我先是悶悶不樂地扒完便利商店的便當，之後一直看稿到現在。

電視機傳來一陣配樂，隨之而來的，是不帶絲毫感情的旁白聲。畫面中的女人正快步地走在街上。她看上去已年過三十，長相普通，身材嬌小。鏡頭不斷搖晃，應該是貼身採訪的節目吧。

「我想說你是超自然雜誌的編輯，隨身帶著人偶也很正常。」

我想起幾小時前真琴小姐說的話。

「不，我真的沒帶。」

我打開包包給她看。她看完尷尬笑道：「真的耶，抱歉，我失言了。」

我偷偷瞄向野崎先生，他臭著臉瞪向真琴小姐。可能是因為我比較不會跟這種「天真爛漫」的人相處吧，雖然真琴小姐講話並非特別沒禮貌，但我總覺得她哪裡怪怪的。我想，野崎先生應該時常像這樣被她擺一道，又或是陷入尷尬場面吧。

可是，他還是決定跟她結婚。

我一直以為野崎先生跟我很像。我們都喜歡靈異、驚悚、超自然、傳奇生物、飛碟、疑似外星人留下的出土古物。年紀的增長也澆不熄我們對這些東西的熱愛，進而以此為職——我一直以為他是這樣的人。

然而今天看來，一切不過是我一廂情願罷了。野崎先生其實跟一般人一樣，會談戀愛，會交女友，會結婚。

沒想到，像他這樣對工作如此投入的人，最終還是跟周防、佐佐岡等公司前輩一樣，以那方面為重。

對陰界情有獨鍾的人，終究還是得屈就於現實，談戀愛、結婚，和陽界的人走上類似的路，然後凡事以那方面，也就是現實為重。比起超自然與驚悚，他們更在意男女朋友與家人。

進入編輯部工作後沒多久，我就為此感到相當沮喪，如今更是失望透頂。

其實，我心情會這麼不好，有部分也是受到稿子的影響。

里穗的爸媽真是差勁透了。爸爸為了搶回孩子不惜扭曲事實，媽媽也不告知孩子一聲就擅自帶男人回家。看到這裡，要人如何對家庭抱有憧憬？

看到里穗只能從交流簿中獲得些許救贖，我為她感到心疼不已。

外面傳來呼嘯而過的車聲。從房子搖晃的程度看來，應該是卡車吧？這條路半夜也是這麼吵，我早已見怪不怪，稿子旁的手機螢幕顯示著凌晨兩點，但我還不想睡。

我看向電視，那女的正在一間大廚房裡做菜。

畫面一轉，只見她將飯菜陸續端上大餐桌。有沙拉、燉菜、湯品，餐具用的盡是光滑的木盤。幫忙擺盤的男性應該是她老公吧。

兒童椅上坐了一個小朋友。

『辻村太太，妳都是像這樣一手包辦全家人的伙食嗎？』鏡頭外傳來女性工作人員的聲音，收音不太清楚。

『是啊，我盡量每天都下廚。』

女人停下手邊的工作，看向鏡頭。她的臉蛋削瘦，長相普通，臉上掛著朝氣蓬勃的笑容。『好辛苦喔。』工作人員說。

『不會啊。』女人將不知道裝著燉飯還是焗烤的大盤子放到桌上，『我覺得這是我的本分，又或是原點。我既然以做家常菜為職，怎麼能不做飯給自己家人吃呢。』

畫面下方浮出「家常菜才是原點」幾個字。

『久等了。』女人說完後坐下，一家三口雙手合十，異口同聲說：『開動囉』，其中又以孩子的聲音特別高亢。

我像是要把遙控器丟向電視一樣，憤然關掉電源。

這裡也有一個「家庭」。

那女的大概是所謂的烹飪研究家吧，又稱烹飪專家，簡單來說，就是一些家常菜食譜的作者，又或是烹飪教室的負責人。

那些人的「賣點」除了食譜，還有家庭——一個幸福的家庭是靠餐桌上的菜餚支撐起來的，這些食譜除了好吃、簡單，更是維持家庭美滿的魔法。所以這些人才會准許媒體來家裡拍攝，讓丈夫兒子在鏡頭前露臉。

他們這樣做簡直就在宣示：只有父母小孩同桌共食，才是真正的一家人。

如果是這樣，我從小豈不是個孤兒？

剛升上小二我的媽媽就去世了。那時她感冒惡化成嚴重的肺炎，送醫時已是回天乏術。時至今日，我依然時常想起棺材瞻仰窗下那張蒼白的容顏。

十八歲隻身來到東京之前，我一直跟父親兩人一起住。

父親對我漠不關心，他總是一早出門，夜半而歸。我想，他之所以願意給予我最低程度的照顧，只是為了了結他身為父親的義務。除了商量出路跟要學費，我幾乎沒跟他說過話。

我總是獨自待在家中上網，沉浸在那神祕未知的世界，與不認識的網友聊天。

就像盡可能待在外面、沉浸在恐怖書籍和交流簿裡的里穗一樣。

我再次讀起稿子。

十二

之後我便經常和由佳里在簿子上聊天，透過紙筆進行「恐怖交流」。

由佳里

《廁所裡的花子》好令人懷念喔，這個故事用讀的更有趣呢！

關於花子的由來眾說紛紜，哪一個才是真的呢？

還是說，它其實跟人面犬一樣，是捏造出來的故事？

我查了一下，發現外國人寫的《搭便車的人》似乎滿好看的。

可是這本書一直被人借走，好想快點看到喔。　小里

重新接觸都市傳說後我很是懷念，同時又感到害怕與不可思議。可能是因為這幾年看了不少恐怖書籍的關係，比小學時更能樂在其中了。

由佳里似乎也看了我推薦給她的書。

小里

《惡魔的呼喚》超超超可怕的！嚇死我了！

如果我生在受詛咒的家族該怎麼辦？我能如願變成人嗎？

還是變成魚？人魚？驚驚！

我最近因為聽了《紫色老奶奶》這個都市傳說而感到很傷腦筋。

據說如果超過二十歲還記得這個詞就會死掉……怎麼辦……

《搭便車的人》是給大人看的書嗎？　由佳里

PS.《七夜怪談》快要上映了！好期待喔！

二月的一個星期天早上，我去電影院看了《七夜怪談》。一星期前，我難得自己主動跟媽媽說話，跟她要電影票錢。

媽媽二話不說就打開全新的路易威登皮夾。

這是我第一次自己去看電影，正確來說，我已經很久沒有看電影了。我把心一橫，買了杯小杯可樂和電影介紹手冊。

開演鈴響時，廳裡已是座無虛席，人聲鼎沸。我喝了口可樂潤喉，雙眼緊緊盯著大螢幕。

我一個人在昏暗的電影院中不斷發抖。一開始我覺得松嶋菜菜子演這個角色怪怪的，但後來也習慣了。

電影演到高潮時，我整個人縮在椅子上。貞子從井裡爬出來的那一幕，差點沒把我嚇到驚聲尖叫。那背景音樂，喔不，是擾人的不協調音不斷在我的耳膜間穿梭，擾亂我的思緒。沒想到劇情竟會這麼發展。

當貞子站在真田廣之面前時，我用雙手摀住嘴巴，在心中不斷說著「對不起」。

為什麼要道歉？我自己也不知道。

不知不覺中，影廳的燈已亮起。我雖然也看了同期上映的《七夜怪談2：復活之路》，卻一點印象也沒有。原本已是「貼」在椅子上的我慢慢起身，步伐蹣跚地走出電影院。

當我回過神來時，我已經趴在自己的床上了。我完全不記得自己是怎麼回到家的，電影介紹手冊也不知道丟哪兒去了。

隔天去上學時，我發現同學們看我的神情有別於以往，眼神中充滿了調侃，一副「難怪」的表情。我錯過了什麼嗎？發生什麼事了？是爸爸？還是媽媽？

第一節課鐘響，瀨戶走進教室，帶著一抹淺笑繼續上次沒教完的古文——某個物語裡的鬼故事。今天他大概會點女生來回答問題。

「好，幽靈差不多要出場了，講義中間的這一段……」

瀨戶撥了撥瀏海。

「請被點到的同學把這段念出來並翻譯。右邊數過來第二排……」

是我們這一排。

「倒數第二個……」

是我後面的同學。

正當我鬆一口氣時，瀨戶突然露出燦爛的笑容，高聲說：

「的前面——貞子同學！」

全班瞬時哄堂大笑，注意力一下全放到我身上。

我想起自己蒼白而陰沉的臉龐、又黑又長的頭髮、異於常人的興趣嗜好，接著又想起《七夜怪談》上映後人氣超高、票房很好的事。

從那天後，我在班上便多了「貞子」這個稱號。

這個外號很快就傳開了。女同學個個當我是空氣，因為害怕而疏遠我；男同學則會故意在我面前大唱電影主題曲。

輪到我當值日生那天，黑板右下角寫的不是我的名字，而是「山村貞子」。掃地時，只有我的座位沒人掃，因為他們說掃了會受到詛咒。

基於同樣原因，只要是我用過的公物、工具，大家都避之唯恐不及。部分男生會把我摸過的東西丟來丟去玩，就像小學生一樣。

對此我倒是很冷靜，彷彿事不關己似地觀察自己的遭遇。

我心想，這一切還算好的，比我慘的同學比比皆是。

比方說，曾根崎就已經沒來上學了。

舟木叔叔倒是每天都來我家。龍平時常跟他聊天，不僅如此，還跟他一起打棒球、打電動。棒球手套、棒球、電動都是舟木叔叔買給他的。

「我覺得他不是個壞人啊。聽說他老婆很早就死了，生活很空虛。」

龍平從上舖看向我，對我秀了秀他手上的《航海王》第一集。舟木叔叔還答應說，春天出第二集時會買給他。

「所以說，媽媽是他老婆的代替品囉？」

被我這麼一問，龍平垮下臉來。

「有什麼關係，他們幸福就好。」

我隱約聽到他這麼說。

媽媽待在家的時間變多了，我也比以前更常去圖書館了。

由佳里

妳不能去看《七夜怪談》啊……好可惜喔。看了記得告訴我感想喔。

我終於借到《搭便車的人》了，雖然內容看起來有點難，但我會盡力把它看完的。

上次妳寫的《鹿島大明神》，跟我以前聽到的有點不一樣，滿有趣的。原來鹿島的名字叫「零子」啊。

書上說，都市傳說常有不同的版本。

可以告訴我妳聽過的都市傳說嗎？眾所皆知的也沒關係喔。　　小里

小里

《海螺小姐》最後一集——

磯野一家人去國外旅行的路上，飛機失事落海。

從此海螺小姐變成了海螺，阿鰹變成了鰹魚，大家都變成跟自己名字有關的海洋生物。　完　由佳里

由佳里
這個故事我聽過了，一點都不恐怖啊（笑）
《哆啦A夢》的最後一集我也聽過了！
《搭便車的人》很好看喔。　小里

小里
一對夫妻生下了一個男嬰。
因為男嬰長得太醜了，這對夫妻不想留著他。
所以爸爸便把孩子帶上山丟掉了。
三年後，他們又生了一個可愛的女娃。
這對夫妻欣喜若狂，將女兒視若珍寶，捧在手心上養大。
某天，爸爸帶女兒去野餐。
去的正是當初遺棄男嬰的山上。
正當他們爬到山頂時，女孩突然轉過頭來說：

「爸爸，這次可別再把我丟掉囉。」 由佳里

之後，由佳里開始寫各種都市傳說給我看，聽過的、沒聽過的都有。像是《紅披風怪人》、《紅背心》、《瑪莉的電話》、《伏地女》等。

有些一點都不恐怖，甚至有點搞笑。像是什麼……「收音機體操其實不只有第二、第三式，事實上共有九十九式」，這怎麼可能是真的啦。

我很高興，這是我第一次遇到氣味相投的夥伴。

進入三月後，由佳里突然失去音訊。期末考那天，我還特別到圖書館確認交流簿，但都沒有她的留言。

同時在這時候，爸爸久違地又來學校找我。

我一如往常地到保健室避風頭。

隔壁床也一如往常地有人。我聽得到微微的打呼聲，雖然那人背向我，但我看得出來是個短髮女同學，應該是每次都睡在這裡的那個人吧。

——你們這樣太不正常了，這樣做是不對的。

遠方傳來正氣凜然的聲音，聽來令人厭惡。我躺在床上，關上心房。

「欸。」

突如其來的叫喚把我嚇得彈坐起身，只見矢島緊鎖著眉頭。

「我在電視上看到妳爸爸，他說的是真的嗎？」

她問。

「不是。」

我機械式地回答。其實，花岡和其他幾個好奇心旺盛的老師已經問過我了，而我的回答總是千篇一律。

「那是我爸爸編造出來的說詞。」

「是喔。」

矢島撥了撥剛補燙好的大鬈髮。

「真到逼不得已的時候，不來上學也不失為一個好辦法。」不等我回答，矢島又趕緊補充道：「反正人生又不是只有學校。」

隔壁床的打呼聲愈來愈大了。

爸爸離開後，我回到教室，等待第六堂課結束。然後再像平常一樣，一邊留意周遭情況一邊前往圖書館。

今天會有新的都市傳說嗎？由佳里今天大概也沒有留言吧。

其實，我兩天前才去過圖書館。但我完全不想回家，可以的話，我甚至想一直待在圖書館裡。

到了圖書館後，我直奔「青壯年區」，打開交流簿，翻了幾頁後，新寫的「小里」二字映入我的眼簾——她終於回了！

我這才放下心中一顆大石。

小里

喪眼人偶

這是我朋友的奶奶小時候發生的事。

奶奶當時住在鄉下的一間屋子裡，時常跟朋友在寬廣的屋裡玩捉迷藏。

某天，奶奶一如往常在家中和朋友玩捉迷藏，並躲進家後方的一座大型倉庫中。當時倉庫沒有上鎖。

裡面不僅非常陰暗，還擺滿了老舊的藤箱。

因為當鬼的朋友遲遲不來，奶奶無事可做，便開始在倉庫裡探險。

她找到一個老舊的小■箱，拍掉灰塵後打開一看，發現裡面裝著一只人偶。

那是個穿著黑色長袖■■的■人偶。

臉上■■一層又一層的紅線。

奶奶看了覺得■■■對勁。

之後朋友因為■■■■■奶奶而哭■■■。奶奶的爸媽找遍整個家都找不到人，最後發現奶奶在倉庫■，便■■■■把她罵了一頓。然而，當奶奶說出人偶的事情後，爸媽卻突然沉默不語，並急忙請朋友先回家。之後，他們■■■■客廳，告訴她■偶的故事。

「那個叫做喪眼人偶。」

「■■■■■■，從很久以前就在這個家了。」

「把人偶弄壞或是丟掉都無法消除詛咒，所以■■■■■■■■，■■■■。」

「■■■■高僧■■■。」

爸爸媽媽滿臉驚恐地說。

奶奶感到難以置信■■■：

「這到底是什麼人偶？」

■■■■■■■，悄聲說：

「祂本來是■■殺壞人■■■。」

不久後，跟奶奶一起玩捉迷藏的朋友突然就病■了。奶奶非常■■，■■喪禮■■了。她媽媽見狀告訴她：

「■■喪眼人偶■■，■偶爾■■■■■■。」

「所以說啊，■■■■■■■■■■■■■■■■■■■■■

從那天起，奶奶就再也■■■■■■■■。

聽了這個故事，

■■■■■■■■■■■■。到時候你必須先唱這首歌：

喪眼　喪眼　祢來自哪裡
傻子的口子　不孕婦的肚子
還是空龜殼的腸子

喪眼　喪眼　祢要去哪裡
山間　天邊
還是看似沒有愛的人偶裡

最後■■■■■■■■■■■■■■■■■■■■■■■■■■■■■■■■■■■

■■■■■■■■■
由佳里

我嚇得雙腿發抖，全身無力，■■■■。

喪眼人偶？我■■■聽過這個故■。

看了令人■■■■。

■反覆看了好幾次喪眼人偶的故事，盤算著該如何回覆，最後寫下——

由佳里

好恐怖喔，謝謝妳。

這個故事恐怖到我都不知道該回什麼了。

等我整理好心情再回覆妳唷。　小里

十三

發現自己正屏著呼吸，我趕緊將視線移開稿子，深深吸了一口氣。

這間我再熟悉不過的小房間，此時看起來竟莫名地比平常寬敞。冰箱正低聲嗡嗡作響。

「由佳里」寫在交流簿上的都市傳說《喪眼人偶》，因後半部出現大量黑點，幾乎無法閱讀。是墨水出問題嗎？還是——

但我還是看懂了。一個未曾謀面、連朋友都稱不上的人，把這個古老的恐怖詛咒告訴了里穗，任何人只要與這個故事扯上關係都會死。

而且聽過、看過這個故事的人，都會受到詛咒。

這其實是很常見的恐怖故事模式，跟《鹿島大明神》、《小幸妹妹》走的是同一種路線。

但裡面提到的細節卻不斷擾亂我的思緒，讓我不知如何是好。

人偶——真琴小姐也提到了人偶。而喪眼人偶這個名字，也跟湯水先生的屍體——眼睛有關。

而且從日文發音Zuunome Ningyou來看，也跟恐怖漫畫家楳圖一雄Umezu Kazuo有點像。

這怎麼想都並非偶然，岩田說湯水先生的死跟這份稿子有關，應該就是基於這個原因吧。

但我還是搞不懂，為什麼真琴小姐會提到人偶？

稿子裡面除了有許多難以解釋之處，還有許多看不懂的地方，尤其是最後那幾行。

從對仗、押韻的方式來看，那應該是首「歌謠」吧，意思還算看得懂。

歌詞一開始先呼喚喪眼人偶的名字。

然後詢問祂誕生的過程：祢來自哪裡。

接著再問祂的目的地：祢要去哪裡。

只是，我實在搞不懂歌詞的前後關係。為什麼要唱這首歌？最後那幾行黑點是在解釋歌詞的意義嗎？

其實這也不難推測，依循類似的都市傳說脈絡，這首歌應該是——

暖桌上的手機發出兩聲震動聲，螢幕出現簡訊圖示。發訊人是「岩田哲人」，簡訊內容只顯示到一半就斷掉了。我將手機解鎖——

我是岩田。

辛苦了，你看過稿子了嗎？

「真是個急性子……」我在心中埋怨道，一邊著手回簡訊。

Re：我是岩田。

我剛好看到喪眼人偶出場的地方。

看來這份稿子跟案子真的有關連，你有跟警察報備過這件事嗎？話說，你稿子還了沒？

我把想問的一次問完。

半晌，他回了。

Re：我是岩田。

後面也很令人匪夷所思喔。

學生都這樣答非所問、避重就輕嗎？只回這句話，很明顯是在催我趕快看完嘛。一股怒氣油然而生的同時，我想起昨天下午岩田來找我時發生的事。

他從背包裡拿出一個空的夾鏈袋。

印象中，還說了紅線兩個字。

而都市傳說《喪眼人偶》中，也提到了紅線。

Re：我是岩田。

你之前說有紅線夾在稿子裡，那是什麼東西？

這次他馬上就回了。

Re：我是岩田。

藤間哥，你沒看到嗎？

Re：我是岩田。

沒看到。那是什麼？到底是怎麼回事？

他遲遲沒有回覆，大概是去洗澡了吧，還是睡著了？學生還真是我行我素。我嘆了一口氣，然後鑽回暖桌裡。

十四

隔天——

媽媽去上班時，舟木叔叔來家裡玩。幫他開門的是我，當時龍平在洗澡，真美在睡覺。

舟木叔叔很自然地走進客廳，一屁股坐進沙發，看上去相當輕鬆自在。

我心不甘情不願地幫他泡茶。

「里穗，聽說妳喜歡看書啊？」

舟木叔叔拿起茶啜飲一口後，毫無預警地問道。被他這麼一問，我呆站在原地不知如何是好。本以為他會自己開電視來看，我還在盤算回房的時機呢。

「妳喜歡看哪種書？我沒什麼機會跟年輕人接觸，對這方面一無所知，也不知道現在流行什麼。」

舟木叔叔瞇上眼睛。

「小說。」

我選了一個最沒有爭議的答案。

「什麼樣的小說？」舟木叔叔進一步追問，「折原美都之類的？」

我搖搖頭。折原美都的書在我小學時紅極一時，現在班上也有人在看，文藝社的成員對她的作品更是愛不釋手。

「不是那種的。」

「那是哪種？純文學？太宰之類的？」

舟木叔叔真是纏人，怎麼辦？我好想趕快回房間去。但若不回答，他一定會打破沙鍋問到底。

於是我把心一橫，只要讓他覺得我是個「怪人」，我就可以早點獲釋了。

「恐怖的，有妖怪跟鬼的那種。」

我本以為舟木先生一定會啞口無言。

「是喔。」

然而，他卻露出孩子般的笑容，前傾身子，露出金牙說：「妳是指驚悚小說，對吧？」

「嗯……」

我不知該怎麼回答，只好硬生生擠出這個字，他的反應完全出乎我的意料。

「其實，我也很喜歡驚悚小說喔。」舟木叔叔雙手抱胸，「不過我們那個年代，是叫怪奇小說跟恐怖小說。」

「是喔……」

浴室傳出洗手台的水聲，隨後是淋浴的聲音。

「像是《德古拉》、《科學怪人》之類的，我以前很常看喔。」

「這兩本我也有看。」

我鼓起勇氣回答。雖然我看的是兒童版，但還是相當有趣。

舟木叔叔面露喜色地說：

「我現在也常看恐怖小說喔。當初我是從小泉八雲入門的，《怪談》裡的〈無耳芳一〉。」

「對，那個很可怕。」我用力點頭，脫口說出：「而且不只可怕，還很可憐……」

「是啊，那是日本特有的哀傷。」

舟木叔叔搔搔頭，手上的金色鏈子閃閃發光。沒想到打扮得這麼闊氣的人，居然會喜歡恐怖故事，還很認同我說的話。

「電影呢？」

舟木叔叔問。

「也喜歡，不過我很少看。」

「我們那時候沒有驚悚電影這個詞，而是叫恐怖電影、怪奇電影，又或是怪談電影。」

「是喔。」

「最紅的應該是新東寶出的《東海道四谷怪談》吧。」

我知道，那是中川信夫導演拍的電影。雖然我沒看過，但每本電影相關書籍或多或少都會提到這部作品。我從以前就覺得這部電影應該很恐怖、很好看。沒想到舟木叔叔竟然有看過。

「好看嗎？」

「妳沒看過啊？」舟木叔叔整個人精神都來了，接著又說：「那部作品是怪談電影的最高峰。

妳應該趕快找時間看一看，不同於驚悚電影，裡面描述了日本特有的情感。你們那些人根本拍不出來。」

你們那些人？什麼意思？我一頭霧水地回答：「我會去找來看的。」

「應該的。」舟木叔叔微微一笑，「沒看過這部電影的人，根本不夠格聊日本怪談電影。最近的孩子也真是可憐，不像我們那個年代那麼多傑作。」

說完，他靠在沙發椅背上，雙手抱胸睨著我。

「啊，可是……」我一鼓作氣地說，「《七夜怪談》超恐怖的，我去看了，真的很可怕。」

我想告訴他現在也是有傑作的。舟木叔叔應該還沒看吧？我希望他去看，最好明天就去。他看完後，一定就知道這部片有多棒了。

「《七夜怪談》？」

他說這句話的時候破音了，隨後齜牙咧嘴露出整顆金牙哈哈大笑，那笑聲尖銳無比，留下令人不快的回音。

我愣在原地一動也不敢動，因為很明顯的，氣氛變得不太對勁。

「是喔。」舟木叔叔笑得眼淚都流出來了，「原來這種低等的驚悚片，就能把現在的小孩唬得團團轉啊？」

他笑得停不下來，見我沒有回答，他張開雙臂說：

「用錄影帶散播詛咒？意思是詛咒可以變成錄影帶裡的磁帶囉？這什麼狗屁設定啊。而且，錄影帶可是會磨損的喔，這樣詛咒是不是也會跟著磨損？我不知道這部電影是不是受到租賃文化的影響，但像這樣隨便拿現代要素作梗，根本就站不住腳嘛！而且鬼還會從電視爬出來？電視耶！通俗至極！《七夜怪談》跟《東海道四谷怪談》比，連邊都沾不上！跟《怪談累之淵》、《地獄》比也是天差地別！」

「可、可是……」

「所謂恐怖的本質！」

舟木叔叔幾乎是用大吼的，嚇得我往後退了一步。然而，他臉上那鄙視的笑容，卻未因此而有所收斂。

「並沒有那麼膚淺！而是由兩個要素所構成的平行世界——人類社會所遮掩的原始黑暗面，以及近代過後人類對存在所抱持的不安，也就是意符（Signifier）和意指（Signified）的問題。只有被深淵所深深吸引的一小部分人，才能夠明白這個道理。不過，現在的小孩肯定不懂吧？真是可憐。」

他一副高高在上的模樣坐在沙發上。

「抱歉。」我當下不知該如何是好，只好用不成聲的聲音向他道歉。我聽不懂他在說什麼，只知道他很不高興。

「對不起！」我再次向他大喊。舟木叔叔沉默了好一陣才開口：

「不，該道歉的是我，我太激動了。」

他鎮定地說完，難為情地搔了搔臉頰說：

「因為很少有人能跟我聊這個。」

「是啊……」

我點點頭。我想，舟木叔叔一定也吃了很多苦頭吧。過去的他肯定也跟我一樣，為自己的興趣而煩惱。

「沒關係的。」

「嗯，那就好。」

舟木叔叔拿起茶杯，將剩下的茶一飲而盡。

「謝謝妳幫我泡茶，很好喝喔。喔，對了……」

「什麼事？」

「有空介紹妳男朋友給我認識吧，大家聊一聊。」

「咦？」

我覺得奇怪，他怎麼會突然提起這個？只愣愣地回了一句：「我沒有男朋友。」

「別瞞我了。」舟木叔叔一臉和藹，「妳會喜歡恐怖小說，應該是受到男朋友的影響吧？」

他的口氣，是那麼理所當然。

十五

在編輯部辦公室吃完乾拌泡麵，我邊抽菸邊看稿，心想：

如果里穗能來我們編輯部就好了。至少這裡都是興趣相仿的人，沒有人會傷害她，而且戶波總編應該會很疼愛她吧。

休息完畢，我開始處理工作。佐佐岡剛從山梨採訪歸來，隨後又風塵僕僕地出發去淺草，採訪怪談相關活動。

周防打從一早就不在位子上，外出採訪具有強烈靈異體質的AV女星——星咲神樂，訪問、拍照全由他包辦。據說周防從底片機時代就開始玩攝影了，是專業級的攝影師。這次他還帶了岩田去當助手。

我睨了一眼白板上的辦公室工作排程，先聯絡了負責寫連載的作者，然後幫稿子排版。

從早上開始，戶波總編就一臉嚴肅地在看資料，期間只有跟我說過一次話。那是我剛泡好麵、正在拌醬料的時候——

「你也拜託一下，聞得我都餓了。」

「啊，對不起，我去頂樓吃好……」

「笨蛋，跟你開玩笑的啦！」

說完，戶波總編衝著我笑了笑。

「我啊，只要一吃泡麵就會變胖。」總編發完牢騷便再度埋首於資料。我急急忙忙將泡麵掃下肚，只聽見戶波總編嘆了口氣說：「唉，麻煩死了。」

下午四點多，野崎先生來到編輯部。我不知道他今天要來，大概是來找戶波總編的吧。野崎先生才打開門，戶波總編便一如往常起身招呼：「嗨，抱歉讓你專程跑一趟。」

「好久不見。」野崎先生進門後，一個嬌小的女性也跟著走了進來。

「抱歉，現在才來跟您打招呼。」

那人是真琴小姐。她頂著一頭近白色的金髮，身穿黑色和銀色的刺繡外套，配上一條窄版的黑色牛仔褲。她小心翼翼地關上門，外套背後有一大片老虎刺繡。

我從茶水間端茶出來，只見他們兩人並肩站在戶波總編的座位前。

「我們要結婚了。」野崎先生口齒清晰，謙遜有禮地說。

「我們是因為這邊的工作才認識的，所以想來跟您道謝。」真琴小姐也笑著說。

「是嗎？」

原本正襟危坐的戶波總編歪頭問，立刻恍然大悟道：「我想起來了！攝影棚的那次。」兩人點點頭。

「結果你有把那件事寫進文章裡嗎？」

「沒有，篇幅不夠，而且內容太私人了。」野崎一臉正經地說。

「沒差啦！」戶波總編聳聳肩，滿面春風地看著真琴小姐，「我們倒是受惠不少，還因此認識了一位年輕大師。」

「如果妳能上我們雜誌就太棒了，跟妳的同鄉良美一起。」

「抱歉。」真琴小姐一臉愧疚，「我光是現在這些就忙不過來了。」

「也是啦——妳應該忙翻了吧？真正的大師根本不需要上媒體拋頭露面。」

戶波總編失望地說。

因他們的話題遲遲不告一段落，我直接把三杯茶放在戶波總編的辦公桌上。「前幾天很謝謝你。」真琴笑著對我說。我回答：「不會，妳太客氣了。」便回到自己的座位上。

「藤間，你們見過啊？」戶波總編問。

「見過。」我回答。

「昨天討論的時候見到的。是秋天嗎？」

「秋天？喔，不是啦，那是兩碼子事。」

戶波總編手比向真琴小姐。

「說正經的，比嘉小姐是……」

這時門「蹦」一聲地打開，大家不約而同地轉頭看向門口。

只見周防拖著行李箱，一臉凶神惡煞地走了進來。

「咦？小真……喔？野崎也在啊，你來得正好。」

周防的表情相當複雜。

「怎麼了？」

野崎問。他和周防因為年紀相仿，認識幾個月後就把對方當作「心靈同期」。

周防小心翼翼地將包包放在地上，「嘖」了一聲。

「岩田他居然給我臨陣脫逃，採訪到一半突然尖叫跑出攝影棚，打電話給他也不接！」

周防一口氣把話說完。

十六

那晚我輾轉難眠，盯著上鋪的床板發呆。上方龍平一個翻身，棉被發出窸窸窣窣的聲音。

我完全沒有心情讀從圖書館借來的書，舟木叔叔說的話不斷在腦中迴盪。

我真的什麼都不懂嗎？覺得《七夜怪談》恐怖錯了嗎？

我不夠格喜歡恐怖故事？我所感受到的驚嚇、衝擊都很膚淺？

我對恐怖故事的喜愛全都是假的？

只因為我年紀還小，只因為我是個女孩？

難道由佳里也跟我一樣，根本不懂什麼是恐怖的本質？

我在漆黑的房間中，想著那個素未謀面的女孩。

「鏗！」我突然聽到一個聲響，喔不，比起聲響，那更接近震動。

震源來自我的下方──樓下的房間。

自我們搬來後，樓下一直都是空屋。

我保持仰躺，豎起耳朵聆聽，竟微微聽到刮東西的聲音。怎麼可能？樓下沒有人啊。

就在這個時候——

唧唧唧唧唧唧唧唧唧唧唧唧唧唧唧唧唧唧唧唧！

一道長長的刮木板聲，響透了整個房間。我大驚失色，本想立刻起身，卻發現自己動彈不得。

是鬼壓床。

我曾在書上看過這個現象，但還是第一次遇到。

唧唧唧 唧唧 唧 唧 唧唧 唧唧唧唧！

那聲音穿透我的耳膜，刺進頭腦深處，在腦中迴盪不止。

一片漆黑之中，我只看得見上鋪的床板，想轉頭卻力不從心，只能轉動眼珠。

四根床柱印入我的眼簾，上面全纏滿看似細線的東西。

幾根細線從地板蔓延上來，纏緊床柱，微微放鬆，移動，再纏緊床柱。

唧唧唧唧唧唧唧唧唧唧唧！

床鋪再次劇烈作響。床鋪怎麼會發出這種聲音呢？喔不，我聽到的並非實際上的聲響，看到的也非現實中的情景。

所謂的鬼壓床，其實是作夢時腦部產生的幻象。

書上說，鬼壓床其實是當全身只有大腦清醒時，才會看到的一種幻覺。這時記憶會混淆，錯置重組。而身體之所以動彈不得，是因為意識跟身體連結不完全的關係。

然而，眼前的光景並未消失，聲音也沒有停止，反而有愈演愈烈的趨勢。

腦中的聲音逐漸增強。

唧唧唧唧唧唧唧唧唧唧唧唧唧唧唧！

眼前的情景愈發鮮明。

淺褐色的柱子上，纏滿了鮮紅色的線。

我照著書上寫的「鬼壓床解除法」，試著活動右手手指。動啊，快動啊！我將意識集中在食指指尖。

然而，手指卻完全不聽使喚，只有心臟撲通撲通地狂跳。這時，身體的知覺回來了。隨著知覺慢慢恢復，我的背脊也愈來愈涼。

我的手、手腕、手臂，甚至腳趾、大腿、腰部、胸部……

全都纏滿了線。

我不斷告訴自己，這是在作夢，一切都是幻覺。

這觸感是大腦創造出來的，我的大腦讀取了偽造的訊息。

想到這裡，繩子已吞噬我的全身。

「……！」

我無法發出呻吟，皮膚感到撕裂般的劇痛。

這時，眼角餘光瞄到一個會動的黑色小東西，我睜大充滿淚水的雙眼定睛一看——

有個東西站在我的雙腿之間。

和服……長袖和服……一個身穿全黑長袖和服的矮小女孩，低垂著雙臂站在那裡。黑暗之中，我隱約能看見她蒼白的手掌與手指，和那微微右傾、細長而蒼白的脖子，以及黑色的妹妹頭髮型。

她的臉上纏滿紅線。

腦中靈光一閃，我這才將眼前的光景與記憶連了起來。

紅線……

由佳里在交流簿上寫的都市傳說……

眼前的女孩不是人。

而是人偶，喪眼人偶！

我果然是在作夢。日有所思，夜有所夢。我之所以會看到這些畫面、聽到這些聲音、出現這些感覺，都是因為大腦與身體連結錯誤的緣故。這都是科學能夠解釋的。

我不斷這麼在心中說服自己。

喔呵呵呵呵。

腳邊傳來含糊的笑聲。那尖銳的笑法，彷彿是在捉弄我似的。

呵呵呵……嘻嘻嘻嘻嘻……

笑聲愈來愈清楚，比不協調的唧唧聲還近很多。

這時，我的腹部突然感到一陣壓迫。原來是人偶往前站到我的肚子上，祂重得令人難以置信。一股作嘔感從腹部攀升到胃部，再蔓延至我的喉頭。

喔呵呵呵呵呵呵。

我感到胸口一沉——人偶又更靠近了，祂沿著我的身體節節逼近。

不協調音比剛才更大聲了。床鋪不斷劇烈搖晃，喀喀作響。

不知不覺間，人偶已來到我的眼前。

祂的臉上横纏了好幾層紅線，上面的線頭散亂不堪，不但起滿絨毛，還蒙著一層灰。緊纏著的紅線，將祂的臉包得密不透風。

紅線無聲無息地從祂的頭髮縫隙伸出，搖晃著往我的眼球垂下。我的視線被一片朦朧的紅色所占據，失焦的線頭邊旋轉邊向我逼近。

我好想閉上眼，眼皮卻不聽使喚。

我好想別開臉，脖子卻無法動彈。

我好想叫出聲，喉嚨卻出不了聲。

我不是在作夢嗎？這不是睡眠癱瘓嗎？

對了。

由佳里在都市傳說《喪眼人偶》的最後提到了一首歌謠！

我在意識深處探索了一番，打算憑著記憶念出那首歌。在口舌無法動彈的情況下，我只得在心中一字一句默念出來，想像自己發出了聲音，有如在唱歌一般。

（喪眼，喪、眼，祢來自、哪、裡……）

眼前是一片紅色，一股又癢又刺的感覺向我的右眼球表面襲來。

（傻子的、口子，不孕婦、的、肚子）

我一邊想像自己在唱歌的樣子一邊默念。我不知道自己唱得對不對，也不知道這首歌的意思，只是將印象中的文字照本宣科地唱出來。

眼球的刺癢轉變為刺痛。紅線在眼球表面游移一陣後，伸進我的眼皮之中。

難道祂要挖出我的雙眼？

不管這是作夢還是幻覺，這都令人無法忍受。

（還是空、龜殼）

眼睛內部感到一股灼熱感，天知道我多想驚聲尖叫。

（的、腸子）

待我回過神來，眼前的紅色已經消失了。眼睛不再疼痛，人偶不見蹤影，就連身上被紅線纏住的感覺也消失無蹤。

原來我在作夢。正當我鬆了一口氣時——

唧唧唧唧唧唧！

那不協調的聲音再度響起，緊纏感再度蔓延至我的全身，床鋪不斷搖晃。

我動不了！我還在作夢，還在被壓，一切還沒結束。

人偶站在床欄外，向著另一個方向。

嘻嘻嘻嘻嘻。

祂笑了，脖子吱呀一聲轉了過來，用那纏滿紅線的臉面對我。

喔呵呵呵呵。

祂舉起慘白的手，伸進臉部的紅線之中。

紅線開始崩解，從隙縫中露出黑、黑、黑色的……

（喪眼，喪、眼）

我接著繼續唱第二段。

如果人偶把線拆開就完蛋了！看到祂臉的人都會被咒殺，而且必死無疑！

一個聲音這麼告訴我。

「祢要去哪……裡……」

我能出聲了！那聲音嘶啞而微弱，彷彿不是自己的一般。然而，卻又真真切切是我發出來的。

「山、間，天……邊……」

人偶停止動作，將蒼白的手指從紅線中伸出。唱啊！唱啊！快點唱！大聲點！

耳邊傳來一陣笑聲，隨之而來是木頭裂開的聲音。

我對眼前的一切視而不見，一心只想著那首歌。然而，將筆記簿上的歌唱完後——

「……！」

意識到發生什麼事後，我立刻失去了知覺。

陽光照進房裡，遠處傳來陣陣鳥鳴。

身體好沉重，但已經沒有被線纏住的感覺了。我試著彎動手指，也輕而易舉就成功了。

我眨眨眼睛，扭扭脖子，緩緩伸手摸了摸肚子。手掌和腹部的觸感並無異樣。

我起身往牆上一看，時鐘指著七點。

人偶、紅線全都消失了。

我戰戰兢兢地摸了摸右眼眼皮，不會痛，視力也一如往常。

下了床站在床邊，我發現自己身體非常僵硬，關節卡卡的，而且上臂跟大腿都很痠痛。

聽到肚子咕嚕作響，我才想起自己得去做早飯。同時也明確地意識到，自己現在人在房間裡，眼前的的一切是現實世界。

睡在上鋪的龍平呻吟了兩聲。

「起床囉，早上囉。」

我對著龍平說。聲音是平常的聲音。

走進廁所的那一瞬間，我突然感到腹部一陣翻騰，一股嘔吐感從胃部衝上喉頭。

我趴在馬桶上吐了好幾次，把胃裡的東西都吐光後，淚水模糊了我的視線。

十七

我和野崎先生在編輯部討論他的提案。刪掉一些太主流、太負面的主題後，剩下的都是現在比較有「搞頭」的都市傳說。

「《記憶使者》如何？」

我指著最後一項說。

「地方色彩挺重的。」野崎「嗯」了一陣，「不過，用『未進化的都市傳說』來包裝這個主題似乎也不錯。」

「呃，用『發展中』這個詞應該比較好吧。」

野崎先生撇嘴笑了。

周防氣沖沖地把器材整理好、把照片檔案傳進電腦，然後人就消失了。我想他大概是去附近的居酒屋借酒消愁了吧。星咲神樂被岩田突如其來的舉動嚇到，導致照片、訪談的效果都很差。

周防面帶慍色地跟戶波總編報告時，我在一旁豎著耳朵偷聽。

戶波總編聽完來龍去脈後，說了聲「好」，隨後便打了通電話。接通後，先誠摯地向對方道歉，之後語氣愈來愈放鬆，甚至不時傳出笑聲。

「戶波總編在跟誰講電話啊？」

討論到一半，我偷偷問野崎先生。

「我想應該是瑠美小姐。」他小聲說，「瑠美小姐是星咲的經紀公司的社長。她啊，以前本來是AV女星，後來離開原本的經紀公司，自己接案接了一陣子，前年自己開了經紀公司。」

「喔喔喔，我前陣子有在網路上看過她的訪談，看起來超塑膠的……」

「戶波總編跟她是酒友。她開經紀公司時，戶波總編應該也出了不少力。」

「喔，是喔。」

「嗯。也因為這層關係，星咲才會開始在我們這種媒體上曝光，這都是戶波總編的功勞。」

野崎先生的口氣滿是崇拜。聽完後，我又更加敬佩戶波總編的交際手腕了。

掛上電話後，戶波總編開始跟在等野崎先生的真琴聊天。真琴小姐雖然跟戶波總編有說有笑，但不時還是會一臉落寞地看著野崎先生的背影。

我斜眼觀察完後，便將精神集中在討論上。

經過一番討論，我們決定用《記憶使者》作為這次的主題。雖然相關資訊不多，但船到橋頭自然直，街訪也不失為一個好方法。

我向野崎先生道謝後，與他一同起身。只見真琴小姐鬆了一口氣地抬頭望著他。

這時，辦公室的門打開了——是周防。他看上去比剛才冷靜多了，但心情似乎依舊不好。

他把頭髮往上撥說：「他還是不接電話，簡訊跟LINE也不讀。」然後邁步走進編輯部。

「你打過他家電話了嗎？我記得他住在家裡。」野崎先生問。

「我沒有他家電話，你有嗎？」周防說完，在椅子上坐下。

「我也沒有。」野崎先生拿出手機，「我打去他的研究室看看，他在最好，不在也罷，一樣可以問到他家的電話號碼。」

「我來打。」野崎先生對周防說完，便開始操作手機，在辦公室裡晃來晃去。

「您好，我是作家野崎，請問唐草老師在嗎？」

野崎先生口中的唐草應該是教授吧。沉默一陣後，野崎先生開始與電話另一頭寒暄。聽得出來他跟對方本就認識，雙方聊得相當融洽。

這時，真琴小姐突然一臉不安地站了起來。

難道她跟野崎先生等等有行程？就算沒有，我們也占用到他們兩個的私人時間了。眼看著私人時間一點一滴流逝，任誰都會不高興吧——正當我這麼想時，她碎步走到我的面前。

「不好意思。」

雖然不知道發生了什麼事，我還是禮貌性地跟她道歉，「我們是不是耽誤到你們的行程了？」

「沒有。」真琴小姐搖搖頭，金髮順勢搖曳，「我是在擔心那位叫岩田的人。」

「是喔。」

「對啊，我有一股不好的預感。」

真琴低頭看向桌面，咬了咬唇，一雙大大的眸子被纖長而濃密的睫毛所覆蓋。

見戶波總編抱著包包站了起來，周防立刻起身鞠躬道歉：「真的很對不起。」「沒關係啦！」

戶波總編笑著說完，拍了一下周防的肩膀。然而，周防似乎並未因此釋懷，眉頭依舊深鎖。野崎先生還在講電話。

「我去幫你泡杯茶吧。」

說這話的是真琴小姐。她的表情一掃剛才的陰霾，不知道是不是在強顏歡笑。

「那怎麼可以，這是我份內的工作。」

我急忙說完後，快步走進茶水間。這時身後傳來戶波總編的聲音：「我先出門囉，比嘉小姐，不好意思喔！」隨之而來的是開門聲響。我對外喊道：「您辛苦了！」

我用托盤端著茶走回辦公室。只見野崎先生把手機拿在耳邊說：「沒人接耶。」看來他正在打岩田家的電話。真琴小姐的臉色看上去比剛才更差了。

這時，編輯部的電話「嘟嚕嚕嚕嚕嚕嚕」地響了。

正當我手忙腳亂準備去接時，周防一把接起了電話。

「ＧＩＧＡ出版社您好……咦？」周防挑了挑眉，「不好意思，請問您是……啥？你是岩田？」

我僵在原地，野崎先生也停止踱步，真琴小姐也睜大雙眼愣站在一旁。

周防的表情非常憤怒。

「你還有臉打電話來？什麼？你他媽的是在搞屁啊？給老子把話說清楚！」

周防的怒罵聲響徹整間辦公室。

「欸，藤間！」才把托盤放到一旁，周防突然把話筒遞給我。

「岩田打來的，那傢伙不知道在搞什麼鬼，一直碎碎念不知所云，我好像聽到他在叫你。」

「我、我？」

我接過話筒，硬生生地說了一句「喂」。話筒的另一頭不斷呼呼作響，那聽起來是……呼吸聲，因為著急或痛苦而發出的喘氣聲。

「岩田？我是藤間。」

『你……子……嗎？』

聲音很小，斷斷續續的。

「什麼？抱歉，剛才斷訊了。」

『你稿子看完了嗎？』

話筒清楚傳來岩田的聲音。

「你在說什麼啊？」

這句話是脫口而出的。就連我這個沒用的編輯，都知道現在不是說這個的時候。

「這不重要，你快點把事情交代清……」

『如果還沒看完……』岩田打斷我的話，『現在馬上去把全部看完！立刻！』

「這不……」

『這很重要！』

岩田的大吼中參雜著嗚咽和啜泣。很明顯，目前他的精神狀況相當不正常。我緊握著話筒，不知如何以對。

話筒傳來不平穩的呼吸聲，聽得出來岩田在哭。

「……發生什麼事了？」

他沒有回答，只是一味哭泣。我看了看四周，周防斜眼瞅著我，野崎先生也撐著下巴靜觀我的反應。這時，真琴小姐走向野崎先生。

『……那東西愈來愈靠近了。』

岩田的聲音聽起來好遠。我實在不想理他，但還是問了句：

「什麼東西？」

『人偶啊！』他接著說：『那東西起初只是在遠處偷看我，今天早上來到窗外……過了中午，竟然來到攝、攝影棚裡。』

「岩田啊，你是……」

看稿看得太入迷，不小心走火入魔了吧。然而，不等我把話說完——

『祂現在在我面前。』

岩田說完便嚎啕大哭。我束手無策，完全無法跟他溝通。

突然有人拍了我肩膀兩下，嚇得我心臟差點沒跳出來。轉頭一看，只見野崎先生一臉嚴肅。

「可以用擴音嗎？」他小聲問。

不等我點完頭，他已按下電話的擴音鍵。

「岩田嗎？我是野崎。現在開始我問什麼你答什麼，你只要回答是或不是就可以了。」

野崎先生斜眼看向真琴小姐，真琴小姐也輕輕頷首回應他。

「你是不是遇到靈異事件了？」

被野崎先生認真一問，岩田愣了一陣後回答：

『……對。』

擴音喇叭傳出沙沙聲，惹得周防皺起眉頭。

「我本身……」野崎先生說，「經歷過好幾次靈異事件，所以我很清楚世界上真的有鬼神，現實生活中是有可能碰到的，真琴也是。你記得嗎？我之前跟你提過的那個女生，她……看得見。」

我看向真琴小姐，她一臉沉重地點了一下頭。

我不可置信地望著真琴小姐的大眼睛。

在現實生活中碰到超自然靈異事件？怎麼可能！

「真琴說……」野崎再度開口，「她感應到你身邊有一只人偶。」

『對！』

岩田立刻回答。我的心跳得愈來愈快，愈來愈大聲。

真琴小姐並沒有聽到我與岩田的對話，但她卻說出「人偶」——我與岩田對話的關鍵字，也是稿子裡的關鍵字。

我想起幾天前在酒吧發生的事。那天她也提到了人偶，當時我還沒讀到人偶的部分。也就是說，她能窺知現場沒有人知道的事。

看來，她真的有陰陽眼。

若真是如此，岩田說的話、岩田所陳述的狀況，以及拿原稿給我那天所發生的事，都是——

『我的面前站著一只人偶，一直跟著我。』

聽岩田說完，真琴小姐的表情更陰鬱了。

「你有沒有拿鏡子、刀劍之類的東西驅邪？護身符也可以。」

野崎問。

『有，但完全沒效，防身歌也不管用。』

「防身歌？」

岩田沒有回答，只是不斷啜泣。

「你現在有生命危險嗎？」

被野崎這麼一問，岩田沉默了半晌。

『我……』他發出一陣呻吟，『我……我爸媽已經……沒救了。』好不容易才擠出這幾個字。

真琴小姐倒抽了一口氣。周防亦目瞪口呆，抬頭望向野崎先生。

野崎先生一臉沉痛。

「……你在家裡對吧？」

『對……野崎先生。』

「是？」

緊接而來是一陣沉默，現場只聽得見呼吸聲。正當野崎先生要開口時，岩田說話了。

『湯水先生不是自殺，是他殺。他是被這東西給殺死的。』

他斬釘截鐵地說。

其實我剛才腦中也浮現過這樣的念頭，但我不願多想。

「真琴。」

野崎先生厲聲喚道。只見真琴小姐一臉蒼白，無力地搖搖頭。

「沒辦法……太遠了。」

『喀喀。』這時，擴音喇叭突然傳出一陣噪音，以及『喔呵呵呵』的尖銳笑聲。

緊接而來的，是彷彿要穿破耳膜的慘叫聲。

那聲音響透了整層樓，在辦公室裡迴盪不已，震耳欲聾，像肥皂水一般混濁不清，令人非常不舒服。

「喂！」

周防大吼一聲。只見真琴小姐摀住耳朵，身體晃了一大下，搖搖欲墜。就在千鈞一髮之際，野崎先生即時抱住她。

喇叭傳出一陣嘔吐聲，以及東西掉落、倒地的聲音。

一聲悶響後，便沒了聲息。

東急田園都市線櫻新町站旁的住宅區一角——

我蹲在一棟有如娃娃屋般的透天厝前。

夜晚的寒風將雙手與臉頰刺得發疼。但我之所以全身發抖，並非只是因為冷的關係。

我忘不了剛才在這棟宅子——岩田家裡看到的景象。

一樓寬敞的客廳裡亮著燈。

東倒西歪的傢具、噴濺到天花板的血跡。

以及疊在地上的一對年老男女。

那應該是岩田的父母。他們的雙手掐著脖子，身上破破爛爛的衣服被血染成暗紅色，臉上滿是鮮血。

岩田則死在二樓的房間裡。

我一看就知道他已經斷氣了，那不是活人該有的模樣。

他仰倒在地，臉上滿是抓痕，嘴巴大開。

兩顆眼珠子不見蹤影。

然而，有個地方和湯水先生的死狀明顯不同。

岩田和他的父母親身上——

都纏了好幾條細長的紅線。

「他媽的……」

周防在銀色豐田Prius旁無力地咒罵道。真琴小姐坐在他的前方，全身顫抖不已。野崎先生摟著她纖細的肩，面無表情帝看著遠處。

遠方傳來救護車的鳴笛聲。

我們一起去了醫院。回過神來，才發現自己不知不覺中已被帶到警局。警察問了我好幾次同樣的問題，我一切照實回答，不清楚的就說不知道。

好不容易解脫後，天空已開始泛白。手機螢幕時間顯示為凌晨五點。

我走在玉川警察局的長廊上，沿途與幾個制服警官、便衣刑警擦身而過。都已經這個時間了，局裡還是忙得不可開交。

野崎先生他們在哪裡？剛才應該問一下警察的。還是其實我有問，只是忘了？

走出警局大門，我下樓梯走進停車場。放眼望去，周遭沒有半個人，前方的馬路也沒什麼車。寒風刺骨，我縮起身體，盤算著要怎麼回家。

一台警車毫無預警地開出停車場，將路邊的金屬水溝蓋壓得鏗鏘作響。大概發生什麼案件吧。

我放空地望著那台車的車牌。警車一個轉彎，消失在我的視線範圍。

這時，我發現馬路中間有一個點，一個小小的黑點。

定睛一看，我瞬間回過神來，這才想起自己為什麼在這裡，岩田和他的父母發生了什麼事，以及岩田在電話裡說的那些話。

雙腿一陣發軟，胸口隱隱作痛，但即便如此，我還是沒有移開視線。

那個黑點，是全黑的人偶。

一只約三十公分高的小型日本人偶，就這麼站在路邊。

只有臉是紅色的。

不對……

只是因為太遠看不清楚罷了——那是紅線。

我看到的，是喪眼人偶。

意識到這代表著什麼意思後，我不禁當場跪倒在地。

Delivery to the following recipient failed permanently:

yayoiiiiiiiiiiiii@****.com

----Original Message----

彌生

就結論而言，我馬上就要死了。
不是因為積鬱成疾，也不是因為對人生感到絕望，我也沒有對妳隱瞞自己生了什麼大病。
我的生命只剩下三十分鐘。
此時此刻，我彷彿看見妳那傻傻的笑容。
那時我們才剛認識，正值雙十年華。
寫到這裡，我彷彿聽到妳說「你在說什麼傻話」的聲音。但是，請妳相信我。
我很想跟妳好好解釋，無奈已經沒有時間了。
彌生，謝謝妳至今對我的付出。
認識的這三十年來，
無論是交往前、交往後，還是結婚後、離婚後，我都不斷在給妳添麻煩，真的很對不起。

對於亞紀的事，以及那之後妳的改變，

我一直覺得自己也有責任。

至今，我依然時常想起妳在亞紀喪禮結束後說的話。

我不要再當女人了，我再也不要當別人的女友、妻子，也絕對不要再當媽媽了。

因為我沒有資格。

一開始，我以為妳這麼說，只是為了要跟我分開，拒我於千里之外，又或是用違背常理的方式表達妳對亞紀的思念。

然而我現在明白了，妳是真的徹底放棄了女人的身份，而且妳別無選擇。妳是在為失去亞紀而贖罪。

即便如此，我仍想跟妳重修舊好。雖然我再過一會兒就要死了。

抱歉，這些話聽起來像是藉口，卻句句都是我的肺腑之言。

最後請妳切記。

無論如何，都千萬別碰《喪眼人偶》這個都市傳說。

清志

第二章 美晴

一

由佳里

《喪眼人偶》妳是從哪裡得知的？

是在書上看到的嗎？

第一次聽到這個故事衝擊太大，害我晚上還夢到人偶了呢。

等妳回覆喔。 小里

春假期間我每天都按時到圖書館報到，辦完還書手續後，就直衝「青壯年區」檢查交流簿。

由佳里一直沒有回覆我。

開學典禮過後，除了教室搬到二樓、班級變成三年四班、以及換了一批新的同學，除此之外一切如舊。

花岡依然是我的級任老師，我也依然是「貞子」。無論我把頭髮綁起來、剪短，都擺脫不了這個稱號。

媽媽白天改到舟木叔叔開的畫廊還是什麼地方上班了。

而舟木叔叔還是經常來我們家，有時甚至會住下來。那次之後，他又主動跟我聊了幾次恐怖小說跟電影的話題，但無論我說什麼，他一律都是回答「嗯，也是啦，也就這點程度」。然後露出輕蔑的笑容。

學力鑑定測驗後，我鼓起勇氣向館員中尾小姐問了由佳里的事。

「由佳里？」

她尷尬地笑了笑。

「抱歉，我們工作人員不會去特別去注意留言的人，因為那本簿子是給大家自由交流用的。」

「這樣……啊。」

我拿著書，失望地垂下頭。

「老實說——」中尾小姐正色說，「要查也是查得到，每個人借書時都必須出示借書證。」

「嗯。」

「借書證上就有名字，只要用機器刷一下，就知道她住哪裡、讀哪間學校。但我不可以把她的資料告訴別人，這是規定。」

她細心地解說。

「我明白了，抱歉。」

我將書裝進包包。

「妳找到志同道合的朋友了？就是這個由佳里？」

中尾小姐高聲問。見我輕輕頷首，她面露喜色，笑著對我說：

「太好了。」

晚餐準備到一半，電話響了，我把手擦乾後接起電話。

「喂。」

『……穗……』

雜訊很嚴重，聲音非常小聲，是用手機打來的嗎？

「喂。」我又重複了一次。

『是里穗嗎？』

這個聲音我聽過。

我下意識地將話筒拿開耳朵。那聲音很不清楚，還參雜著雜訊。但我敢肯定……

是爸爸。

他怎麼知道這個電話？

我本打算掛斷，但立刻又打消念頭。如果這時我掛掉了，不就等於承認了嗎？

我重新將話筒拿到耳邊，低聲說：

「我不是喔。」

『妳明明就是里穗！』父親不肯放棄。

「我不是。」

『妳沒事吧？過得還好嗎？』

「你……你打錯了。」

『我現在就去找妳，把妳救出來。』

「你打錯了！」我對著話筒大吼。

心臟撲通撲通地狂跳，我整個上半身都能感受到震動。

『……抱歉。』

對方語氣冰冷地說完後，隨即中斷通話。整間屋子只聽得見我的心跳與喘息。

我做了一個深呼吸，盤算接下來該怎麼處理。

我心想，我得告訴媽媽這件事，等等吃晚餐的時候跟她說好了。

然後默默將電話掛上。

二

聽我在電話裡把事情大略說了一遍後，野崎先生說：

『我明白了，不好意思，你現在能馬上過來一趟嗎？地址是……』

「這應該不是你家吧？」

『是真琴家，我現在在她這邊。』他毫不避諱地說，『能多救一個是一個，那東西可不會就此罷休。』

他的口氣是如此肯定。

從高圓寺站走了十五分鐘，我來到一棟位於住宅區的住商大樓四樓。雖然野崎先生說不用按門鈴，但為了慎重起見，我還是先敲了敲門，才推開厚重的大門。

真琴小姐穿著黑色毛衣，一臉緊張地來迎接我。

寬敞的客廳中，巨大的床鋪約占去了一半的空間。真琴小姐在床上坐下，野崎先生則從後方的廚房走了出來，手上拿著三個馬克杯。聞到房裡飄散著的咖啡香氣，我疲憊的身心也稍微恢復了一點元氣。

「你可以把來龍去脈說一遍嗎？就你的主觀立場也沒關係，憑印象說也無所謂，總之，把你知道的全部告訴我。」

在野崎先生的要求下，我從包包裡拿出稿子，流水帳似地解釋前因後果——

湯水先生謎樣的死亡、留在現場的稿件、事情的經過、和岩田一連串的互動過程、我所知道的《喪眼人偶》的內容。

我說，岩田等人的死和稿子裡的記述有相符之處。

並告知他們我有把稿子帶來。

再來就是今早在遠方看到人偶的事。

「……事情就是這樣。」

一鼓作氣說完後，我無力地攤在小型沙發上。雖然過程中我已盡量保持心平靜氣，但口舌還是痠得發疼。

膝蓋上的稿子顯得格外沉重。

過程中不發一語、只是不斷點頭回應的野崎先生，此時終於開口。

「也就是說，喪眼人偶會去找聽過故事的人……是嗎？」

我本想點頭，卻驀然而止。因為，這句話聽起來簡直是個笑話。

這是都市傳說的基本模式，《鹿島大明神》如此，《小幸妹妹》的歌詞也是如此。

「這種事情怎麼可能發生在現實裡……」正當我想到這裡時，腦中突然浮現出湯水先生和岩田的死狀。

以及站在馬路上的那只黑紅人偶。

「會、會不會是我想太多了呢……也許一切都只是偶然。」

說這句話時，我的聲音微弱得詭異。我應該要以理性的態度面對這件事，想想也是，怎麼可能會有這種事嘛！雖說我是超自然雜誌的編輯，但也不致於會把詛咒跟都市傳說當真。

而且，我現在已經看不見人偶了。自我打電話給野崎先生以後，那東西就不見蹤影了。

「這可不一定。」野崎先生雙手抱胸。

「岩田在電話裡說有人偶跟著他。我聽到了，你跟周防聽到了，真琴也聽到了。」

他轉頭看向真琴小姐，真琴小姐沉下臉，對他點點頭。

「至少，岩田認為他遇到靈異事件了。」

是這樣沒錯啦……我不情不願地接受現實。

「另外，有件事我很在意。」

野崎先生面無表情。見我不發一語，他維持雙手抱胸的姿勢說：

「你剛才提到岩田的死狀，還說，他的死狀跟稿子裡提到的都市傳說有相符之處。」

「對、對啊。」

「你說屍體身上纏著紅線？」

「對。」我點頭，「里穗在家裡也發生過類似的狀況，身體被一大堆紅線纏住，人偶還不斷向她逼近。」

「根本沒有紅線。」

「什麼？」

我發出有如孩子般的高亢叫聲，這是怎麼回事？

「正確來說……」野崎先生眉頭緊蹙，「是我看不到。」

這段話好像在哪聽過……不對！

不久之前，我也遇過類似的事，只不過角色對換了。紅線、夾鏈袋……

我看不到，岩田卻看得到。

「真琴呢？有看到嗎？」野崎先生問。

「完全沒有。」真琴小姐搖搖頭。

他們看不到，我卻看得到。他們與我看到的景象不同，也就是說……

「由此可知——」野崎先生豎起食指，「只有看過稿子裡的《喪眼人偶》的人，才看得到人偶和紅線。」

這和我腦中逐漸成形的想法完全一樣。

「意思是——」野崎先生豎起中指，「說明白一點，藤間你被這個都市傳說詛咒了。」

他的語氣一如往常地冷靜，彷彿只是在說一個故事，又或是一本小說、一部電影。

我沒有意思要否定他。因為就目前的狀況和種種證言來看，這是一個合理的推論。

我被詛咒了。

湯水先生大概也是一樣，還有岩田……

想到這裡，我突然感到一陣寒意竄上頭頂。大概是我的心情全寫在臉上的關係，野崎先生遲疑猶豫地說：

「從夾鏈袋的事情我們可以知道，岩田在拿稿子給你時就已經被詛咒了。而且，他也知道自己被詛咒纏身的事情。所以……」

他沒有再說下去，只是撇著嘴望著牆壁。

我接著開口：

「……所以他才把詛咒傳給我，想藉此獲救。」

「應該是。」

野崎先生沉重地說，他還是沒有看向我。我瞬間感到全身癱軟。

岩田受到詛咒，且看得到人偶和紅線——這一點幾乎是可以肯定的。

他發現這件事後，擔心自己可能會落得跟湯水先生一樣的下場，便想了一個辦法——拿影本給我看。

這跟《七夜怪談》裡處理「詛咒錄影帶」是一樣的方法 。《七夜怪談》的主角推測，只要將貞子的怨念、詛咒交棒給別人，就可以免於一死，因而採取了某個行動。

也就是說，岩田想借用故事裡的方法，解除現實中的詛咒？

這多麼令人無法置信，卻是如此的合理。畢竟在現實世界中，我們無從得知如何解開詛咒，只能將計就計，從虛構的故事中找尋解決方案。

如果我是岩田，應該也會姑且一試吧。以最快的速度，隨便編個理由，把稿子塞給某個人看。

岩田也真的這麼做了，他故布疑陣引我上勾，把稿子拿給我，還特意傳簡訊問我看了沒，催我趕快看下去。

就連臨死之際，他還打電話到公司，命令我立刻把稿子看完。如果他在電話中說的話屬實，那時人偶已經來到他的眼前。

換句話說，岩田為了活命而想把詛咒傳給我。

原來對他而言，我只是個替死鬼。雖說最後以失敗告終，但他把我當炮灰卻是不爭的事實。

我愕然看著野崎先生，他的臉上盡是尷尬。

「但這一切只是推測，我們已無從得知真相，也無法跟他本人確認了。」

野崎先生話中參雜著嘆息，隨即又看著我，單刀直入地說：

「不過我們可以確定一件事，這個詛咒是無法交棒給別人的。即便把稿子給別人看也必死無疑，岩田就是最好的證明。」

三

晚餐吃到一半，我把爸爸打電話來的事情在餐桌上一說，媽媽的反應卻令我相當意外。

「這是怎麼回事呀？」

媽媽呵呵地乾笑幾聲後望向我。看得出來她是皮笑肉不笑，我移開視線，看向舟木叔叔。

舟木叔叔沉下臉問：「爸爸？」

直到眼角餘光瞄到龍平緊蹙著眉頭，我才發現自己闖禍了。

媽媽並沒有把我們家的狀況告訴舟木叔叔。

吃完晚餐後，媽媽和舟木叔叔在客廳發生了爭執。「所以說妳騙了我？」、「那只是表達方式不同罷了」，雙方唇槍舌劍一來一往。我則在床上看書，等待戰火平息。

舟木叔叔似乎無法接受媽媽的說詞，滿口牢騷地離開了。腳步聲走遠後，我們的房門被人粗暴地打開。

只見媽媽一臉鐵青，眼歪嘴斜地看著我。

「里、穗……」

我爬下床站在床邊。跟媽媽四目交接的那一瞬間，我的臉頰感到一陣衝擊，隨之眼前一花，頭暈目眩。

媽媽打了我一巴掌——直到火辣辣的疼痛感在臉頰上蔓延開來，我才意識到這件事。

「妳要怎麼彌補我！」

媽媽淒厲大吼，抓住我的衣領猛搖晃。

「都怪妳多嘴，事情全被妳搞砸了！我的努力全都白費了！之前明明這麼順利的！全都白費了！白費了！」

媽媽口沫橫飛，口齒不清，只是一再重複同一句話。

我突然失去理智撞向媽媽，她雙手一鬆，一屁股摔坐在地。

「妳這小孩……」

媽媽睜大細長的雙眼。

「一點都不順利。」

我氣喘吁吁，顫抖著說。

話一出口，我的情緒便不斷膨脹成形。

哪裡順利了？我們非但沒有完全逃離爸爸的魔掌，就連生活都還沒穩定下來。媽媽也只是就近隨便找個人依靠，還對那個人隱瞞了爸爸的事，唯一安心的只有媽媽一個人。除此之外，就只有時間不斷流逝。

情況反而更糟了。爸爸就快發現我們了，我的學校生活也愈來愈悲慘。舟木叔叔在家時我根本不想回來。就像現在，我才說了一句話，就把家裡搞得雞飛狗跳。原本我在家裡只感到呼吸困難，現在卻變得如走鋼索，岌岌可危。何來「順利」可言？

「……問題根本就沒解決。」

我很想把腦中浮現的話全盤托出，卻只說出了這句話。

「什麼？」媽媽發出令人嫌惡的聲音。原本歪斜的嘴巴，漸漸形成一抹笑容。

「我懂了。」媽媽全身虛脫，瞇起了眼睛。

「妳果然是我的敵人，妳倒戈到另一邊了對吧？」

她斬釘截鐵地說。

我的頭腦、內心瞬間一片空白，沒想到她會說出這種話。我很想否認，嘴巴卻無法動彈。

媽媽嘆了一口氣，那嘆息長得彷彿永無止盡一般。

「沒關係。」她用空洞的聲音說，「這也不能怪妳。」

她心灰意冷地呢喃，自說自話，自怨自艾。我不是媽媽的敵人，也沒有站到爸爸那邊。我說的跟這完全是兩碼子事。

「我……」

「人當然是選比較靠得住的那一邊囉，媽媽也一樣。」

媽媽呵呵笑了兩聲，擦了擦自己削瘦的臉頰。我這才發現她在哭。

她吸了吸鼻子，用濕潤的雙眼凝視著我。

「我們女人不這樣哪活得下去呢，對吧？」

她聲淚俱下說完後，便默默離開房間。

關門前她微聲說：「抱歉打了妳。」而我無言以對。

上鋪傳來棉被的窸窣聲。轉頭一看，只見龍平用害怕的眼神看著我。

四

「真琴，妳有感應到什麼嗎？」

野崎先生問完後，真琴小姐低頭看向我的膝蓋方向——稿子——放在大腿上的稿子影本出奇地沉重。

「……定睛一看，就只是一疊文件。」

真琴小姐慎重地選擇用詞。

「但如果用眼角餘光看的話，就會看到人偶。」

說完，她轉向陽台方向，斜眼看向稿子，又收回視線。

來回幾次後，她說：「應該是喪服吧。她穿著黑色的……長袖和服。」然後歪頭看向我。

我感到腹部一陣翻騰，冷汗直流。

「文、文章裡是這麼寫的沒錯。」

剛才跟他們說明來龍去脈時，我並沒有具體描述人偶的樣貌，只說了跟岩田的死有關的部分——一只小型日本人偶，臉上纏著紅線。

真琴小姐果真看得到。

照戶波總編的說法，她是貨真價實的「大師」。

「但僅止於此而已。」真琴小姐滿懷不安地看向野崎先生，「祂沒有說話也沒有動靜，也沒有發出特別的氣場，只是微微看得到形體。該怎麼說呢——彷彿根本沒東西似的。」

「根本沒東西？」

野崎先生一副不可置信的模樣。「嗯……」真琴小姐搔了搔金髮說：

「這裡沒有任何東西。」寬敞的房間裡瞬間鴉雀無聲。

「也就是說……」野崎先生率先打破沉默，指向原稿，「這份稿子上並沒有靈體是嗎？」

「應該是。」

「藤間，你呢？有看到什麼嗎？」

野崎問我。

「沒有。」我低聲回答，真琴小姐接著說：「我覺得不太對勁。之前在電話另一頭……岩田先生說有東西來找他時，我就能很明確地感應到。」

我盡量不去想岩田死前看到了什麼景象。

「到、到底是怎麼回事。」我呢喃。

「不知道，線索太少了。」

野崎先生說完，把手放在下巴上，繞著客廳踱步。

繞了一圈後，他似乎想到了什麼，叫了我一聲。

「你知道岩田是什麼時候看完稿子的嗎？」

「嗯……」我回想了一下，屈指一算回答：「五天前。他拿稿子給我的時候，說自己『前天一口氣全部看完了』。」

他怎麼會問我這個？

不，老實說，我已經知道野崎先生問這個要做什麼了。

他停下腳步。

「這類都市傳說基本上都有『時限』，也就是從得知故事到鬼怪來索命的時間。只是不知道這份稿子是多久。」

「這麼算起來……」

「從岩田看完稿子到喪命，至少是四天。」

他不帶感情地說。

我感到一陣天旋地轉，這間寬敞的房間離我愈來愈遠。

「……嚴格來說，應該是讀完稿子裡《喪眼人偶》的部分才會受到詛咒。你既然已經看到人偶……就代表你已經觸動詛咒了……這是可以肯定的……」

野崎先生的聲音愈發遙遠。

「……就算中間有些地方看不懂……」

化作了迴響，無法傳進腦中。

我是在昨天半夜讀到《喪眼人偶》的部分。如果詛咒四天後就會發酵，那麼我就只剩下兩天了。也就是說，後天的半夜，人偶就會來到我的身邊，把我跟湯水先生、岩田一樣給——

「藤間先生？」

一聲呼喚把我拉回了現實，我循著聲音方向看去，只見真琴小姐憂心忡忡地看著我。一雙大眼睛閃爍著靜謐而堅強的光輝。看著她的雙眼，原本雜亂無章的意識與情緒便漸漸恢復了平靜。

「振作一點。」真琴柔聲說，「如果失去理智，本來可以解決的事情也會變得束手無策喔。」

「……抱歉，我只是在做垂死掙扎。」

我故意做了個「怕怕」的動作，對她笑了笑。雖然是勉強自己笑，心情卻也因此而放鬆許多。

「那就好。」

真琴小姐莞爾。看著她天真的表情，我的內心又更安穩了一些。

「藤間，有件事我想跟你確認一下。」

野崎先生問。一抬起頭，就看見他炯炯有神的目光。

「你是什麼時候看到《喪眼人偶》那段的？」

「……昨天半夜，大概兩點半的時候。」

「好，那我們先把期限設定為四天，也就是九十六小時。」

那淡然的口氣，在我聽來格外刺耳。但至少現在我已經不再頭暈了，思緒也非常清楚。我順著他的話說：

「所以說，時限是大後天，週二的凌晨兩點半。」

說完，我聽見自己撲通撲通的心跳聲。野崎先生點點頭。

「正確的『時限』必須由你自己判斷——用人偶的距離。」

用「靈異」的方式去驗證詛咒？這簡直太不科學了！但是，此時此刻的我已不再滿腹疑惑。

「真琴，能試的妳就盡量去試，驅邪也好除靈也罷，只要是妳能力範圍內的全都試試看。」

真琴小姐「嗯」了一聲後頷首，野崎先生點頭回應後，又說：

「我負責旁敲側擊，調查這份稿子的來頭、作者是誰，以及都市傳說《喪眼人偶》的相關資訊。我等等馬上就去查。」

「是。」

我附和得非常自然。而且，我已經知道他接下來要說什麼了。

「藤間，你負責直搗黃龍。」野崎先生指著稿子，「繼續看這份稿子。雖說它的文體類似小說，內容不可盡信，但應該還是可以看出一些端倪。」

「是。」

我不加思索地回答。就算他不說，我也會繼續看下去。畢竟我已經看到一半了，由我來看是最快的。

「我們已經沒有時間了，更何況——」

野崎先生欲言又止，皺起眉頭看著真琴小姐。

只見真琴小姐微微搖頭。

情侶間無言的對話令我不禁心浮氣躁。然而在這樣的狀況下，我也只能壓抑住自己的情緒，乖乖看稿。

五

打開全新的交流簿，看著空白的內頁，我的腦筋不禁一片空白。回過神後，我好氣我自己——怎麼就沒預想到會有這樣的狀況呢？

除了我與由佳里，還有很多人在寫這本交流簿。一旦寫滿，館方當然會換新。這麼一來，我跟她的連繫就此切斷了。這件事也提醒了我，我跟她的交集始終只建立在一本筆記簿上。

上一本簿子已經丟掉了嗎？

裡面會不會有由佳里的回覆？然後在我還沒看到的情況下，就被圖書館給換掉了？

「交流簿我們收起來了，而且以前從來沒有再拿出來閱覽的先例。」

臉色很差的男性館員說話時看都沒看我一眼。他說，前一本是在兩週前收起來的，而用完的交流簿都收在內部的書架上。

「可以借我看一下嗎？」

「這個我沒辦法決定喔，館長今天不在。」

言下之意就是「不可以」，至少今天不可以，而且沒有任何商量的餘地。

正當我跟他道過謝，打算打道回府時——

「啊，等一下！」他叫住了我。

「那本交流簿很紅是嗎？在你們年輕人間。」

「為什麼這麼問？」

我反問道。

「沒有啦。」那位館員搔搔頭，「因為最近很多人都在問這本交流簿啊，源源不絕。」

問？」

「對啊，很多人都說想看裡面寫的鬼故事，妳應該也是吧？」

我沉默不語，他則露出苦笑。

「年輕人就愛這種類型，我以前也很喜歡喔。」

有這麼一瞬間他與我四目交接，又立刻移開視線。

「是喔。」我勉強擠出回應。

「我們圖書館員裡也有人看囉，那人簡直嚇死了，都一把年紀了。」

他一臉嫌惡地說。

連假的前一天——

上完課後，我走過一樓的走廊，穿過鞋櫃，往特教班裡探頭看去。

井原在榻榻米正中央和老師面對而坐，正在看書。

「阿井。」

聽到叫喚聲，老師抬起頭對我笑道：「妳來啦？」然後對井原說：「你朋友來找你囉。」

老師將臉湊近井原，用手指向我的方向。井原慢吞吞地轉向我。

「掰掰。」

我笑著對他揮揮手。

只見井原傻乎乎的表情瞬間扭曲，他露出牙齒、瞇起眼睛，蒼白的臉龐逐漸變得通紅。

「呀啊啊啊啊啊啊啊！」

井原發出野獸般的吼聲。我嚇了一跳，舉起的手就這麼僵在半空中。井原緊緊抱住老師，把臉埋在老師的胸前哭喊道：

「貞子！貞子！是貞子！走開嗚嗚嗚嗚嗚！」

老師抱著井原，用不知該如何是好的表情抬頭望向我。我尷尬地說了一句「抱歉」，隨後便像逃跑一般離開了校舍。

連假第一天的下午——

我一如往常去了圖書館。從書架上選了幾本書，卻完全無心閱讀，只是坐在椅子上發呆。就連井原都叫我貞子了。這也不能怪他，畢竟電視、雜誌裡處處可見《七夜怪談》的蹤跡，這股旋風還吹進了學校裡。

圖書館裡進了幾本驚悚類的最新大解析，每一本的封面都是貞子，我連拿都不想拿。

因坐得腰瘦背痛，我起身往放有交流簿的書架走去。其實我一個鐘頭前剛來時已經去確認過了，裡面已經寫滿了幾頁，但都沒有由佳里的留言。即便如此，我的腳還是不聽使喚地走向書架，機械式地打開簿子。

小里

抱歉這麼慢才回覆妳。

這段時間我發生了很多事，來不了圖書館。

希望妳沒有生氣，我們還能跟之前一樣聊天嗎？

看到請回覆。　由佳里

最新一頁上印著我所熟悉的筆跡。

剛才還沒有這則留言，也就是說，這個留言是在這個鐘頭內寫上去的。由佳里也來了？說不定她還沒走呢。

我抬起頭四處張望。

童書區有幾個小女孩，看上去只有幼稚園的年紀，最多也只有小學一二年級，應該不是由佳里。

我環顧四周，無論是坐在位子上的，還是在書架間走動的都是大人，而且盡是些老人。

自從開始在交流簿上跟由佳里聊天後，我心裡就一直有個疑惑。

真的有由佳里這個小女孩嗎？雖然她的名字、用字看起來是個小女孩，但說不定是個大人，即便是男孩子、老男人也不奇怪。

如果真是如此，要找到「由佳里」就得花上一段時間了。要把在場的人全都問過一遍是個大工程，更何況，「由佳里」也不一定在裡面。

「算了。」我心想。還是乖乖回留言好了，只要能夠跟她聯絡上，不見面也沒差。仔細想想，我只是因為《喪眼人偶》而感到心煩意亂罷了，在交流簿上也能跟她問個清楚，根本沒有一定要見她的理由啊。

我將視線移回筆記本。正當我準備回覆留言時，突然感到旁邊有人。

只見書架對面站了一個女孩。

應該是小四生吧？她頂著妹妹頭，整齊的瀏海，穿著點點圖案的連帽外套，手放在書架上，用一雙水汪汪的眼睛看著我。

「小里？」

她低聲問道。

「……由佳里？」

還來不及點頭，我已反問了回去。

女孩愣了半晌，隨後露出笑容，用力對我點了點頭。

六

我的眼神在文字上游移。別說整個段落了，就連單詞都是有看沒有懂。我很清楚看稿是當務之急，但就是無法集中。

我抬頭看向天花板，想藉由壁紙紋路來屏除雜念。但其實若不是這些雜念，我就會想一些無關緊要的事情。

喔不，其實是最要緊的事——我可能快要死了。

真琴小姐起身時關節喀喀作響，她站著看向我。

剛才野崎先生接了通電話，只說了一句「我馬上回去」就衝出家門。現在家裡只剩下我跟真琴小姐，若不是情況特殊，我肯定會很緊張。

「我幫你重新倒杯咖啡嗎？」

她的口氣平淡得令人愕然，嘴角甚至還掛著微笑。「你的咖啡都冷掉了。」她指向我的手邊，馬克杯裡的咖啡幾乎沒有減少。

我搖搖頭。

「……我沒那個心情。」

我下意識地回答。回過神時，話語已有如脫韁野馬一般傾巢而出。

「野崎先生也說了不是嗎？我被詛咒了，而且週二晚上就會被咒殺。這聽起來很荒謬，但實際上已經死了好幾個人了。在這種時候……」

「藤間先生。」

真琴小姐柔聲打斷我，微笑著說：

「就算沒被詛咒，人一樣會死。」

「我們可能明天就會喪命，你不知道明天會不會遇到意外，又或是發生大地震。這些都是運氣和偶然，對此我們束手無策，但是──」

她的聲音溫柔而堅強。

「詛咒卻可能可以用『傳染』的方式解除，跟疾病一樣。我們可以尋找治療方式，進行各種嘗試。並非束手無策。」

紊亂的呼吸一點一滴地平復，心悸、頭腦的混沌也逐漸平息。

真琴小姐的這番話並非什麼新論調，是很常見的正向心理學。若是平常聽到，我一定會在心裡想說「這種事誰不知道啊」，然後一笑置之。

但是，她的聲音卻有股不可思議的魔力，響徹我的心房。從剛才開始，每每跟她說話，都讓我有這種感覺。

我想，這大概也是她的「能力」之一吧──頭腦冷靜下來後，我在心中一隅這麼想著。我終於有餘力想別的事情了。

「……抱歉，我失態了。」

我做了個深呼吸說：

「我是第一次遇到這種事。」

「大多人都沒遇過吧。」

真琴小姐一臉傻氣地說。也是，想著想著，我也笑了。

之後，真琴小姐去廚房幫我重泡咖啡。聽著咖啡機運作的聲音，我赫然想起了「那件事」，開始環顧四周。

沒有人偶的蹤影。至少不在這個房間裡，不在我的視線範圍內。

我看向陽台。窗簾沒有拉上，玻璃門外是一棟棟的房子、電線桿和天空。我心想，乾脆走到陽台，確認一下那東西在不在外面好了，卻又馬上將雜念甩出腦海。

我得繼續看稿子。現在唯有這麼做，才能找到真琴小姐說的「治療方式」。

七

我和由佳里坐在圖書館外的長椅上聊天。

她說，她是隔壁鎮上的小學生，因為班級書庫跟學校圖書室的書已無法滿足她的胃口，所以從去年開始，她就改來這座圖書館找書看。

「那個時候我好感動喔。」

「感動？」

「嗯，因為這裡有好多書。」

由佳里露出開心的笑容，我相當了解她的心情。我第一次知道有「圖書館」這個地方是在低年級的時候，當時是爸爸帶我去的。

她還說，有次她在一本占卜書上看到靈異現象跟都市傳說的介紹，就此喜歡上超自然的東西，不知不覺中，才發現自己看的幾乎都是這類書——這點我倆也是「同病相憐」。

「可是啊，看完後我好害怕，怕那些東西晚上來家裡找我。」

「嗯。」

「所以我背了一大堆避邪咒，像是『姥姥退散』之類的。」

「還有『嗡叭薩剌齊尼哈剌吉哈塔呀唆瓦卡』？」

由佳里聽得目瞪口呆，不禁讚嘆道：「好厲害喔！」

「小里姊姊，妳好厲害喔。」

「還好啦。」

我低下頭，避開她的眼神，「由佳里妳才厲害呢……竟然知道那麼恐怖的都市傳說。」

雖說我很慶幸能跟由佳里本人見面，能確定真有其人也讓我感到很開心。但此時此刻，我有更重要的事要做——

「妳是從哪裡知道的啊？《喪眼人偶》。」

被我這麼一問，她「嘻嘻」地笑了。

「小里姊姊，妳嚇到啦？」由佳里雙手撐在長椅上，看著我反問道。

「嚇到啦。」我點點頭，「我把感想寫在交流簿上了。」

聽到這裡，由佳里的臉色沉了下來。

「我沒看到。」

她輕輕搖頭，隨後便沉默不語。

我壓抑著焦急的心情，和由佳里一來一往的聊天。我跟她說我有一雙弟妹，她則說她是獨生女，上個月才跟媽媽兩人搬到這附近的公寓住。

那爸爸呢？我雖然感到好奇，卻沒有追問下去，再度把話題轉回書上。

見她再度喜逐顏開，我才又問了一次《喪眼人偶》的事。

「話說回來，那個故事妳到底是從哪聽來的啊？」

「其實啊……」她露出頗具深意的表情，「那是……」

這時突然「啪」一聲。

由佳里的表情瞬間扭曲，她扶著臉頰彎下腰，頭低到都快要碰到膝蓋了。

正當我感到匪夷所思時，手背猛然傳來一陣疼痛。我下意識地縮了一下手，循著痛覺看去，只見手背正中央浮現出一個小小的紅點。

一個橘紅色的小球在腳邊的石磚板上跳動。

是ＢＢ彈！

前方走道站了三個男生，應該是小學生吧？三個人都拿著空氣槍對著我們。

「去死吧貞子！」

其中一個人大吼完，緊接著又是一陣空爆聲，把由佳里打的邊喊痛邊跌落長椅。

「報告隊長，我幹掉貞子了！」

右方的矮個子喜孜孜地說。

「把旁邊那個也給我殺了！」

中間那個穿著運動服的男生喊完，將槍口對準我說：「這傢伙才是老大！」

左邊的胖弟有那麼一瞬間露出退縮的神色，但又立刻恢復笑容對我開槍。我反射性地縮起身子，關起心房。

槍林彈雨結束後，我怯怯地抬起頭，三個男孩早已不見蹤影。我到底挨了幾槍啊？

我摸了摸又痛又麻的頭，把卡在頭髮裡的ＢＢ彈一一拍掉摘除。

掉落的ＢＢ彈不斷彈跳，碰到由佳里的鞋子才停下來。由佳里蹲在一旁，像嬰兒一般蜷縮著身體，微微發著抖。

我看看四周，跟一個拿著購物袋的大嬸對到了眼。然而她卻立刻移開視線，若無其事地離開現場。其他幾個大人也沒有看向我們。

我輕輕撫上由佳里的肩膀。

「還好嗎？」

她點點頭，沒有抬起臉來，只發出吸鼻子的啜泣聲。

「妳的痛苦我明白。」

我從長椅上起身，蹲到她的身旁。她還是不肯抬頭，只是用稚氣的聲音嗚咽哭泣。

「我也是貞子喔。」我摸摸她的妹妹頭，「學校的人也都這麼叫我。」

由佳里緩緩抬起臉來，露出一雙渾圓的大眼。她哭得一把鼻涕一把眼淚。

「我們兩個貞子要好好相處喔。」

我給了由佳里一個衷心的笑容。她胡亂擦了擦眼淚，輕輕頷首。

八

真琴小姐泡的咖啡又苦又濃，喝得我舌頭都麻了。如果咖啡有「原汁」的話，大概就是這個味道吧。

但也多虧了這杯咖啡，我的腦筋清醒不少，心情也平復許多。不僅如此，我跟真琴小姐還因為聊了許多咖啡泡法而熟稔了起來。

「還是沒有感覺耶。」

真琴小姐一臉傷腦筋地注視著我。正當我要追問時，她補充說：

「我的意思是，我還是感應不到有鬼怪跟著你。」

她謹慎地選擇用字。剛才在聊天時，我跟她說「跟我說話不需要太見外」，她回了一句「那恭敬不如從命」，然後就用一般的語氣跟我說話了。

「既然如此——」我強行打起精神，「會不會是我們想太多了？」

「想太多？」

真琴小姐歪頭道。

「會不會根本就沒有什麼詛咒，一切都是我們想太多了。岩田他們是怎樣我不知道，但會不會我其實是沒事的？」

我鼓起勇氣起身走向陽台，拉開玻璃門，穿上拖鞋，扶著欄杆俯瞰住宅區。

白濛濛的雲層下——

一個小小的黑色身影站在路中間。那是一只穿著黑色長袖和服、低垂著手臂、頂著妹妹頭的人偶，臉上還纏著紅色的東西。

比今天早上看到時更近了。

我果真被詛咒了。

我將額頭靠在欄杆上，打從心底感到後悔。半晌，我抬起頭來，人偶還是站在那裡。

「看得到嗎？」

真琴小姐站在我身邊，憂心地看著我。

我勉強點了點頭，指向人偶的方向。

她定睛注視一陣後說：「……我完全看不到。」

然後輕輕搖頭。

「這種事經常發生嗎？」

回到房間後，我問真琴小姐。

「這個嘛……」

她搔了搔金髮，坐到床上。

「詛咒本就是看不到也感應不到的，所以才特別麻煩。不過，詛咒基本上都是用來召喚不幸跟鬼怪的，而我看得到鬼怪，所以……該怎麼說呢……」

她「嗯……」了一陣後再度開口。

「所以，當看到大量鬼怪異常地聚集在某個地方，基本上那裡就有詛咒。這必須用頭腦思考，該怎麼說呢，用邏輯去推論觀察？」

真琴小姐費力地解釋道。我想，後半段應該是她從野崎先生那邊現學現賣的吧？但我懂她的意思，也就是說——

「我所看到的人偶並非鬼怪？」

「嗯，應該是不一樣的某種東西。」

「某種東西？」

真琴小姐默不作聲。

我啜飲一口咖啡，再次看向稿子。里穗終於跟她志同道合的朋友——由佳里見到面了。雖說由佳里似乎也有難言之隱，但跟里穗比起來已經很幸福了。不過，故事怎麼發展對我而言已經不重要了，重點在於裡面可能隱藏著解咒的線索。

「我應該可以看吧……」

真琴小姐出其不意地說，然後用雙手拿起我看完的稿子，「不然我都感應不到，也看不到人偶。」

「不行……妳還是別看吧！」我急忙伸手制止。

「為什麼？」真琴小姐直直瞅著我。

我一時無言以對，想了半天，好不容易才擠出四個字：

「妳不怕嗎？」

這個問題真是幼稚。

「怕啊。」真琴小姐回答得很是乾脆。

「可是……」她把稿子拿好，語氣滿是堅強地說：「如果再不想想辦法，你就會死掉。」

真琴小姐的這番話再度打動了我的心。看得出來，她不是在說場面話，而是真心替我設想，想幫助我脫困。

隨著遠方傳來的開門聲，屋裡的氣壓產生了微微的變化。只見野崎先生背著背包快步走了進來，將一個大塑膠袋放在桌上。

「這是早餐兼午餐。藤間，先聲明，你不用在意錢的事情。」

他俐落地將袋裡的東西拿出來放在桌上。

九

自那天後，我每天都跟由佳里玩在一塊。相約在圖書館一起找書，互相推薦好書，並肩坐在兒童區的桌旁閱讀，之後再到附近的超市買點心分食。

五月時，由佳里帶我到她家玩。我們從圖書館走了約莫十分鐘，來到一個公寓林立的區域。由佳里的家就位於最旁邊那棟的三〇二號房。

門口的名牌已脫落。

她熟練地用鑰匙打開門，走到廚房，從冰箱中拿出茶和點心。我跟著她進門，在矮腳餐桌前停下腳步。

客廳裡有一整面大書架，上頭放著琳琅滿目的錄影帶。許多熟悉的片名印入我的眼簾，盒子上盡是我知道的怪物、殺人魔、女魔頭。

是驚悚電影！而且幾乎都是我再熟悉不過，卻又沒有看過的電影。

「這些是……」

我瞠目呢喃。

「是我媽媽的。」她小聲回答。

「妳媽媽喜歡這種電影啊？」

我不可置信地問。

「嗯。」

她悵然點頭。

「可是有也沒用，我如果看了，她會很生氣很生氣。」

「為什麼？」

我不禁大失所望。有這麼棒、這麼多的電影卻不能觀賞？

由佳里難過地說：

「有一次我看了，結果被媽媽修理一頓。她說這不是小孩子該看的東西。」

雖然我懂她媽媽的心情，卻無法接受她的做法。既然女兒跟自己興趣相仿，為何不認同孩子的喜好呢？她可以陪由佳里一起看啊，又或是挑一些兒童也可以看的。

我看了看書架，問道：

「妳媽媽什麼時候回來？」

「不知道。六點半左右吧。」

這時牆上的時鐘指著四點。

「我陪妳看一部吧。」我說，「我大概知道哪些是兒童不宜的。」

然而，由佳里卻露出膽怯的表情。

「可是我媽媽會生氣。」

「我們可以看短一點的片子。」我掃視了一下片名，然後用力抽出一盒錄影帶，「這部應該不長。」

我抽出的是《德州電鋸殺人狂》，盒子背面寫著「片長八十三分鐘」，還不滿一個半小時。

「現在看的話，五點半前就能看完。」

「可是……」

「這是部名留青史的傑作，非常有趣喔。雖然是老電影，但現在看依舊毫不遜色。而且它的拍攝膠卷還被美國的一間美術館收藏起來，很厲害吧。」

「真的嗎？」聽我「賣弄」完從書上讀來的資訊後，由佳里雙眼閃耀著光芒。

於是，我們關上燈，在昏暗的屋裡一起看了《德州電鋸殺人狂》。

由佳里坐在我身旁，縮著身體不斷發抖。即便如此，她依然捨不得將視線從那小小的電視螢幕上移開。

我握著她的手，緊盯著那充滿雜訊的畫面。

十

野崎先生說，他和警方聯絡過了，本想跟警方詢問原稿的相關資訊，但令人吃驚的是，警方對這件事完全不知情。別說稿子的內容了，就連有這份稿子他們都不知道。

由此可知，岩田根本沒把原稿還回去。

「我曾聽岩田說，他喜歡蒐集作家的第一手原稿，沒想到竟然走火入魔到這個地步。」

野崎先生啃了一口麵包，一副難以下嚥的樣子。

照理來說，原稿應該在岩田家裡。但礙於目前警方正在他家中搜查，所以無法立刻給野崎先生答覆。

於是，野崎先生決定先把原稿的事放到一邊。為了釐清湯水先生拿到稿子的經過，他改為追查湯水先生生前的行蹤，並從一位共同朋友那裡打聽到一個消息——

「據說，湯水先生生前曾跟一家專出超自然書籍的出版社聯絡，詢問他們在出書的過程中，有沒有碰過什麼怪異事件。」

我聽完大失所望。

這根本不算是進展嘛。這種事對出版業而言簡直是家常便飯，像是編輯編到一半電腦壞掉、螢幕上突然出現一堆奇怪的文字；在錄音筆普及以前，出版社錄鬼故事都是用錄音帶，有時候回去聽才發現完全沒有聲音。

甚至還發生過錄音帶磁條卡住，連同錄音機一起壞掉的狀況。上述事件都是我從佐佐岡那邊聽來的，據說都是一間「已關門大吉的出版社所發生過的真人真事」。

大概是從我的表情看出了端倪，野崎先生雙手抱胸說：

「至少我們知道他曾去採訪過出版社，只不過企畫很普通就是了……」

現階段我們知道的就只有這些。野崎先生將話題轉向岩田。

「令人匪夷所思的是，岩田的爸媽也過世了。」

我點頭表示同意後，立刻意識到一件事。

「應該是岩田把稿子拿給他們看，又或是把都市傳說告訴了他們。」

待我回過神來，話已經說出口了。

岩田表面上表現得很熱絡，私底下卻偷偷想把詛咒交替給我。像他這種能夠若無其事出賣別人的人，肯定也能對父母下狠手。

我已經完全不相信岩田了。

「不……應該不會。」

野崎先生的表情相當複雜。

「因為他很孝順，從大學開始就自己賺學費，之所以還住在家裡，據說也是為了存錢。而且岩田不只在《月刊　胡說八道》打工，他一邊上學、一邊研讀古書，另外還兼了三、四個差。」

「他為什麼這麼拚命賺錢啊？」真琴小姐問。

「他本人是沒有明說啦，但似乎是在幫爸媽存養老金。他曾跟我說，自己是爸媽唯一的兒子，爸媽出了什麼事也只能由他來照顧。別看他年紀輕輕，其實很有想法的。」

野崎先生惋惜地嘆了口氣。

雖然我不是很相信，但野崎先生的推論是合理的。像他這麼愛父母、有家庭包袱的人，應該會不擇手段想要活下去吧？寧可抓職場的前輩來當替死鬼，也要堅決守護自己的生命。

與其把岩田看作一個無惡不作的壞蛋，這個說法其實對他比較公平。不是有句話叫「酌情處理」嗎？雖然用在這裡有點奇怪，但我並非不能了解他的心情。

家人對他而言，就那麼重要嗎？

我想對岩田而言，里穗的故事根本就事不關己吧。

我看向床邊，原本要看放在床上的稿子。

卻意外看見真琴小姐拿著稿子，翻開前面幾頁看得入神的模樣。

「喂！真琴！」

野崎先生對她大吼，然而她沒有回答，只是僵著一張臉、緊閉雙唇，直盯著稿子看。

野崎先生一個箭步衝到真琴小姐身邊，搖了搖她的肩膀，她才抬起頭。

「妳別嚇我好嗎？」野崎先生面露怒色，「我不是不准妳看，但妳至少……」

「我問你。」真琴小姐開口，「這份稿子裡寫的是什麼？」

野崎先生愣了一會兒，隨即說：

「藤間不是說了嗎？應該是小說，但還不確定就是了。」

「可是……」真琴小姐指向稿子，「裡面提到的市立三角中學是我以前念的學校，就位於東村山。」

十一

「欸，貞子。」

放學鐘響後，正當我準備回家時，坐在我前面的三島叫住了我，將打薄的棕髮勾在耳後。

我默不作聲，靜靜觀察她要玩什麼把戲。

「妳留下來一下。」

她瞪了我一眼，一副容不得我說不的模樣。

其實在開學典禮上發現自己跟她同班後，我就知道這一天終究會到來，這些人的下一個目標絕對是我。

她要對我做什麼？勒索？揍我？破壞我的東西？還是以上皆是？

雖然對還在等我的由佳里很抱歉，但我還是留了下來。

不一會，隔壁班的小宮、土屋也來了。教室裡只有我們四個人，只見她們一邊竊笑一邊把桌子並成一張大桌。

「貞子，過來。」

我聽命走向大桌，只見桌上鋪著一大張白紙，上面寫滿平假名的五十音。左上方跟右上方各寫著「是」與「否」，中間印了一個紅色的鳥居圖案。

三島故作誇張地在紙上放了一枚十元硬幣。

她們要玩錢仙——至少這時她們是這樣打算的。

我乖乖坐到她們分配給我的位子上。

一開始，事情都在我的預想範圍內——我們四個將食指放在十元硬幣上，由三島呼叫錢仙，向錢仙提問。

「錢仙錢仙，請問貞子喜歡的男生是誰？」

——U——CHI——TA——KE——N——TA——

內田健太，一個沒參加任何社團、個性陰沉的胖男孩。坐我右邊的小宮瞇起鳳眼笑了，左邊的土屋則用她厚厚的嘴唇「噗哧」了一聲。

我沉默不語。

三島儼然一副主持人的模樣。

「錢仙錢仙，請問貞子以後會跟誰結婚？」

——SE——I——TO——

瀨戶，這次拼出了老師的名字。

「好嗯喔！」

土屋用丹田大吼，緊接而來的是一陣大笑。見我低下頭，小宮喝斥道：「妳給我認真玩喔！」

我想起以前讀過的一本書，上面說錢仙其實並非靈異現象。

當所有人把手指放在硬幣上時，手腕和手指都會在不知不覺中施力，進而移動硬幣。也就是說，即便玩者心態認真，真正移動硬幣的也不是「錢仙」。

更何況，眼前這些人根本就在胡鬧。她們只是做做樣子繞個兩圈，真正的目的其實是想要欺負我。所以，剛才拼出的字跟過去、現在、未來都完全無關，只是單純在羞辱我罷了。

「錢仙錢仙，請問貞子的媽媽有在外面偷男人嗎？」

十元硬幣緩緩停在「是」的地方。

「錢仙錢仙，請問那個男人是誰？」

——RA——FU——HO——NO——KE——I——E——I——SHI——YA——

我的眼神緊跟著硬幣在紙上游移——賓館的老闆？

是喔，這我倒是沒問。至少這個答案跟媽媽的說詞有出入。

三島淡淡地問：

「錢仙錢仙，她媽媽就是在賓館偷情的嗎？」

——是——

「錢仙錢仙，請問她常常偷情嗎？」

——M——A——I——N——I——C——H——I——（每天）

「錢仙錢仙，請問這種女人叫做什麼？」

——Y——A——R——I——M——A——N——（蕩婦）

她們三個大笑出聲。我則關上心房，靜待一切結束。

「錢仙錢仙，請問貞子為什麼翹課？」

——E——N——K——O——U——（援交）

沒想到問題走向會這麼發展。我心裡出奇地平靜，只是默默盯著錢仙紙。

「錢仙錢仙，請問貞子援交一次多少錢。」

——NA——MA——NA——KA——SA——N——（少得可憐只要三）

硬幣停了下來。

「三？」土屋一臉開心的樣子。

「三～？」小宮的口氣有如在開獎似的。

——HI——YA——KU——（百）

「也太廉價了吧！」

她們再度笑成一團。我在心中嘆了一口氣，這招殺傷力還真低。畢竟一切都不是真的，都是她們編造出來的。

「喂！妳們在做什麼？」

一個聲音粗聲粗氣地說。

我往走廊看去，只見花岡從窗口探進頭來看著我們。

「我們在算命。」

三島臉不紅氣不喘，露出可愛的微笑，歪著頭嗲聲說：

「才不要跟老師說我們在算什麼呢。」

花岡苦笑著「喔」了一聲。

「不要太入迷喔。別忘了，妳們可是考生。」

說完，花岡看向我。我的心臟撲通撲通的狂跳，腹部一陣翻騰。正當我還在猶豫要不要起身跟他求救時——

「來生，我真為妳高興。」

花岡感慨萬千地說完，便踩著輕快的步伐離開了。我木然聽著逐漸走遠的腳步聲，以及左右兩邊傳來陣陣竊笑。

「那傢伙真是個熱血的蠢貨。」小宮笑得滿臉通紅。

「怎麼會這麼好騙啊？」土屋也目瞪口呆。

三島拉高嗓門，宣告即將進入第二回合。

「錢仙錢仙，請問貞子現在在跟誰交往？」

——H——A——N——A——O——K——A——T——O——（花岡還有）

「還有？」

「還～有～？」

——I——HA——RA——（井原）

「喔喔！」土屋出聲附和，「很配嘛！」

「對啊。」

三島一臉壞心。

「錢仙錢仙，請問貞子跟井原是不是常在特教班……」

十元硬幣悠悠出動。

——E——SU——E——MU——（SM）

「住手！」

我大叫一聲，隨後往後一縮，手指也順勢從十元硬幣上拿開，椅子發出巨響。三人同時睜大了眼睛。

「妳竟敢拿開手？」小宮齜牙咧嘴地說，「妳難道不知道嗎？這個遊戲不能只玩一半。」

「哎呀！」土屋也跟著起鬨，「我們被詛咒了耶，妳要怎麼賠我們？」

我一時之間不知所措，只能不斷大聲喘氣。原來是這麼一回事，她們想要藉此對我予取予求。

我打算以不變應萬變。

「就是說啊。」三島一臉得意，「妳要怎麼賠償我們啊？來問問錢仙好了。」

三島說完，低頭看向桌上的錢仙紙，就在這時——

十元硬幣迅速動了起來，三個人因此失去重心，用另一隻手扶住桌子。她們先是面面相覷了一陣，然後緩緩看向錢仙紙。

十元硬幣不偏不倚地停在「否」的正中間。

「喂……」三島擠出一個笑容，「這一點也不好笑喔，是誰搞的鬼？」

另外兩個人大眼瞪小眼。小宮乾笑道：「小土，別鬧了喔。」惹得土屋不滿回嗆：「什麼？明明就是妳。」

三島嘆了口氣說：「喂，妳們再鬧我就不玩……」

這時，十元硬幣又默默地動了。三人啞口無言，一旁的我也看得瞠目結舌。只見那枚暗褐色的硬幣，載著她們的手指在紙上游移。

——Y——O——K——O——S——E——（給我）

「現在自首還來得及喔，到底是誰？」

三島緊皺眉頭威嚇道，另外兩人一起搖了搖頭。

十元硬幣又動了。

——HA——RA——WA——TA——（腸子）

「我看……」小宮高八度音說，「我們還是請……請錢仙歸位好了。」

「對，姑、姑且先這樣吧。」

土屋也低聲附和。

「妳們是不是在聯手耍我？」三島的口氣很是輕蔑，「妳們是私下說好了要一起整我吧？妳們真的很無聊耶，這樣一點也……」

——否——

事已至此，就連三島也不敢嘴上逞強了。她故作鎮定地說：

「錢仙錢仙，謝謝祢，請歸位。」

十元硬幣稍微轉了一下後，又回到原位。

——否——

三人妳看我、我看妳，個個表情僵硬，臉色發青。

「請歸位。」

——否——

「祢為什麼不肯歸位？」

——HA——RA——WA——TA——（腸子）

「要怎麼做祢才肯歸位？」

——HA——RA——WA——TA——（腸子）

「還……還有別的辦法嗎？」

——ME——NO——TA——MA——（眼珠）

「還有沒有別的？」

——HA——RA——WA——TA——（腸子）

小宮悄聲說：「事情不太妙耶，要不要把手指拿開？」腳板不斷「噠噠噠」地跺地。

「好哇。」三島說。

「這個世界上根本沒有錢仙。妳一開始不也說了，硬幣會動是因為肌肉運動的關係……」

——否——

「……搞什麼啦。」

三島焦躁地抓了抓頭髮。

這時桌子突然「咚」的一聲發出巨響，之後不斷有怪聲從我身後傳來。

第一個驚叫出聲的是小宮，她順勢收回手指。

「喂！」

三島急忙伸手抓住小宮，然而，她卻使勁掙脫了三島的手，飛也似地退到窗邊。

兩人手指下的十元硬幣再度移位。

——HA——RA——WA——TA——（腸子）

——否——

——HA——RA——WA——TA——（腸子）

——否——

土屋沉吟著拿開手指。見她離開桌邊，我也跟著起身。

只剩三島一個人壓著十元硬幣。

「喂！妳快放開啊。」

小宮對三島催促道，土屋也頻頻點頭。

只見三島蒼白著一張臉，僵硬地搖頭。

「……我動不了……」

她用發紫的雙唇微聲說。

——ME——NO——TA——MA——KI——MO——SHI——N——NO——S

O——U——（眼珠肝臟心臟）

——否——

——I——NO——FU——NO——TO——FU——E——（胃袋喉根）

——否——

——S——H——I——T——A——N——O——N——E——（舌根）

眼珠、肝臟、心臟、胃袋、喉頭、舌根。

窗戶突然發出一陣巨震，惹得小宮邊驚叫邊跑向黑板。

三島趴在手腕上。

「嗚嗚，請、請歸位。」

——否——

「錢仙錢仙請歸位。」

——否——

「錢仙錢仙……」

——否——

——否——

——否——

「……請……」三島眼眶泛淚，「請、請問祢是何方神聖？」

纖細的手指、漂亮的指甲、暗褐色的十元硬幣，緩慢爬行。

——ZU——U——NO——ME——

就在這時，合併的桌子突然劇烈搖晃，像從中裂開一般往外翻倒，三島也從座位上被甩了出去。十元硬幣則掉在地板上，滾了幾圈才停下來。

教室裡鴉雀無聲，沒有任何人說話。

我將剛才的符號組合起來……

——ZU——U——NO——ME——

喪眼人偶。

「貞子！」

三島低聲的叫喚把我拉回了現實。她拍掉制服上的灰塵，將臉湊近我威脅道：

「妳剛才說什麼？妳是不是知道什麼？」

她終於發得出聲音了。

我觀察三島的表情，她的眼神非常認真，一點都不像在開玩笑。

我知道三島是在害怕妖魔鬼怪，她被剛才的事情嚇著了，所以即便知道這完全不符合科學邏輯，她也要向我問個明白。

既然如此——

「……我前陣子讀到一個故事。」

我將由佳里寫的《喪眼人偶》告訴了她們三個。

起初她們還一臉認真，然而聽完後，三島卻不屑地說：「白痴嗎？」其他兩個也嗤笑道：「最好是啦！」

其實我也覺得這個故事很蠢。但一想到剛才三島嚇得魂都飛了的模樣，我的心裡就好過一些。

氣氛冷卻了下來，她們也倖倖然地離開教室。我獨自將倒在地上的桌子扶起排好後，便急忙離開學校，趕往圖書館。

由佳里在成人文庫區等我。稚嫩的小臉看到我來，不禁眉開眼笑。

之後我去她家玩，直到六點才踏上歸途。

五天後，學校召開了一場緊急會議。校長站在體育館的講台上，一臉沉重地向全校師生宣布——

三島等三位同學昨天突然去世了。

然而，校長從頭到尾都沒有說她們是病死還是意外死亡。

體育館裡鴉雀無聲，我在隊伍裡也目瞪口呆。

午休時的導師室裡——

「三島她們最近有沒有跟妳說什麼？」

花岡黯然問道。他將手放在辦公桌上，抬頭看著我。

「什麼意思？」我反問。

他一副難以啟齒的模樣。

「比方說……被奇怪的人纏上，又或是認識了什麼可疑的人物……之類的。」

「沒有。」

我老實回答。當然，就算有我也不會知道。

問話結束後，花岡還慎重叮嚀我：

「我剛才跟妳說的事千萬要保密喔。」

走出導師室後，一股難以忍受的劇痛向我的腹部襲來——生理痛。生理期不是快結束了嗎？這還是我第一次痛成這樣。

我用手扶著牆壁，步伐蹣跚地走向保健室。矢島看到我時先是嚇了一跳，才把我帶到窗邊的老位子。

「抱歉喔來生，畢竟妳之前從來沒有因為身體不適來過保健室。」

矢島為自己的失態辯解了一番，隨後拉上隔簾。

我縮著身子側躺在棉被裡，腹腔深處傳來撕裂般的痛楚。我想，這一定是心理因素造成的。

腦中一片混亂，我開始胡思亂想——三島她們三個是被喪眼人偶殺害的。

我知道這一切只是偶然，不過是我自己在穿鑿附會罷了，世界上不可能發生這種事情。

這些我都知道，但我還是無法阻止這樣的念頭在我腦中滋長茁壯。腹痛愈來愈激烈，且逐漸蔓延至我整個下半身，痛得我不禁扭動著身體呻吟。

「欸。」

突如其來的女聲把我喚回了現實。我循著聲音方向看去——

白色隔簾外站著一個人影。從一頭短髮看來，這人並非矢島。

「妳還好嗎？要去幫妳叫矢島過來嗎？」她開朗的聲音非常不適合保健室，「她去導師室了，現在不在這裡。」

「不用了。」

我躺著回答，聲音因口乾舌燥而嘶啞。

人影呆站了一會兒後，對我問道：

「妳是四班的來生同學吧？」

聽到我說「是」後，人影沉默了一陣，又說：

「妳好像滿常來這裡的，因為某些特殊原因。」

我不知道該如何回答，只是注視著那道身影。

她好高，比我高，大概也比矢島還高。

人影歪了一下頭。

「冒昧請問一下。」那聲音說，「妳是不是用錢仙召喚了什麼不乾淨的東西？」

「沒有！」

我大吃一驚，幾乎是反射性地回答。

隔簾「唰」的一聲被人拉開。女孩站在床邊看著我，她留著一頭短髮，正氣凜然的五官，又黑又密的濃眉，露出剛毅的眼神。

「絕對有，而且妳召喚到的不是錢仙，是其他東西。」

她一臉正色，環視我的四周。

我想，這個人一定是看到我跟三島她們玩錢仙了。她是在套我的話，雖然我不知道她的目的是什麼，但我就是不想承認自己「召喚」了不乾淨的東西。

「……為什麼？」我緩緩拉起棉被，遮住嘴巴，「為什麼妳會這麼問？」

「因為妳一副很煩惱的樣子。」

她理所當然地回答，嘴角浮上一抹調皮的微笑。

「妳應該遇到了一些不尋常的事對吧？所以才那麼懊惱？跟那個白癡三島的死有關？」

她喜孜孜地說。她雖是以問號結尾，但那語氣與其說是「提問」，更像是「確認」。喔不，現在沒時間管這個了。

重點是，她知道我跟三島的事。雖然不知道她是從何得知，但能夠確定的是，她知道事情的大略經過，對我心中的疑慮和混亂也一清二楚。

「妳不想說也沒關係。」她緩緩舉手抓住隔簾，「需要幫忙的話隨時跟我說，我如果沒在教室裡，基本上都在這裡睡覺。」

語畢，她拉上隔簾。

我想起來了！她是每次都睡在隔壁床的那個短髮女同學。

「同學……」

我下意識地叫住她，掀開棉被坐起身。

簾上再度映出她的身影。

「這麼快就想通啦？」

她「呵呵」笑了兩聲。

「在我告訴妳來龍去脈之前，可以先請問妳的名字嗎？」

我戰戰兢兢地開口。

「啊，抱歉。」她再度拉開隔簾，愧疚地笑了笑。

「我是一班的比嘉美晴。」

十二

「美晴……」真琴小姐喃喃自語。

她鐵青著一張臉，茫然地看著稿子。

我、野崎先生和她在床上坐成一圈一起看稿。

自從發現里穗和真琴同校後，我們便決定一起看稿，以收集更多「事實」。

「真令人不敢置信。」野崎先生的聲音聽起來很緊張，「比嘉……也就是說，這人是妳的……」

真琴小姐抬起頭，一副不知該不該說的表情。她欲言又止了一陣，好不容易才下定決心開口。

「……是我二姊。她上面還有一個大姊。啊，不過怕跟大姊搞混，我都是叫她的名字，從來沒有叫過她『姊姊』。但她又大我四歲，再怎麼說還是我姊，所以……」

「冷靜一點。」

野崎先生打斷她的話，眼神直直瞅著她。

「首先我只想確認一件事，比嘉美晴是真有其人嗎？」

她睜大雙眼，緩緩頷首。

「有沒有可能只是剛好同名同姓呢？」

「應該不會。」真琴小姐搖搖頭，「美晴本人跟稿子上描述得差不多，她個子很高，留著一頭短髮，不但年紀對得上，樣子跟態度也差不多。」

她用力搔了搔金髮，又接著說：

「她有點……自以為是？總是嬉皮笑臉，一副無所不知的樣子。而且——她也有那方面的能力。」

野崎先生「唉呀」一聲，我也跟著輕嘆了口氣。

美晴是真琴小姐的姊姊，她剛才說她還有一個大姊。也就是說，她家有三姊妹囉？

無論如何我們都可以確定，這篇小說裡出現了現實中的人物，由此可證——

「這篇稿子，至少有部分是參考現實中的人事物寫成的。」

野崎先生說完，我與真琴小姐也點頭同意。

「但這並不代表稿子裡寫的都是真的。作者很有可能只是沿用了現實中的名字或人物設定。不過，至少這件事告訴我們——我們有辦法可以查證了！簡單來說……」

他猛然下床，一把抓起桌上的手機。

「……我們可以將故事內容和現實做對照，而且這麼做並非徒勞無功。像是打電話給東村山市立圖書館，跟他們詢問交流簿的事之類的。」

他說完立刻開始操作手機，撥通電話後在客廳裡踱步。

真琴小姐一臉茫然地看著他。

「我們還有一個人可以問吧？」

我對真琴小姐說。

過了半晌，她才「咦？」了一聲看向我。

「美晴啊！妳要不要趕快聯絡她？這樣我們也許就能立刻查出這份稿子是誰寫了。」

我拿著稿子心想，幸運的話，也許可以從美晴那邊問出作者，就算她不知道，也可以提供我們相關人士的線索。

這樣我們就可以直接去找作者，向他詢問如何解咒，又或是避免喪命就可以解決的方法。

雖然不知道要花上多少工夫，但至少跟剛才比起來，我們已經有明確的方向了。

一想到這裡，我心裡湧出了些許幹勁，臉上也綻放出一絲笑容。

「這個我辦不到。」

真琴小姐悵然說道。

「為什麼？她不是妳姊姊嗎？問一下不就——」

「她過世了。」

我啞口無言。

「美晴已經死了，在她國三那年。」

真琴小姐皺起眉頭，顫抖著聲音說。

「真的嗎？」

野崎先生突然高聲說道。他拿著手機，向我使了個眼色。雖然我知道事情已有進展，卻不知道會如何發展。

他向對方說了好幾次謝謝才掛上電話，隨後立刻向我們點點頭。

「對方說有。」

「有、有什麼？」

「交流簿啊！圖書館說從以前到現在，所有的交流簿他們都留著。我以採訪的名義問他們可不可以借我看，他們二話不說就答應了。我現在馬上過去一趟。」

野崎先生說完，一把抓起背包。

我再度看向真琴小姐，只見她目不轉睛地盯著手上的稿子。

十三

「原來是這麼一回事。」

美晴不知從哪抽出了一張圓椅，坐在上面笑嘻嘻地說。

我坐在床上，用棉被蓋著下半身。午休時間已經結束了，但因為我的肚子還是很痛，便順勢留在保健室，把大致的狀況跟她說了一遍。

「當然也有可能只是偶然而已，但我還是很在意。」

我跟她講話已經沒那麼畢恭畢敬了，但還是不敢大放厥詞。畢竟像這種怪力亂神的事，又有誰會當真呢？

何況，她從頭到尾臉上都帶著一股笑意，想必是不相信我說的話吧。我好後悔，自己不夠深思熟慮，竟然這麼輕易就把事情告訴了她。

「是不是恰巧，試試就知道啦！」

美晴「哼」了一聲，我則靜默不語。

「妳把那個什麼人偶的故事告訴我，要說得詳細一點喔。」她春風滿面地說，「這樣人偶四天後就會來找我了。」

「不行啦！」

我搖搖頭，怎麼能這麼做？尤其在這種狀況下，我怎麼可以把故事告訴她。

「為什麼不行？」她一臉無法諒解的表情，「這是最快的方法不是嗎？」

「可是，如果那東西來找妳怎麼辦……」

「把祂趕走就好啦，用妳那招不就沒問題了？」

美晴指著自己的臉。

「我知道怎麼確認——」

隨後指向我。

「也知道怎麼保命。來生，妳現在還在這裡就是最好的證明，這應該不難懂吧？」

說完，她注視著我。

美晴的推論很有道理——只要把故事說出去，喪眼人偶就會改變目標，去找下一個聽到的人。這也是三島為何而死，也是我為何能全身而退、現在還站在這裡的原因。

「如果人偶沒來找我，就代表一切都只是偶然。」

美晴說。

「要來就讓祂來，至少我們能因此確定人偶真的存在。」

她的口氣是如此淡定。

「人偶來了我就會死，妳就可以確定那人偶是真的。但是，即便我死了，妳也無法判斷我是因其他原因而死，還是被人偶殺死的吧？不過，如果妳能親眼目睹我遇害的過程，那就另當別論了。」

「請問——」我忍不住插嘴，「妳到底在說什麼？」

「我在幫妳想辦法啊。」

美晴露出調皮的笑容。

「妳不是很傷腦筋嗎？我在想辦法消除妳的煩惱，需要把我剛才說的話畫成流程圖嗎？」

說完，她看向矢島的辦公桌。

「不用了，我聽得懂。」

見我連忙搖手拒絕，她不可思議地看著我。

「我只是……」我怯怯地解釋，「我只是有點嚇到罷了。因為妳聽我說完非但沒有嚇到，還面不改色地說出這些話。」

「這有什麼？」美晴「嘿嘿」的笑了，「這種東西很常見啊。」

她的口氣是如此理所當然。

我聽得瞠目結舌，直盯著她中性而充滿正氣的臉龐。然而，她的表情卻一點都不像在開玩笑。

美晴把椅子拉近我，一副迫不及待的樣子。

「來，把那個人偶的都市傳說告訴我吧！」

那天還有隔天放學後，我都去了由佳里家，在她媽媽回家前跟她一起看恐怖電影。由佳里還一度害怕到差點哭了出來。

看完電影後，我都會跟她一起模仿電影裡的情節。假裝自己是德州電鋸殺人狂、玩屍變的遊戲，又或是假裝自己是《驚變》的主角。雖然還沒看過，但我們也扮了傑森和佛萊迪。我玩得不亦樂乎。

玩到一半，我不禁開始擔心起美晴，擔心她聽了《喪眼人偶》後會出事。

這兩天回家前，我都問了由佳里：「《喪眼人偶》這個故事妳是從哪聽來的？」

然而，她兩次都想了一下說：「下次再告訴妳。」

然後露出僵硬的笑容。

我也不好再追問下去，只能乖乖回家。

雖然舟木叔叔在那之後就都沒來過了，家裡的氣氛卻依然令人窒息，甚至比之前更緊繃。媽媽白天又開始工作了。她經常帶著真美去上班，然後晚上直接到店裡去。

我和龍平一起吃晚餐時，想事情想得入神。

「欸……」龍平把碗「咚」的一聲放在桌上說：「我接到一通電話。」

「誰打來的？」

雖然我心裡早有答案，但為了慎重起見，還是確認了一下。

「田無阿姨。」

「阿姨？」我驚呼出聲。

龍平面露難色，用沙啞的嗓音說：

「她問我們，要不要瞞著媽媽跟那個人見一面。」

根本不用問「那個人」是誰。我想，上次之後，「那個人」一定跟阿姨見過好幾次面，用三寸不爛之舌說服她換邊站了。我很失望，心裡也七上八下的，但神奇的是，我一點也不感到生氣。

媽媽說得沒錯，阿姨也選擇了比較靠得住的那一邊。

而且還想把我們這些小孩拉到同一陣線，從媽媽這一方倒戈到爸爸那一方。

「那你怎麼回答？」

被我這麼一問，龍平看著桌上的碗，一臉愧疚地說：

「我說，我要跟姊姊商量一下。」

「你回答得很好啊。」我的嘴角不禁浮上一抹笑容，「見或不見都由我們決定，由不得大人插手。」

龍平微微頷首後，又繼續吃飯。

十四

我和真琴小姐兩人留在家裡看稿。野崎先生本想帶她一起去圖書館，但被她拒絕了——

「我想繼續看美晴後來發生什麼事。」

「那好吧。」

野崎先生說完便快步離開。從野崎先生的反應來看，他應該本來就知道美晴過世的事。

不知不覺已經傍晚了，窗簾的另一頭已經逐漸暗了下來。看稿的進度比我想像中的還要慢，我需要更多線索！解咒的方法可能就在稿子裡啊！

真琴小姐自野崎先生出門後便不發一語，只是一臉嚴肅地讀著稿子，結果導致我有問題也不敢問她。

「的確很像美晴的作風。」

突然間，真琴小姐開口了。

「什、什麼意思？」我急忙問道。

「美晴她啊……」真琴小姐看向我，「一直對自己的能力躍躍欲試。從小就常常召集三五好友一起算命、玩錢仙。」

她嘆了口氣。

「看到別人嚇得要死，又或是很崇拜她的樣子，她就會非常高興。」

她的表情相當複雜。

「真琴小姐妳呢？也是一樣嗎？」

我順勢問道。

「我這方面開竅得很晚。」

她露出落寞的笑容。

「而且，我很看不慣美晴的做法。該怎麼說呢，她總是吊兒郎當的——就像稿子裡寫的，一副置生死於度外的模樣。我覺得這樣是不對的，她的態度很有問題，所以每次都為了這個跟她吵架。」

那些號稱「靈能力者」、「靈媒」的人其實有很多類型。我遇過的人大部分實質上都是諮詢師和治療師，他們會設法問出委託人的問題，再透過「超自然」的方式為對方指引方向。這跟是否能夠通靈無關，他們只是在做「對的事」罷了，至少並沒有違背人道。

另外一種人，他們會用怪力亂神的話術對迷信的人灌迷湯，藉此斂取錢財。我本身對這種人沒有好感，戶波總編對他們更是敬而遠之。

「這種人非常要不得，最好別跟他們扯上關係，以免反被他們利用。」

還有一種人不會聲稱自己是「靈能力者」或「靈媒」，而是說自己「看得見」又或是「有靈異體質」，並堅信自己與眾不同。這類人雖然不會害人，但還是不要跟他們走得太近比較好。

就我來看，美晴應該最接近第三種類型。當然，我不知道她是否真的能夠通靈，也不好拿這種問題去煩真琴小姐。

唯一能確定的是，雖然真琴小姐跟美晴是姊妹，兩人卻不太相像。無論是在個性上，還是對「靈能力」所秉持的態度。

這時電話響了——是我的。我急忙拿起手機，上面顯示著野崎先生的名字。

『我找到《喪眼人偶》了，得來全不費功夫。』

這是個值得開心的消息，然而，他的聲音聽起來卻有些失望。

「結果如何？」

被我這麼一問，野崎先生懊惱地說：

『這個嘛……我等等會把內容照下來傳給你看。只能說，事情更撲朔迷離了。』

他嘆了口氣就把電話掛了。

半晌，手機傳來震動，野崎先生把照片傳過來了。

真琴小姐把頭湊了過來。我有那麼一瞬間感到退縮，但還是鼓起勇氣開啟了照片。

是一般的校園筆記本嗎？總之是相當常見的橫線筆記本，上面用小小的字寫著——

小里

喪眼人偶

這是我朋友的奶奶小時候發生的事。

奶奶當時住在鄉下的一間屋子裡，時常跟朋友在寬廣的屋裡玩捉迷藏。

某天，奶奶一如往常在家中和朋友玩捉迷藏，並躲進家後方的一座大型倉庫中。當時倉庫沒有上鎖。

裡面不僅非常陰暗，還擺滿了老舊的藤箱。

因為當鬼的朋友遲遲不來，奶奶無事可做，便開始在倉庫裡探險。

她找到一個老舊的小木箱，拍掉灰塵後打開一看，發現裡面裝著一只人偶。

那是個穿著黑色長袖和服的女人偶。

臉上纏著一層又一層的紅線。

奶奶看了覺得渾身不對勁。

之後朋友因為一直找不到奶奶而哭了起來。奶奶的爸媽找遍整個家都找不到人，最後發現奶奶在倉庫裡，便大發雷霆把她罵了一頓。然而，當奶奶說出人偶的事情後，爸媽卻突然沉默不語，並急忙請朋友先回家。之後，他們把奶奶帶到客廳，告訴她人偶的故事。

「那個叫做喪眼人偶。」

「是只詛咒人偶，從很久以前就在這個家了。」

「把人偶弄壞或是丟掉都無法消除詛咒，所以才要用線把臉纏住，封印起來。」

「是請一位高僧封印的。」

爸爸媽媽滿臉驚恐地說。

奶奶感到難以置信，問說：

「這到底是什麼人偶？」

媽媽把臉湊近她，悄聲說：

「祂本來是專門殺壞人的人偶。」

不久後，跟奶奶一起玩捉迷藏的朋友突然就病死了。奶奶非常難過，還在喪禮上哭了。她媽媽見狀告訴她：

「這是喪眼人偶幹的，祂偶爾就會做這種事。」

「所以說啊，妳不可以再打開那個箱子、玩那個人偶了喔！」

從那天起，奶奶就再也沒有進去過倉庫了。

聽了這個故事，

四天後喪眼人偶就會來找你。到時候你必須先唱這首歌：

喪眼　喪眼　祢來自哪裡

傻子的口子　不孕婦的肚子

還是空龜殼的腸子

喪眼 喪眼 祢要去哪裡

山間 天邊

還是看似沒有愛的人偶裡

最後再倒著念高僧的名字三次，喪眼人偶就會離開了。高僧的名字叫做「迦釋泉」，倒著念三次就沒事了。 由佳里

「怎麼會……」我難掩失望，「全是假的都市傳說。」

「假的？什麼意思？」真琴問。

「這個啊……」我將身子轉向她，「是都市傳說的典型模式。妳把最後高僧的名字倒著念念看。」

「嗯……高僧的名字叫做『迦釋泉』……」

見真琴小姐瞬間睜大了眼睛，我對她點點頭。

「沒錯，泉釋迦——全是假，這個故事全是假的。這種都市傳說很常見，真的是無聊當有趣……」

說到這裡，我再也說不下去了。我感到一陣口乾舌燥，稿子、最近的風風雨雨、此時此刻所發

生的事，全在我的腦海中糾纏不清、互相撞擊。

稿子中出現了比嘉美晴這個實際存在，喔不，是曾經存在的人物。

我們向現實中的圖書館詢問過後，發現真的有故事裡所提到的「交流簿」，上面也確實寫了《喪眼人偶》這個都市傳說。

也就是說，這個故事有很大的比例都是根據現實而寫。雖然我們無法斷定它是真人真事，但上面寫的內容很有可能是真的。

然而，最重要的《喪眼人偶》卻只是個故弄玄虛的都市傳說，標準的「創作」。

這麼一來——湯水先生等人的死就無從解釋了。

我所看到的人偶就說不通了。

「聽了就會被咒殺的都市傳說」這個大前提也無法成立了。

我把想法大略告訴真琴小姐後——

「喔，原來是這樣。」

她歪著頭自言自語，一副恍然大悟的樣子。

「什麼意思？」

這次換她解釋給我聽了。

「因為啊——」真琴小姐指向稿子，「小說裡寫，欺負里穗的那三個女生聽了《喪眼人偶》的故事後完全不以為然，而里穗也不覺得她們三個人的反應哪裡奇怪。而且里穗碰到鬼壓床時，不是念了防身歌跟避邪咒嗎？最後她一定就跟剛才的我們一樣，發現《喪眼人偶》是個捏造出來的故事，因而覺得自己只是在作夢。」

真琴小姐謹慎地選擇用字。

「所以……里穗跟現在的我們，都因為同一個原因而感到困惑害怕。這個都市傳說不是捏造出來的嗎？不是『全是假』的故事嗎？為什麼會在玩錢仙時引來不乾淨的東西，還有人疑似因此而喪命。」

語畢，她隨即補充說：「不過這也是無可厚非，畢竟只是小說嘛。」

我馬上就聽出了她的言下之意——

明明就沒有詛咒，卻發生了許多明顯是因詛咒而起的事情。所以里穗才會害怕成這樣，並在求助無門的情況下，跟第一次正式打照面的美晴商量。

就跟現在的我一樣。

「回覆呢？」真琴問。

見我一時反應不過來，她不耐煩地看著手機螢幕說：「我是說里穗的回覆。」

對喔！我急忙點了一下螢幕，在筆記簿的照片上滑了一陣後，才在《喪眼人偶》文章的正下方看到淡淡的筆跡——

由佳里

好恐怖喔，謝謝妳。
這個故事恐怖到我都不知道該回什麼了。
等我整理好心情再回覆妳唷。　小里

真琴小姐輕輕對我點了點頭，我也頷首回應她。
由佳里是真有其人。至少，有一個人曾用「由佳里」這個名字在簿子上留言。
還有「小里」也是。

十五

放學後我前往圖書館看書，沒有直接回家。
即使今天沒有要跟由佳里碰面，舟木叔叔也不在我們家，但我還是不想回去。雖然圖書館也並非全是愉快的回憶，但待在這裡至少能讓我釋懷一些。
不過，今天我卻完全無法放鬆，且原因很明顯。
我將手上的書放在長桌上，瞄了一眼隔壁的人。
美晴正趴在桌上呼呼大睡，她半開著嘴巴，露出薄唇後方的潔白牙齒。
明明是她自己要跟來的。

結果才坐下五分鐘就睡著了。

她的鼻息愈來愈大聲，大到坐在前方的老人轉過頭來瞪了我們一眼。

我趕緊低頭迴避他的眼神。

今天美晴每堂下課都來四班找我聊天。她大方走到我的座位旁，站得直挺挺的，臉上掛著坦蕩蕩的笑容。有一些人注視著我們，我感到不太自在，但她一點都不在意。

我們聊的盡是都市傳說跟恐怖電影的話題。簡單來說，就是閒聊。

雖然話題是她選的，但她對這方面根本就不了解，甚至可說是一無所知，所以聊得實在不是很愉快。我雖然有些困惑，但每每當她提出錯誤的問題或論點時，我還是會予以糾正，又或是補充說明。

「妳到底想做什麼？」午休時間，我鼓起勇氣對跟來廁所的美晴問道。她為什麼要來班上找我？為什麼要跟我聊天？

「沒什麼啊，只是想跟妳聊聊天啊。」

她一邊洗手，喜孜孜地回答。

「妳不會覺得不舒服嗎？」我忍不住問。

「什麼意思？」

美晴愣了一下。

「就是……妳不會覺得反感嗎？跟一個貞子說話。」我小心翼翼地選擇用字。

「妳是說這個啊。」她嗤笑一聲，「我覺得不像啊？我是沒看過電影啦，但我看過照片。」

她用手帕擦完手，認真凝視了我一陣後說：

「明明就不像啊。」

旁邊傳來一陣打呼聲，我急忙看向美晴，她的嘴巴比剛才更開了。前面的人又瞪了我們一眼。不行，這樣太誇張了！我搖了搖美晴的肩膀，她咕噥一聲後突然大罵道：

「少煩我！琴子！」

美晴強而有力的吼聲瞬間響徹整間圖書館，周遭的人一下全看向我們。

我反射性地起身，一手收拾桌上的東西，一手抓住她的上臂。她邊呻吟邊抬起頭來，呆呆地問

「幹嘛？怎麼了？」

我把美晴帶到圖書館門口的長椅上坐下，厚厚的雲層遮住了陽光，還不到五點天色就已經暗了。我喘了口氣後，警惕地環顧四周。

「問妳喔。」

美晴的聲音聽上去昏沉沉的，我轉向長椅方向，只見她一臉睡眼惺忪。

「妳剛才走出校門的時候也一直東張西望的。是不是在躲那個偶爾會來學校找妳的人？」

她露出不耐煩的表情。我瞬時覺得自己好悲慘，竟然被她發現了。

偶爾會來學校找妳的人——美晴經常在保健室裡睡覺，難怪不知道那人是誰。我「嗯」了一聲，輕輕點頭。

「他是妳爸？」美晴全身懶洋洋地靠在椅背上，見我再度點頭，她回道：「妳也真辛苦。」

說完，她打了一個豪邁的哈欠。

這還是第一次有人對我說這種話，我知道她只是隨便說說，也沒有在擔心我，但我還是難掩心中的驚訝和困惑。

「謝謝。」

她打完哈欠後眼眶泛淚，不知如何應對的我，最後只對她擠出了這兩個字。

謝謝她聽我說話，謝謝她說我不像貞子，謝謝她對我說出「聽起來像同情」的話。

美晴先是愕然看著我，下一刻又馬上哈哈大笑。

「來生，我才應該跟妳道謝呢，謝謝妳給我這麼好的機會。」

「機會？」

「對！」美晴一鼓作氣地從長椅上站起，「多虧了妳，我才有機會碰到貨真價實又棘手的對象。」

說完，她拍了兩下腰。見我一臉不解的模樣，她把臉湊近我輕聲說：

「那個什麼人偶，是真的喔。」

我這才想起美晴的處境。

她已經聽過《喪眼人偶》的故事了，還是我三天前跟她說的。

那個黑色人偶就要來找美晴了，恐怕到了明天，美晴也會跟三島她們落得同樣下場。

不過……

「……妳怎麼知道？」我問。

美晴不改笑容，指向我的背後。

「妳看得到嗎？車站前的平交道那邊。」

我轉過身，循著她手指的方向看去。

黑黃交錯的平交道柵欄，還有正在過平交道的人群。

「妳是說那些人嗎？」我沒頭沒腦的回答。

「原來是這麼一回事。」美晴嘟噥完，又說：「鐵軌中央站了一只人偶。」

她的聲音一如往常般地平靜。

我定睛細看，但除了來來往往的行人跟路邊風景，什麼都沒看到。

我緩緩轉回正面，只見美晴一本正經地看著我，那表情冷漠而緊繃，怎麼看都不像在開玩笑。

但即便如此，我還是不願相信。

「我是昨天早上在上學途中看到祂的。」美晴說得淡然，「而且祂有愈來愈靠近的趨勢，所以我才知道這是貨真價實的詛咒，這個都市傳說真的能取人性命。」

她的聲音不帶一絲情感。

「對……對不……」

我顫抖著雙唇，用乾澀的聲音向她道歉。然而話還沒說完，就發不出聲音了。

「不用道歉啦。我剛不是說了嗎？我還得跟妳道謝呢。」

美晴嘴角上揚。

這到底是怎麼回事？眼前這個女孩明天可能就要死了，對此她也一清二楚，卻還跟我道謝？

「來生，我會用妳那招試試看的。另外我也想了很多方法，只是現在距離太遠，奈何不了祂。」

不知不覺之間，美晴已改看向我的後方。

惡狠狠地瞪著人偶的方向。

「只要我自己把那東西解決掉……」她彷彿在自言自語一般，「……琴子就再也不會瞧不起我了。」

美晴發出兩聲竊笑，瞇起雙眼。

十六

抬起臉時，我不小心與真琴小姐近距離四目交接。我反射性地往後退，與她保持距離。

「請問……琴子是？」我向真琴小姐確認。

她撥了撥頭髮說：

「琴子是我跟美晴的姊姊，也就是我大姊。」

我想也是。

琴子很瞧不起美晴嗎？正當我在思考要怎麼問才得體時，真琴開口了。

「……我都不知道美晴是這樣想的。」

她嘆了口氣，一臉懊惱地看著稿子。看來，就連她這個親生妹妹也感到意外。

雖說我們還無法斷定這份稿子的真實性，但是，看到死去的家人的過去、不為人知的一面，任誰都會大吃一驚吧。假設稿子裡面寫到我的母親，我肯定也會跟真琴小姐一樣驚訝，甚至更不知所措。

「不過，我覺得姊姊對美晴很正常啊，對我跟美晴都一樣公平。」

真琴小姐感到不解。

「請問，琴子如今人在？」

「我沒有她的聯絡方式，所以聯絡不到她。」

真琴小姐淡然說完後走下床，從窗簾之間眺望窗外。

「最後一次見到她是前年吧？她還活著，我知道她過得很好，姊姊也知道我過得很好。」

真琴小姐說得非常肯定，即便不特別去想，我也能猜出是什麼原因。

琴子擁有跟真琴小姐一樣的能力。

而美晴就是因為視琴子為對手，一心想要超越她，所以才會一頭栽進這一連串的「喪眼人偶」事件中。

想必，那之後美晴就被詛咒纏身了。

所以她才……

真琴小姐回到床上，平靜地開口：「美晴是五月過世的。」

稿子裡的時間也是五月。

「可是，上面寫的不一定全是真的。」

「我知道。」她嚴肅地回答。

「死因是……失血過量，大人不肯告訴我們細節。還有……」真琴小姐面無表情，沉重地說：

「也不准我們瞻仰遺容。」

十七

那晚我失眠直到天亮，心神不寧地做好早餐吃完。在上學路上突然回過神來，才發現自己走得好快。

換好室內鞋後，我直奔一班，偷偷摸摸地從後門往教室裡看。

美晴不在教室裡，是去了保健室嗎？

我馬上衝到一樓，想要打開保健室的門，卻發現門是鎖著的。矢島還沒來嗎？冷靜想想，這是當然的，因為保健室要等早上職員會議結束後才會開。

於是我無可奈何地回到教室。鐘響上課後，我依舊心不在焉，印象中好像有被老師警告上課不要發呆，還被同學訕笑，但是第幾節課、哪位老師我全都不記得了。

好不容易熬到午休時間，我又去了一次一班，掃視了好幾圈，就是不見美晴蹤影。

我鼓起勇氣，向離我最近的座位上的女生詢問。

「比嘉同學今天沒來嗎？」

那女孩綁著辮子，戴著眼鏡。她看了我一眼，隨後又低頭繼續看雜誌。

「沒來。」

「她今天請假嗎？」

「……我不知道耶，我跟她不熟。」

她露出一個苦笑，還是沒有抬起頭來。

我什麼都沒說就離開了。

保健室的門這次倒是很輕易就打開了。探頭一看，裡面的景象令我不禁瞠目。

保健室裡一片昏暗，唯一的光源是從窗簾透進來的微弱陽光。

美晴彎著腰半蹲在並排的兩張病床之間。雖然我離她有點距離，但還是看得出來她臉色發青，滿頭大汗。

「妳、妳怎麼了？」

她沒有回答，只是一味盯著我瞧。等我踏進保健室後，她才露出一抹笑容，沉聲說：

「我正想找妳呢，貞子。」

我不禁停下腳步，胸口一震，怔然站在床邊。

美晴單手扶著床說：

「我本來覺得妳不像貞子，但其實很像。」

「妳……妳在說什麼？」

我支支吾吾地問。

「妳不知道嗎？」美晴奚落道，「不過也是，本人大概不會注意到。」

她緩緩起身，一雙眼神直直瞅著我。但有這麼一瞬間，她看了床上一眼。

那東西大概在那裡吧。就在那凌亂不堪的床上，近在眼前。

「防身歌跟避邪咒根本就不管用！」

美晴大吼。

「不、不管用？」

她伸手抹了抹額頭。

「其他咒語也完全無效。而且我摸不到，也感覺不到祂。」

我想她是在講人偶的事。

「很奇怪吧。」她笑著說完後伸出腳，小心翼翼從兩張病床間走出來，「也就是說……問題根本不是出在都市傳說，對吧？我本來就有點疑心了。」

美晴的口氣像是在跟我確認似的。到底是怎麼一回事？正當我還在猶豫要不要問清楚時，她又開口了。

「我調查過了，這附近完全沒有發生類似的命案。」

「命案？」

「就是死因不單純的命案啊！小孩子離奇死亡之類的。妳不覺得奇怪嗎？《喪眼人偶》寫在交流簿裡，在圖書館換新簿子之前，應該任何人都看得到吧？」

她嚴厲地反問我。

我點頭表示同意。她說得沒錯，附近確實沒有傳出任何相關消息。照理來說，應該很多人都看過《喪眼人偶》才對。圖書館的人之前還跟我說，很多人都在問這本交流簿，甚至連館員也看過了。

然而，這些人都還活著，死的就只有三島她們三個，再加上一個性命岌岌可危的美晴。

也就是說……

「這樣妳懂了吧？」美晴直直瞅著我，「只有親耳聽妳說的人才會受到詛咒。」

「我沒有。」

她一口氣說完。

我往後退了一步。此時除了否認，我不知道還能做什麼。

「來生，妳可能不知道，但問題似乎真的出在妳身上。所以我才會叫妳貞子，因為妳跟貞子一樣，都在散播詛咒。」

美晴向我逼近。

「我……我真的沒有！」

我猛搖頭。

「我也是從交流簿上看來的，是由佳里寫的。」

「由佳里？誰啊？」

美晴突然停住腳步，往腳邊看去，額頭上的汗珠就這麼滴落地板。

「我……不清楚，但我跟她見過幾次面。」

「我又沒見過她。」她哼笑兩聲後抬起頭來，臉頰上黏了幾根頭髮，「全是妳的一面之詞。」

「是真的。」我說，「我沒有說謊，我、我們兩個前天還一起玩……」

「像跟井原那樣嗎？」美晴沉下臉說。

她為何要突然提到井原？這突如其來的轉折讓我不知如何以對。

我慢慢後退，美晴則步步向我逼近。

「妳真是個不折不扣的爛人耶，貞子。」

她惡狠狠地瞪著我，語氣裡盡是不悅。

「算了。」她呼了口氣，「要不是妳是這種人，我也不能毫無顧忌地破解詛咒。現在最快的方式就是……」

說到這裡，美晴突然睜大眼睛，整個人往後一彈。

「這傢伙……」

她不斷揮動手臂，用力捶著胸口，眼歪嘴斜，泫然欲泣。

像是要擺脫什麼似的。

喔呵呵呵呵呵。

保健室裡響起那似曾相識的笑聲。

美晴睜大眼睛，一臉驚慌失措，眼神不斷在地板上游移。

她瞥了我一眼。

下一瞬間，美晴向我撲來，抓住我的身體，猛力地拉開我。

還來不及反應，我已被拖到門口，推出走廊，趴倒在地呻吟。

門被大力關上後，裡頭傳來鎖門的聲音。

我用又痛又麻的手臂撐起身體，好不容易才從地上爬起來。就在這時——

保健室裡傳來一陣慘叫聲，那聲音尖銳得彷彿能夠刺穿人心。

裡頭不停傳出東西被擠破的聲音，重複不止。愈來愈激烈的慘叫聲傳遍了整條走廊。

我倒退了幾步，轉身拔腿就跑。

十八

「美晴……」

真琴小姐聲嘶力竭地大吼，斗大的淚珠也隨之奪眶而出，滴落在稿子上。

這只是小說，雖說是基於現實寫成，但並非真實紀錄——我很想這麼安慰她，卻說不出口。

她眼睜睜地看著自己的親姊妹在故事中受苦，而且故事情節還跟現實有相符之處。如果對方是仇人，看了也許還能幸災樂禍，一解心頭之恨，但偏偏不是。雖然真琴小姐嘴巴上那樣說，可我看得出來，她並不討厭美晴，當然也不恨美晴。

我默默拿回稿子。雖然我知道這麼做已經於事無補，但至少真琴小姐可以不用拿著這個傷心之物了。

「對不起，我不該讓妳看的。」

她捂著嘴，用力搖搖頭。淚水就這麼灑了出去，在棉被上濺出許多淚痕。

十九

由佳里準時來到圖書館，然而我卻早已等到不耐煩。她原本還笑著小跑步跑向我，見我立即起身向她跑去，由佳里臉上漸漸沒了笑容。

「我有話跟妳說，可以去妳家一趟嗎？」

不等她回答，我便拉著她走出圖書館。

一進到由佳里家，我立刻抓住她的雙肩。

「我問妳，《喪眼人偶》到底是什麼東西？」

以前我覺得這個都市傳說很蠢、全是假的，但現在我已徹底改觀。美晴都變成那樣了，還有什麼好懷疑的？這根本就是貨真價實的詛咒。雖然她死前說的話令人難以相信，但我非得查出真相，確認真假不可！

「才不要告訴妳呢，這是祕密。」

由佳里喜孜孜地笑了。要是以前的我，一定會覺得她這個表情好可愛，但現在看來，卻令人不爽到了極點。

「告訴我！現在馬上告訴我！」

「怎麼了？」她歪頭，隨後又笑著問：「妳被嚇到了嗎？小里姊姊。」

我忍著即將爆發的怒氣，耐著性子說：

「……對，我嚇到了，快告訴我！」

「妳居然會被那個嚇到啊？」由佳里竊喜地笑著，「妳沒發現嗎？那全是假的。」

「我……我知道是假的，但我還是很害怕。之前很怕，現在也很怕，所以我才要知道那故事是哪來的。」

我強忍著怒氣，一字一句說完。

「是喔。」她得意洋洋地說，「國中的大姊姊也會怕喔？」

就在她抬眼望著我的那一瞬間——

「快說！」

我終於忍不住對她大吼，手也不禁用力了起來，捏得她痛到表情扭曲。

「我嚇到了！就算知道是假的還是很害怕！怕死了！所以妳快告訴我！」

我猛烈搖晃她的肩膀，由佳里的小臉、下巴被我搖到晃來晃去，最後忍不住對我尖叫道：「住手！」我鬆手後退後了幾步。

由佳里嘟起嘴巴，按著右肩看著我，那眼神彷彿在看牛鬼蛇神似的。

「那到底是哪來的故事？」

我又問了一次，她才顫抖著聲音，慢吞吞地說：

「……是我自己編出來的。」

我頓時啞口無言，一動也不動地站在客廳裡。

「編出來的……？」

「對。」她眼眶含淚，「那是我自己編出來的。我把幾個我喜歡的都市傳說拼湊起來，還查了字典。」

「就這樣？妳說的是真的嗎？」

「真的。」由佳里點點頭，一副快哭的樣子，「我想要編一個故事來嚇妳。」

我的腦筋陷入一片混亂。《喪眼人偶》是眼前這個女孩的創作？一個拼湊出來的都市傳說？

我遇上鬼壓床那次，說是做夢還說得通。可是三島她們、錢仙，還有美晴，怎麼想都是人偶在作祟。

「妳在唬弄我吧？」

我嗤鼻而笑。一個編出來的故事能殺人？這簡直是無稽之談。

「我是說真的。」

由佳里的眼淚奪眶而出，哭得嘴歪臉斜，滿臉淚水。抽咽幾聲後，她抹掉臉上的淚水。

「我有證據！證據……」

證據——的確很像小孩子被懷疑時會說的話，我想大概是草稿之類的吧。

「有妳就拿出來啊，立刻拿出來。」我不動聲色地說。

由佳里點點頭。

「在外面。」

她走向門口，帶我走出公寓，往車站方向前進。走過平交道，穿過冷清清的商店街。我們在透天厝林立的住宅區中左彎右拐，最後來到一條比較寬闊的馬路，路邊有幾間拉下鐵門的店家。

最後，她在一棟房子前停下腳步。藍色屋簷因老舊而黯淡無光，從緊閉的窗戶可看見掛在屋裡的破舊窗簾。

「這裡……」

由佳里指向兩棟房子間的狹窄暗巷。

我往裡面一看，不禁驚呼出聲。

裡面放了一塊腐朽的木製招牌，有字的那一面朝向外面。紫色的板子上印著復古的白色文字——

臨光迎歡
廳啡咖登摩和昭
衍桑
coffeesalon
SunYen

二十

聯絡完野崎先生的一個小時後——

太陽已完全西沉。真琴終於平靜下來，去廚房重泡咖啡。正當她走回客廳時，野崎先生傳了一張照片到我的手機裡。

那張照片經過大幅的調亮處理，畫質也很差，但還是看得出來上面的東西。

照片上的，是小說中提到的那面老舊招牌。雖然四周一片漆黑，但還是看得出來招牌是放在兩面牆壁還是什麼東西的中間。上面的文字由右往左橫寫，似乎是想特意營造出復古形象。

這家名叫「桑衍」的咖啡店，我想應該已經倒閉了。

這下子，又多了一個該小說是基於事實寫成的證據。

同時還證明了《喪眼人偶》很有可能是「創作」。

我不知所措地看向真琴小姐，她也一臉茫然地對我搖搖頭。

就在這時野崎先生打來了，我立刻接起手機。

『我們來釐清一下狀況。』

野崎先生劈頭就說。他在電話中氣喘吁吁，大概是跑了很多地方才找到那塊招牌吧。

「好……我被弄得一團亂……」

『其實也不是完全摸不著頭緒，就目前的資訊來看，我們可以得到這樣的推論——』

野崎先生沉著地說：

『——都市傳說《喪眼人偶》一開始並沒有詛咒。』他停了半晌，『詛咒的元凶應該是寫這份稿子的人。這是最合理的推斷，但是，這個人是不是來生里穗我們先不下定論，畢竟這只是小說，雖然極為符合現實，但終究只是創作罷……』

野崎先生說到這裡停了下來，我則無言以對。

創作。我現在就是被區區一個創作所詛咒、耍得團團轉。

『你稿子還剩下多少？』野崎先生問。

我翻了翻手上的稿子。

「大、大概五十張左……」

『你先把它看完。』野崎先生沒等我說完就說，『市府機關下班了，我會先回去一趟，動用關係調查湯水先生那條線，看看能打聽多少。』

「好。」

野崎先生沒說再見就掛掉電話。我啜飲一口苦澀的咖啡，重新把注意力放回稿子上。

二十一

我把哭個不停的由佳里留在她家，一個人走了出去。

「不可以告訴別人喔。」

保險起見，離開前我特意向她叮囑道。

「嗚嗚……」她點了一下頭。

傍晚五點多我搭上電車，車上的上班族開始變多。我在離家最近的一站下車走回家，這時夜色襲來，再加上路燈不夠亮，我自然而然地加快了腳步。

走著走著，我不禁想起今天在學校所發生的事、美晴的遭遇，隨後又立刻將之拋諸腦後。這也不能怪我，我也是無可奈何啊——雖然我不斷這麼告訴自己，卻止不住心中逐漸膨脹的懊悔情緒。我強迫自己別再去想，隨後衝上公寓的樓梯。

將鑰匙插入門把後，我發現門沒有鎖，家裡已經有人回來了。但我也沒因此多想，反正不是龍平就是媽媽。

「妳回來啦？里穗。」

一個聲音開心說道，我瞬間全身僵硬。

爸爸坐在桌邊，轉過頭來衝著我笑。

真美被他抱在懷裡，一臉茫然地看著我。

「妳回來啦？」

爸爸模仿嬰兒的語調又說了一次。

「……我回來了。」

我小聲說完，小心翼翼地走向客廳。爸爸搖著真美，目不轉睛地盯著我瞧。

我往桌子走去，經過爸爸身邊時，只見龍平不安地縮在沙發上，看了我一眼又隨即垂下眼神。

不知如何是好的我，只能先把包包放在沙發上。

「妳今天好像比較晚回家耶，是有社團活動嗎？」爸爸朗聲說。

我搖搖頭，但沒有回頭看向爸爸。

「是有社團活動嗎？」

他用同樣的語氣又問了一次。

我這才鼓起勇氣轉身看向他。

「我去念書。」

父親浮上一抹微笑說：「嗯，那休息完我們就出發吧。」

「去哪？」

我問。

「回家啊。」爸爸把真美抱好，「我們剛是在等妳回來。」

他臉不紅氣不喘地說完，又開始搖真美。

「回什麼家？」我無法忍受，激動地再次問道。

雙腿不斷發抖，我好想拔腿就跑，至少躲到房間也好。但我還是無法控制地問出口。

然而，爸爸非但沒有垮下臉來，還哈哈乾笑了兩聲。

「沒關係，我知道妳是叛逆期。」

說完，他指了指桌上褐色的方形盒子。

那盒子我有印象，是森田出產的冰淇淋泡芙。小時候爸爸偶爾會買回家，我跟龍平都很喜歡吃。多麼遙遠的記憶啊……若不是看到那盒子，我早已忘得一乾二淨。

爸爸用單手打開盒子，裡頭的乾冰竄出裊裊白煙。盒裡裝滿了泡芙，每個泡芙外都包著白底藍標的包裝袋。

「心情好一點嘛，我可是買了一堆妳最喜歡的草莓口味喔。」

爸爸在箱子裡撈了一陣，拿出一個外包裝貼著粉紅色貼紙的冰淇淋泡芙，作勢要丟給我。

我木然將雙手舉到胸前，一副準備要接的樣子。

爸爸將冰淇淋泡芙丟了出來，東西呈拋物線直飛向我。

那一瞬間，我的腦筋一片空白，原本舉著的手就這麼放了下來。冰淇淋泡芙擊中我的胸膛後，掉到了地上。

「……真拿妳沒辦法。」

爸爸苦笑著搔了搔頭。一樣的銀框眼鏡，一樣的誠懇笑容。我別過眼，低頭對龍平問：「媽媽呢？」

龍平愕然抬頭，看了我一陣後，才支支吾吾地小聲說：

「上、上班。」

「她把真美交給你後就走了對吧？」

「嗯。」

「他是媽媽走後才來的嗎？」

我瞥了爸爸一眼，龍平輕輕點頭。

「你怎麼知道這裡的？」

我再度轉向爸爸，問了這個如今已不重要的問題。

他雙手環住真美，嘆了一口氣。

「說來複雜，小孩子不用問那麼多。」

說完，他用下巴指向冰淇淋泡芙，「妳再不吃就要融化囉。」

「我晚點再吃。」我說，「等等還要吃飯。」

「會融化喔。」

爸爸又說了一次。

我的手汗直流，看著地上的冰淇淋泡芙考慮了一陣，最後還是說了「我晚點再吃」。

「會融化喔。」

爸爸彷彿機器人般又說了一次。見他臉上已沒有笑容，我嘴巴半開，下巴顫抖。我能感覺得到，身後的龍平正屏住呼吸。

「妳這是怎麼啦？」爸爸的鏡片反射出日光燈的白光，「妳再不快點吃，就真的要融化囉。」

我的雙腳再度不受控制地開始發抖，口乾舌燥，心臟也愈跳愈快，彷彿要從嘴裡跳出來似的。

我有一股想要立刻道歉、把冰淇淋泡芙撿起來吃的衝動，這其實是最輕鬆的一條路。因為這麼一來，爸爸就會馬上收起臭臉，繼續跟我們聊天。只要我隨便附和他，他今天也許就會放我們一馬，不逼我們跟他回去了。

只要對他言聽計從，也許就可以逃過一劫。

但也可能徒勞無功。

「你怎麼這個時間過來？」

被我這麼一問，爸爸先是愣了半晌，又立刻露出微笑。

「我今天提早下班。」

他握住真美的手，模仿小嬰兒的聲音說：「姊姊，妳快點吃泡芙嘛。」只見真美轉著靈活的大眼睛。

「你就老實說吧。」

我的胸口發燙，心跳如雷鳴。

「妳這孩子怎麼這樣說話呢？」爸爸露齒而笑，「我已經老實說了啊，我平常這個時間都在上班，今天是提早下班……」

「說老實話。」我打斷爸爸的話，直直瞅著他的雙眼，「……你只是不想跟媽媽打到照面吧。」

我忍著頭暈，一口氣繼續把話說完。

「因為媽媽是大人，要說服她很麻煩。你打定我們會對你言聽計從，從小孩子下手就簡單多了，對吧？」

中途我的視線開始模糊，鼻子一酸，喉頭哽咽，腹部一陣翻騰。

客廳裡鴉雀無聲，彷彿全世界的聲音都靜止了一般。

爸爸面無表情地注視著我。

半晌，他才重新把真美抱好，伸出右手，從口袋拿出一條皺巴巴的手帕把手包起來。

「真令人失望。」

他刻意朗聲說完，將包著手帕的手伸進冰淇淋泡芙的盒子裡，攪和了一陣後拿出一個東西，期間白煙不斷往桌面流瀉。

他拿出的，是乾冰。

「妳小時候啊——」爸爸露出縹緲的眼神，「真的是很乖的孩子。聽故事書都不吵不鬧，送妳一個玩具可以玩上一整天。妳還記得嗎？一個上面有臉的電話。」

他的表情彷彿在緬懷過去一般。

「……那時的妳，就跟現在的真美差不多大。」

爸爸把乾冰拿到真美眼前，只見真美興致勃勃地看著這個不斷冒煙的方形碎片。

我的呼吸幾乎要停止了，滿腔空氣就這麼積在肺裡。

「每次叫妳的名字，妳都會笑著舉手說『有』，我叫幾次，妳就回答幾次。光是這樣妳都能玩得很開心。」

爸爸激動地說完，吸了兩下鼻子。拿著乾冰的手就這麼在真美眼前晃啊晃的，真美「啊」的一聲笑了，伸出小手想抓住白煙。

「妳還是個好奇寶寶喔。」爸爸看著我，「妳會追蝴蝶、觀察螞蟻，還曾經跟電視上的狗說過話呢。」

說完，他將乾冰緩緩逼近真美的眼睛，而真美也目不轉睛地盯著乾冰看。

我吞了一口口水。

「住、住……」

「妳如果一直都那麼乖該有多好。」

爸爸聲淚俱下地說。

「妳如果一直都那麼率真、那麼單純該有多好，就像從前一樣……像從前一樣……」

爸爸雙眼通紅，哭喪著臉望向我，削瘦的臉上滿是淚水。

見真美伸手就要抓住乾冰，我急忙想上前阻止——

「不行！」

「不准過來！」

爸爸大吼。我停下腳步，真美也停下動作，皺起眉頭。只有乾冰在真美眼前微微顫抖，不斷冒著白煙。

「……對了。」

爸爸平靜地開口。我一動也不動地站在原地，看著爸爸的哭臉。

「這就對了。這樣妳就想起來了吧？那時候自己有多乖。」

他把乾冰連同手帕一起丟在桌上，對我說：「讓我們一起回到過去快樂的時光吧！」

我聽見龍平打哆嗦的聲音。

真美也開始哇哇大哭。

「不哭不哭。」爸爸起身哄弄真美。我驅動著僵硬的雙腿，走到爸爸旁邊，對他伸出雙手。

「我來。」我故作平靜地說。

然而，爸爸卻轉過身，走向反方向的廚房。只見真美哭得滿臉通紅，哭聲在廚房中迴盪。

「讓我來哄！」

我大吼著追上去。這時爸爸突然轉過身來，眼眶含淚地對我笑了笑。

「我太急了。」

「什麼？」

「其實我們可以一邊吃飯一邊好好談的，對不起喔，爸爸太心急了。」

我不知該如何回答，伸出的雙手就這麼舉在半空中。

「啊，對了，里穗。」爸爸突然睜大眼睛，「吃飯前，我們兩個一起泡澡吧，好久沒有一起泡了呢。」

他說完，用力搖了幾下真美。

爸爸先進去洗了。不久，浴室傳來他的呼喚聲，以及沖洗的聲音。我把哭個不停的真美交給龍平後起身，拿著睡衣和內衣褲走向浴室。過程中完全沒有正視龍平。

準備進脫衣間脫衣服時，我才發現自己還穿著制服，轉身到房間去拿衣架。

把制服外套跟裙子掛好後，我回到浴室，強迫自己什麼都不去想，脫光衣服，用浴巾把身體包起來，然後打開浴室的門。

爸爸泡在浴缸裡，正用手擦臉。

「喂，妳這樣也太見外了吧？」

看到我進來，他一臉不滿地說

「我可是妳爸爸耶。」

那口氣充滿了強迫。他雖然嘴巴在笑，眼神卻很認真。

我緊緊關起心房，把浴巾解開。隨後關上浴室門，坐在洗澡用的矮凳上，打開熱水拿起蓮蓬頭沖頭。印入眼簾的，只有濕掉的頭髮和流瀉到地上的熱水。

既然我無法阻止爸爸看我，也就只能強迫自己不要去看他了。因為如果不這麼做，我恐怕就要崩潰了。

「要一起泡嗎？」

爸爸的聲音透過水流聲傳來。

「沒辦法，位子太小了。」

我邊沖水邊回答。過了一會，爸爸才語帶失望地說：

「也是。」

我小小鬆了一口氣，伸手摸找洗髮精。

之後不管爸爸跟我說什麼，我都用最簡潔的方式敷衍他。我洗好頭髮、洗好身體，用蓮蓬頭沖掉泡泡。平常我都是從浴缸裡舀水沖身體，現在完全不想。

我關掉蓮蓬頭的同時，爸爸也從浴缸裡站了起來。

「里穗，幫我洗背。」

他一副理所當然的口氣。我從矮凳上起身，退到牆壁前。

爸爸坐上矮凳後，「呼」的一聲吐了口氣，之後便沒了動作。

我舀了一瓢熱水往他的背上倒，接著用龍平的紗巾搓出泡泡，幫爸爸洗背。

「哇，妳有幾年沒幫我搓背了啊？」爸爸朗聲問。

「……不記得了。」我戰戰兢兢地回答。

不知不覺中真美已停止哭泣。不知道是龍平認真哄她，還是單純哭累了。

我看著門上的毛玻璃，將注意力放在浴室外的動靜，不去看爸爸的身體。雙手彷彿機械一般，拿著紗巾不斷上下移動。

幫爸爸把背上的泡泡沖掉後，他一臉滿足地向我道謝，並對我伸出手，要我把滿是泡沫的紗巾給他。

之後他一邊哼歌一邊洗身體。

正當準備進浴缸泡澡時，我發現自己的身體出現了異狀。

我的大腿內側沾滿了不知道是橘紅色還是褐色的液體，有條狀也有斑點狀。定睛一看——

是血。

紅色的鮮血沿著我的雙腿流到大腿、蔓延至腳踝。

原來我生理期還沒結束。

我背脊一涼，無可奈何之下，我決定先躲到浴缸裡遮掩善後，正當我一腳踏入浴缸時——

「喂！」

爸爸異常低沉的聲音響徹了整間浴室。

我愣在原地一動也不敢動，心驚膽跳地抬起頭。只見爸爸面無表情地看著我的下半身。

我急忙想躲進浴缸。

「混帳！」

爸爸大吼一聲，一把把我推去撞牆。我撞到牆後跌進浴缸裡，全身痛苦難耐。想要抬起頭來，卻被爸爸強押回熱水裡。

無法呼吸。隔著咕嚕嚕的水聲，我只聽得到爸爸的怒吼，卻聽不清他在說什麼。

無法睜開眼睛，一片黑暗之中，我只能抓住爸爸的手臂不斷掙扎，想要離開水面。

爸爸好不容易鬆手後，我猛力從熱水中抬起臉來。肺部吸到空氣的那一瞬間，臉頰感到一股衝擊，「啪」的清脆一聲在浴室中迴盪，痛得我不禁呻吟出聲。但無論如何，至少我可以呼吸了。

「髒死了！」爸爸不屑地罵道。

我躺在浴缸中氣喘吁吁，緩緩睜開因進水而刺痛的眼睛，在一片模糊之中，看見了爸爸的身體。

「道歉。」

我很想乖乖道歉，但卻發不出聲音，只能不斷喘氣。

「我叫妳道歉！」

爸爸再度抓住我的頭，也不等我吸氣，就把我用力按進水中。鼻子撞到浴缸底部後，頭又被拉出水面，還來不及呼吸，又被按進水底。

「道歉！道歉！道歉！道歉！道歉！」

爸爸連珠砲似地重複這兩個字，邊怒吼邊用力把我的頭按進水中。

耳朵開始耳鳴，漆黑的眼前不斷跑出電流的圖樣，手腳也動彈不得，分不清楚上下左右。

最後一次被抓出水面時，我用盡吃奶的力量吸了一大口氣。他停手了，終於結束了，我得救了──我在意識一隅如此慶幸著。

喉嚨發出不協調的怪聲，鼻腔裡全是水，眼、耳、頭都好痛。

感覺到爸爸再度抓住我的頭，我趕緊大吼：

「對……對不起！」

淚水有如潰堤一般流了下來。

「對不起！對不起！對不起！對不起……」

道歉了幾次後，爸爸才默默把手拿開。

「妳為什麼道歉？」

爸爸問。

我揉了揉眼睛，在模糊的視野之中找到爸爸。

「……因為很髒。」

「什麼很髒？」

身體抖得彷彿像中邪一般，我努力穩住呼吸，回答道：

「月經。」

「對。」爸爸的聲音陰鬱而空虛。

洗好澡擦完身體、穿好衣服後，我往房間走去，期間聽到客廳傳來電視聲。

打開房間電燈，只見龍平抱著已經睡著的真美，縮在角落發抖。他雙眼通紅，哭得一把鼻涕一把眼淚。

「……我正在重新放水。」我忍著鼻腔的痛楚說。

龍平嗚咽了兩聲，輕輕點了點頭。

「等等要記得關水喔。」

不等龍平回答我就往客廳走去。爸爸翹著二郎腿坐在沙發上看電視，看到我來，只說了一句「晚餐」，彷彿什麼事都沒發生過似的。

「爸爸。」我喚道。

他一臉無辜地「嗯？」了一聲。

爸爸離開浴室後，我一個人泡在浴缸裡不斷思考——該如何才能終結這一切。

「你可以幫我切南瓜嗎？」我說，「太硬了我切不動，想請你幫忙。」

「喔，好啊。」爸爸面露喜色，迫不及待地站了起來。

在準備晚餐時，我不斷朗聲跟爸爸聊天。爸爸一下就把南瓜切成一口大小，得意洋洋地看著我。我也連聲跟他道謝，捧得他笑容滿面。

我用微波爐做了煮南瓜，從冰箱拿出蔬菜燉雞肉，放進微波爐裡加熱，並趁著烤鮭魚的期間煮了味噌湯。

「爸爸。」

我對著客廳裡的爸爸叫道。

「怎麼啦？里穗。」

從浴室裡的動靜聽起來，龍平已經開始洗澡了。

我把煮南瓜放在桌上說：

「前陣子我朋友跟我說啊……」

「嗯。」

我已經做好心理準備了。

我回想著今天中午所發生的事——美晴說的話，以及她說完那些話後的遭遇。

「他奶奶小時候……」

三島她們死了，美晴應該也死了。

她們全都聽我親口說過《喪眼人偶》。

雖然《喪眼人偶》根本就是創作、全是假的，但只要從我口中說出來，就擁有詛咒人、致人於死地的力量。

原因我不清楚，但我已全然接受這個事實。

我是這麼「解釋」的——

從小到大，我都是一只人偶。

爸媽的傀儡，名為「小孩」的玩具。

現在則成了一只詛咒人偶。

我化身為喪眼。

進而擁有殺人的能力。

爸爸瞇起雙眼，全神貫注地聽我說。

最後，爸爸在午夜前離開了。他吃完飯後，不是在跟昏昏欲睡的龍平玩，就是在逗弄哭鬧的真美，不然就是跟我聊一些陳年舊事。

爸爸走出門後，我等到完全聽不到腳步聲才躺上床。雖然已是身心俱疲，卻在床上翻來覆去幾個小時都睡不著。

隔天，學校緊急停課了。

一早，學校便啟動了班級聯絡網，我前面一號的同學——香川的媽媽打電話來我家時，語氣很是擔憂。

「昨天校舍裡發生意外，為了安全起見，今天校方決定停課。」

聯絡事項僅此一件。我強迫自己不要多想，接著聯絡下一號的小森同學。

過了兩天，爸爸又來家裡找我們。

那天我在圖書館裡都在發呆。回家後，就看到爸爸抱著真美在和龍平玩UNO遊戲卡，面對不斷丟出紙牌、玩得不亦樂乎的爸爸，龍平臉上始終掛著僵硬的笑容。

「吃完就出發嗎？」

吃晚飯時爸爸這麼問我們。龍平聽到後，不禁縮了一下身體。

「可以下次嗎？拜託。」我一臉愧疚地懇求，「我肚子又痛了。」

我撒謊了。

爸爸悶悶不樂地嘆了口氣。我已做好心理準備，所幸他沒有進一步動作，吃完飯後就離開了。

我撫了撫胸口，開始洗碗盤。

隔天，爸爸沒有來。

再隔天，我在做晚飯時，電話響了。

是田無阿姨打來的。

我接電話前就知道她要說什麼了，一切都如我所願——

『史明過世了。』

雖然阿姨已經盡力保持冷靜了，但還是聽得出來，她受到了很大的驚嚇。

她告訴我，爸爸工作到一半突然放聲尖叫，衝出辦公室。

最後被人發現倒在公司的地下停車場裡。

死因不明，就連是他殺還是意外都不知道，也有可能是自殺。

詳細情形阿姨似乎也不清楚。

「請問您是怎麼知道的？」我問，「您為什麼會知道我父親去世的消息呢？」

被我這麼一問，阿姨突然支支吾吾了起來。

『因為他之前曾找我商量過一些事情，關於家人……你們的事之類的。』

她似乎想矇混過去。

這也在我的預料之中。把住址告訴爸爸的恐怕也是她。

我不打算追問下去，因為這些事情現在都無所謂了。

爸爸已經不在這個世界上了。雖然接下來還要處理喪禮、守靈等麻煩事，但最大的麻煩已經消失了。

這讓我再一次確信——我擁有咒殺別人的能力。

『幫我轉告妳媽媽。』

「好。」

『之後有的忙了，你們要加油喔。』

「好。」

『好好照顧妳媽媽喔。』

「好。」

正當我以為對話要告一段落時，阿姨突然發出『唔唔……』的呻吟聲。

「喂？」

『……啊，抱歉，我似乎有點驚嚇過度。』

阿姨嘆了口氣。

『應該是前天吧？我和史明見了面，聊了一下。』

「嗯。」

我邊聽邊心想，她已經無心隱瞞了嗎？

『他告訴我一個奇怪的故事，一個詛咒人偶的故事。他興高采烈地說，是他去找妳時妳告訴他的。』

「……」

『雖說只是偶然，但我總覺得心裡毛毛的。』

我隨便敷衍一陣後，便掛上了電話。

媽媽回來後，我把爸爸去世的消息告訴了她。她急急忙忙播了幾通電話就衝出家門，龍平則拿著碗筷目瞪口呆。

兩天後，學校裡鬧得沸沸揚揚，流言臆測滿天飛。

放學後，花岡找我過去，把我帶到了校長室。

「我們想問妳比嘉的事。」

說這話的是花岡，他坐在我對面的沙發上，訓導主任坐在他旁邊，校長則坐在窗邊大桌的大椅子上。

窗邊另外站了一個我沒看過的中年男子，他的長相有如蛇一般，臉上毫無血色，雙腳張開呈「稍息」的姿勢。

「是。」我正襟危坐。

「有人說，她死前曾在保健室跟妳碰面。」花岡盯著我說。

「是。」

我如實回答，沒有看校長的臉。

「當時有發生什麼奇怪的事嗎？」

「沒有……」

我思忖著該如何回答，老師們無一不對我投以銳利的目光。

「……我們只有閒聊幾句而已，說常常在保健室碰到對方。」

「只有這樣？」花岡將身子往前傾。

「對。」我點點頭。

之後老師又問我許多問題，能回答的我就回答。後來我才發現，那個沒看過的男人應該是刑警。

好不容易結束後，我出發前往圖書館。一如往常在車站四處張望時，我突然意識到已經沒這個必要了。於是我抬頭挺胸，大大方方地往圖書館前進。

交流簿上盡是不認識的人的筆跡，由佳里沒有留言，她大概還在生我的氣吧？我覺得很是愧疚，拿起筆寫下——

由佳里

上次真的很對不起。

希望妳還願意陪我玩。　小里

借完書回到家，我發現大門沒有上鎖。我第一個想法是龍平最近都沒有去找朋友玩，會不會是他回來了？又或者是媽媽？

我脫掉鞋子走進房間，發現龍平的書包丟在地板上。

真美則仰躺在書包旁邊。

房間裡一片昏暗，真美一動也不動地躺在房間中央，小手小腳呈現不自然的角度。

我不禁退後了幾步，因為真美的臉上滿是鮮血。

蓋在兩頰上的小手也被染得通紅。

小嘴有如黑洞一般張著。

眼睛也是一片漆黑……

「真、美……」

我立刻衝過去抱起真美，她身上還有溫度，卻是如此冰冷。

「哇啊啊……」我的喉嚨無法控制地發出怪聲。把真美抱起來時，她的小頭無力地往後倒。

「真美！」

我扶著她的頭，好不容易才站了起來。

我想要出去，卻搞不清楚門的方向，只能東張西望地環顧四周，窗簾、電燈、桌子、櫃子、上下舖……

我停止掃視，腦中一片空白。上舖有一雙穿著藍色襪子的腳掌，我顫抖著雙腿，緩緩往床邊走去。

龍平趴在床上，已經嚥氣了。

他的臉上滿是傷痕，呈不自然的角度向著我這邊。

漆黑的眼窩中不斷流出血淚。

「不……」

我不自覺地倒退，屁股撞到桌子，真美差點掉到地上。我急忙把真美抱好，不知所措地在原地站了好一會兒，才想到救護車的事。一一九，我得打電話。

我抱著真美跑到客廳，身體彷彿不屬於我一般，途中因為腳步蹣跚而撞到牆壁好幾次，費了好一番工夫才走到電話櫃前。真美要怎麼辦？我不願意把她放到地上，但抱著她又沒辦法打電話。

我本想把真美放到桌上，後來打消念頭，改把她放上沙發。準備起身的那一瞬間，我終於想到一個遲來的問題——龍平和真美為何會變成這樣？

我很快就意識到原因，想通的那一瞬間，我坐在沙發上動彈不得。

是爸爸！爸爸把《喪眼人偶》告訴了龍平和真美。

恐怕是在他第二次來我們家那天，我回家之前說的。

距今正好四天前。

原來，不只聽我親口說的人會死，就連聽他們說過的人，也會受到喪眼人偶的詛咒。

不知不覺中，詛咒已經傳開了。

一些與我無冤無仇的人都會喪命。

「不……」

眼淚一滴一滴落在地板上。

龍平有跟同學說嗎？有跟老師說嗎？

爸爸又跟誰說了呢？

阿姨……阿姨說爸爸把故事告訴她了。

如果真是這樣，阿姨肯定也活不了了。

爸爸有跟同事說嗎？阿姨有跟朋友說嗎？

三島她們的朋友、家人呢？

美晴呢？

夢中的紅線在我腦海中不斷延伸，爬下公寓的樓梯，在放學回家的路上纏住小學生的書包，進到學校、公司，纏住來來往往的人群，愈伸愈長。

穿著黑色和服的人偶發出「喔呵呵呵」的笑聲。

我關起耳朵，閉起雙眼，蹲在客廳中，不斷幻想著這些畫面。

※　※

我還清楚記得的就只有這些。

那之後的記憶，有如雲霧般迷濛不清。

我和媽媽遠遠搬離了那個家。

學校後來怎麼了？龍平和真美的喪禮是怎麼辦的？阿姨又發生了什麼事？我很努力回想，卻完全想不起來。

我想，大概是兒時的我下意識地將記憶封存起來了，或是我刻意想要從頭忘卻一切。

但是，我還隱隱約約記得一件事。

搬家前，我曾憑著稀薄的印象，到由佳里的家找她。

之所以去找她，大概是因為她沒有回覆我的留言。即便無法跟她和好，我也想跟她把事情解釋清楚。

那天天色已晚，我按了門鈴後，屋裡傳出一陣聲響。半晌，門打開了。

一個打扮清爽的長髮女人握著門把站在屋裡。

她是由佳里的媽媽吧？那堆驚悚錄影帶的主人。她的長相、氣息跟由佳里一點都不像。

「妳是……？」

女人滿臉疑惑地歪頭看著我。

「我要找由佳里。」

「由佳里？」

她先是皺了皺眉頭，然後恍然大悟似地「喔」了一聲。

「妳是國中生吧？妳是她的？」

她打量了我一番後，用懷疑的眼神看著我。

「我跟她是在圖書館認識的，先是在交流簿上聊天，之後就變成朋友了。」

「我沒聽她說過。」

她瞪大雙眼。

「是真的。」

「我不是在懷疑妳。」

女人淺淺一笑，隨即收起笑容。

「抱歉，她現在沒辦法見妳。」

她撥了一下頭髮。

見我不說話，女人沉下臉來解釋道：

「她現在拒絕上課，說不想見到任何人，就連床都不肯下。」

我想起第一天見面時，由佳里被男生用空氣槍攻擊的事，霸凌……貞子……

她從沒跟我提過學校的事，我也從沒問過她。

由佳里跟我在一起看似開心，但或許，她其實每天都過得很煎熬。

「這樣啊……」

我不知該說什麼，只好低下頭。

「對不起喔，害妳白跑一趟。」

她的聲音充滿了愧疚，似乎想盡早結束對話。

「可以幫我跟您女兒傳話嗎？」

面對我突如其來的請求，女人「嗯」的一聲答應了，聲音聽上去也比剛才開朗一些。看來我猜的沒錯，她應該就是由佳里的媽媽。

我考慮了一下，說：

「請妳跟她說，小……小里想跟她道歉，希望還能跟她見面。」

「那是妳的名字嗎？」

「對，我叫小里。」

「小里是嗎？我知道了。」

由佳里的媽媽露出一個不知是喜是悲的表情。

「我會轉告她的，謝謝妳。」

她往後退了幾步，連「不好意思喔」都還沒講完，就用力把門關上。

我愣在原地一陣後，好不容易才回過神來，緩步走下公寓樓梯。

現在想想，我那時應該要不顧一切見到她的。

當然，這麼做只是為了自我滿足，非但沒有考慮到由佳里的感受，也沒有顧慮到整體狀況，只是單純出於自己的情緒。

幾天後的早上，媽媽帶著我離開公寓，轉了好幾次電車，踏上未知的土地，並搬進類似的公寓。

對於之後的生活，我沒什麼太大的不滿。

我上了高中，貸款上大學，出社會，然後邊工作邊還債。

媽媽去世的隔年，我嫁給了一位工作時認識的男性。

兩年後，生下一個兩千八百公克的健康男嬰。

我辭掉公司的工作，投入自己的事業，相夫教子。

我每天忙得很開心，以至於這幾年，完全沒有餘力回顧過去。

直到上個月——

上小學的兒子放學回來，一邊「媽媽！媽媽！」的叫著，一邊小跑步向我跑來。

本在廚房忙的我停下手，低頭看向他。

「媽媽，我問妳喔！」

他上氣不接下氣地說。

「妳有聽過喪眼人偶嗎？」

那一瞬間，我的記憶全回來了。

（完）

二十二

看完最後一頁，我無力地靠在沙發上。

完全沒有收穫，看到結局也毫無線索。看完只讓人覺得這是一個沉悶陰鬱、毫無重點、莫名其妙的故事。

我抬起臉來，正好與真琴小姐四目相交。大概是因為我的心情都寫在臉上的關係，她也悶悶不樂地低下頭。

我大略把小說的結局念給她聽，她不時出聲點頭，卻一直都沒有抬起頭來。

聽完後，真琴小姐沉思了一陣。她沒有抬頭，也沒有抓頭，只是不斷發出「嗯……」的聲音。

「為了保險起見，還是問一下好了。」我說，「妳當時聽說過相關消息嗎？像是《喪眼人偶》這個都市傳說，又或是誰誰誰死掉之類的。」

「不，完全沒有。」真琴小姐抬起頭，嘴角微微上揚，「大概是不流行吧。」

我頷首。

如果這個小說是真實故事，那麼值得慶幸的是，《喪眼人偶》這個都市傳說並沒有傳開。

那些霸凌的學生、龍平、里穗的爸爸、田無阿姨，死前都沒有把這個傳說告訴別人。

用野崎先生的話來說，《喪眼人偶》並未成長。

雖然我們唯一能參考的只有真琴小姐的說詞，但如果當時《喪眼人偶》真的流傳開來，一定會被媒體大肆報導，現在也一定也找得到相關紀錄，最起碼也會在「超自然史」上被記上一筆。像是「某個小鎮的連環命案」，又或是「連環奇異殺人事件」之類的。

「抱歉。」真琴小姐突然正襟危坐起來，「我不該情緒失控的。雖然知道上面寫的並非全是事實，但我看了還是很難受。」

說完，她像是突然想起似地拭淚。大哭過後，她眼周黑得跟熊貓一樣。

我很想開導她，但現在說這些似乎不太識相。

「……不會，妳別放在心上。」

心中天人交戰一番後，我還是選擇了這個最安全的回答，並就此閉嘴。

「……我不希望她死得這麼淒慘。」真琴小姐嘟噥道，「不，正確來說，我希望她可以好好活著。」

「嗚嗚……」說完，她顫抖著嘴唇哭了起來。

正當我不知該如何是好時，門打開了。

「抱歉這麼晚才回來。」野崎先生說。

真琴小姐見他回來，立刻起身奔向他，把我一人留在原地站著空等。

野崎先生的聲音聽上去很擔心。

「我沒事。」真琴小姐對她說。

而我，只能看著廚房放空。

半晌，野崎先生終於一臉倦容地走進客廳，真琴小姐也兩手拿著白色塑膠袋跟著進來。

「我們來吃晚餐吧，順便開會。」

野崎先生不帶感情地說。真琴小姐把袋子放在地上，從袋子裡拿出高價到我根本不會買的豪華豬排便當。

「結局應該是創作。」

野崎先生說完，送了一口飯進嘴裡然後囫圇吞下。

「喪眼人偶應該沒有流傳開來。網路上並沒有相關消息，然後也沒有口耳相傳，否則就會有一堆人因此而死，事情也會傳到我們耳裡。也就是說，這個結局只是想製造出一個傳開的假象。」

他咕嚕咕嚕灌下瓶裝茶。

「是啊。」

我停下筷子，才吃了一半就吃不下了。

「就算是不起眼的小規模流傳，對我們的調查也於事無補。當然，若真是如此事態就嚴重了，但從這個方向下手是沒有意義的。現在我們該做的是——」

野崎先生把衛生筷往空便當盒裡一放。

「跟相關人員蒐集情報，也就是調查小說裡的出場人物。就目前的狀況而言，上網查應該是最快的。」

「是。」

「我已經以雜誌採訪的名義，跟三角中學預約好採訪時間了。我明天就去跟他們確認一些事情。」

「不好意思。」

我滿懷罪惡感地將吃到一半的豬排便當蓋上蓋子。

「你之後有什麼打算？」

野崎先生問。

「咦？什麼意思？」

「我在想，你要不要先回家洗個澡、換套衣服？你昨天應該一整天沒睡吧？多少休息一下比較好。」

經他這麼一提醒，我才想起自己離開警局後，就直接來到這裡了。

一想至此，身體就突然變得好重，頭昏腦脹，肩頸痠痛，我不禁眨了幾次眼。

「可是，野崎先生你們也……」

「不用擔心我。」他不加思索地說，然後正色看著我，「真的不行的時候我再去躺一下就好。」

「我也是。」

坐在床上的真琴也附和道，她手上的便當幾乎沒動過。

「可是我一定睡不著。」

「不行，你得好好休息。」野崎先生厲聲說，「關鍵時刻你如果沒力氣，可就前功盡棄了。」

真琴小姐沉默不語，只是癟了癟嘴。

野崎先生所說的「關鍵時刻」，應該是指真琴小姐施法幫我解咒的時候吧。但事實上，我們依然尚未找到解咒的方法，就現階段而言，她甚至連「看」都看不到。

話說回來，真的有解咒的方法嗎？找到作者後又能如何？

里穗根本就不可靠，放任問題不管就遠走他鄉。找到她以後，真的能問出什麼嗎？

其實我心裡一直無法接受自己把一部小說當真，因而相當消極。時鐘指著晚上九點，時限迫在眉睫。

最後我還是決定回家一趟，畢竟我沒洗澡也沒換衣服。雖然平常睡在公司已經習慣了，但這樣睡在人家家裡實在不太好。

「小心喔。」我在門口穿鞋時，野崎先生一本正經地對我說。

「不用擔心。」我刻意打起精神，「我很習慣走夜路了。」

「夜路是要小心沒錯，但我是說……」野崎先生摸著下巴，正色道：「如果看到人偶不要太緊張喔。雖說現在那東西不會傷害你，但我總覺得有點放心不下。」

事實上，我在看小說時、吃飯期間、決定要回家的時候，都在擔心人偶會突然出現。聽到他這麼說，讓我更加不安了。

「我送你回去好了？你住豪德寺對吧？」

「沒關係，真的不用了。」

我故作精神地說。

說實在話，有人陪我多少會比較安心。看到野崎先生如此義氣相挺，說不高興是騙人的，我甚至有一股想拜託他的衝動。

但我最終還是沒說出口。

因為，我看到了真琴小姐的表情。

她站在野崎先生後面，憂心忡忡地望著他的背影。

跟他們道別後，我快步走下樓梯，但又立刻放慢腳步，一步一步慢慢走。每一個樓梯轉角都讓我心驚膽跳。

走過一樓的信箱區，我默默通過玻璃門，走下台階來到馬路上。

路上一片漆黑，只有不遠處的街燈照亮一圈地面，沒有人偶的蹤影。

走在暗路上，我盡量看著前方不東張西望。我心想，那東西應該不會正好站在亮處才對。

我穿過早稻田大道，往高圓寺車站的方向前進。走進餐廳林立的商店街後，人潮突然暴增。我聽著路邊醉漢精神抖擻的聲音，一邊快步前進。

到車站時，正好南下的電車來了，票口擠滿了出站乘客。

我通過票口，搭電梯到月台。

要從新宿站轉乘小田急線，從哪個車廂上車最方便呢？——我一邊這麼想一邊往月台看去。

然而，我馬上就後悔了。

月台角落站著一只人偶——從今早算起已有「數面之緣」、穿著喪服的人偶。

人偶一動也不動地呆站在那，鮮紅色的臉龐直直向著我。

跟早上、中午比起來，祂又更靠近了。

看到一次後，想不在意都很難。

後來即便沒看到祂，也無法安下心來。

於是，我決定看著地上快步走回家。一路不斷與人相撞，頻頻道歉。

豪德寺站到我家的這條漆黑夜路，此時此刻竟是如此漫長。

每每有車子經過時，我都會停下腳步，閃避路邊，然後閉上雙眼，等車聲完全消失再開始走。

因為，我怕車燈會照到我不想看到的東西。

光是用想像的，就足以讓我緊張到雙腿僵直。

走到便利商店前時，我下意識地想要往店裡看，又急忙別開眼睛。

店裡那麼亮，如果那東西在裡面怎麼辦？站在正在補貨的店員旁邊又該怎麼辦？

我停止胡思亂想，加快腳步。

沿著樓梯走上公寓二樓，我刻意不看向走道，把注意力放在眼前，打開自家大門。

房裡一片漆黑，我伸手找到電燈開關，鼓起勇氣按下。

日光燈一閃，印入眼簾的是一如往常的髒亂房間，沒有人偶。

我深深吐了口氣，沒脫鞋就躺在家裡地板上。

疲勞瞬間蔓延至我的全身，我很想不管三七二十一直接睡著，但還是傳了封簡訊給野崎先生報平安，到浴室放了熱水。

野崎先生回覆道：『總之你就先躺著休息吧，調查工作就交給我。』

洗完澡後我鑽進暖桌，不知不覺天已經亮了。

我完全沒有熟睡的舒爽感，反而有種失眠的錯覺。全身莫名僵硬，光是坐起來都要花力氣。

看了看手機，野崎先生傳了一封簡訊給我——

藤間先生

我先躺一下。

學校方面由我來調查，你可以幫我查一下其他出場人物嗎？

再麻煩你了，我下午會再跟你聯繫。

這封簡訊的口氣十分逗趣，彷彿在跟編輯接洽工作似的。

我打開包包拿出稿子，再度展開調查。

舟木　裕次郎

1月10日　01：45

看完《天花板上的女王》，我只能說，這真是一部破綻百出的電影。

缺乏緊張感的運鏡方式，似曾相識的怪物造型，帥哥美女的拙劣演技……

現代電影界所有的愚蠢特質，在這部電影裡都可以看到。製作團隊完全是重蹈覆轍。

這竟然是日本驚悚文學大獎得獎作品改編而成的電影？真令人難以置信。

我完全感受不到導演對電影的熱愛，甚至是一丁點對驚悚作品的熱愛。這些對恐怖的本質毫無概念的電影人，可以看過知名傑作《七夜怪談》一百次再來拍電影嗎？

年輕人對這部電影讚不絕口，但看在我們這些《七夜怪談》世代的眼裡，這簡直是一個笑話。

比起生氣，我更感到同情。

這些人真是可憐啊……他們居然不知道《七夜怪談》，也沒看過《東海道四谷怪談》跟《怪談累之淵》。要達到我們的境界？再等個幾十年吧。

37人說這個讚

我嘖嘖稱奇地看完這篇文章。

在網站上輸入「舟木 老闆 畫廊」後，一下就找到這個Facebook帳號。大頭貼照是個皮膚黝黑，有點年紀的男性。

金色的門牙閃閃發光。

我敢肯定，他就是里穗媽媽的前男友「舟木叔叔」。就算不是，「舟木叔叔」也是參考這個人物所寫成的。也就是說，這份稿子的作者認識這位「舟木裕次郎」。

看到這篇自以為是的電影感想，我更加確信了。

我先向他發送了好友邀請，因為如果不這麼做，就無法在Facebook上跟他互動。就現階段而言，「舟木叔叔」這條線頂多只能查到這裡。

插上手機電源後，我繼續在網路上搜尋人名。

田無阿姨——一九九八年住在田無，名叫手島的女性。

但果然不出我所料，毫無收穫。

來生史明——里穗的父親，在大型報社上班。

我立刻打電話到幾家比較知名的報社詢問。

但結果令人失望，每家報社彷彿說好似的，回應都是「我們沒有保留那麼久以前的人事資料」。

至於由佳里，我連查都沒查。

進度停滯不前，只有時間不斷飛逝。

直到野崎先生打電話來，我才發現竟然已經下午一點了。

『真的有花岡、矢島、瀨戶這些老師。』野崎先生淡淡地說，『至少我們知道，當時三角中學真的有這三位老師，只是他們都調走了，沒辦法聯絡到本人。』

「太好了。」

我不禁脫口而出，至少事情有點進展了。

「那、那你有拿到那屆的畢業生名單嗎？」

『你在說什麼啊。』話筒傳來苦笑聲，『小說裡提到的學生都沒有畢業啊。』

對喔，我怎麼這麼笨，連這個都沒想到？里穗轉學了，其他人都死了。

『不……等等，有喔，應該還有一個人。』

野崎先生說。

「是、是誰？」

『井原。我立刻去確認。』

野崎先生急忙掛上電話。我一方面很感謝他，心中卻又趨近於絕望。確實，「井原」很有可能真有其人，但見到他又能如何？透過他找到作者的可能性基本上是零。

我輕捶了一下暖桌。沒想到暖桌發出一聲巨響，手還有點麻麻的。

快想點辦法啊！快採取行動啊！我在心裡不斷催促自己。

下一步該怎麼做？怎麼做才能解開詛咒？

我腦中浮現岩田的死狀、人偶站在月台上的模樣。

這棟公寓褪色的外牆。

公寓前那條常有卡車經過的馬路、對面的空地。

佇立在空地中央的喪眼人偶。

今日過後來到明日，過了午夜，又來到隔天。

人偶來到公寓前、爬上階梯、站到門前。

然後──直逼我的眼前。

我好想尖叫，好想發狂，好想把房裡的東西破壞殆盡。而無法這麼做的我，只能趴在地板上。

不知道過了多久──

叮咚一聲，門鈴響了。心臟猛地跳了一下，我嚇得一躍而起。

門鈴又響了一次，馬路上的車聲、窗戶玻璃搖晃的聲音……

周圍的聲音一一傳入我的耳中。

外面的人敲了兩下門，幽幽地說：

『我是比嘉。』

我起身，一個箭步握住門把。

一打開門，就看到真琴小姐站在那裡。

「直、直覺？」我把瓶裝茶遞給她。

真琴小姐說，她是憑著直覺找到我家的。

我把滿地的書跟DVD推到牆邊，好不容易才清出位子給真琴小姐坐。她今天穿著藍色帽T和牛仔褲。

「不過，我有聽到你住在豪德寺。」真琴小姐微微一笑，「我到豪德寺後才憑直覺找到這裡的。」

「這也是妳能力的一部分嗎？」

「大概是。」

真琴小姐沒有把話說滿。

外頭烏鴉叫得厲害，甚至聽得到拍動翅膀的聲音，不是一隻、兩隻，似乎有一大群烏鴉飛到了附近。

「對不起喔。」真琴小姐突然道歉，正當我感到一頭霧水時，她補充道：「每次我只要白天走在路上，就會有一堆鳥跟著我。」

她看向窗外。

「沒關係，這裡常有車子經過，平常也是這麼吵。」

這其實是一個參雜著真實的謊言。她的這番話，讓我想起幾天前，第一次見到她時的情況。

原來是因為白天工作有很多麻煩之處，她才會在晚上去酒吧打工啊……

恍然大悟之餘，我這才注意到另一件事——

「話說回來，妳怎麼會突然過來……？」

我在暖桌旁坐下。

跪坐在地的真琴小姐把身子挺直。

「我是來確認的。」不等我追問，她又說：「確認我現在是否感應得到。既然人偶愈來愈靠近，我也許就能感應到祂在哪裡。」

她一副難以說明的模樣，但其實沒有那麼難懂。

「我懂妳的意思。」我說，「那妳感應的結果如何？」

她彷彿下定決心一般「嗯」了一聲。

「我感應得到了。而且，那東西已經來到你家附近。」

聽到這裡，一陣壓迫感往我的腹部襲來。

「那東西的外型很一般。」真琴小姐注視著我的雙眼，「我可以肯定這是一個會召喚鬼怪的詛咒，但我總覺得有點奇怪，因為……」

她皺了皺眉。

「因為我看到的跟藤間你看到的人偶，似乎是不同的東西。」

她沒有再說下去。我茫然地看著她，這是什麼意思？最後的地方我完全聽不懂。

見我一頭霧水的模樣，真琴小姐面露難色說：「該怎麼說呢……」

「我昨天不是跟你說過，你看到的人偶其實並非鬼怪。」

「嗯。」

探索記憶後，我想起她確實有說過這句話。

「經過思考、調查後——我敢肯定，那人偶只是詛咒的一部分。」

「一部分？」

「對。要比喻的話，就是……」

說到這裡，真琴小姐突然拿出手機，邊滑螢幕邊口中念念有詞：「我之前有查到」。片刻過後，她抬起頭說：

「鎖定。」

面對這突如其來的字眼，我頓時不知如何以對，花了好些時間才把這個詞彙消化掉。

「妳的意思是說……」我絞盡腦汁思考，「詛咒會召喚鬼怪，為鬼怪鎖定目標，告訴鬼怪要去哪裡、去找誰，也因為這個原因，只有受到詛咒的人才看得到人偶。」

「應該是。」

真琴小姐點點頭，「我的感覺就是這個意思。」

詛咒的謎團慢慢解開了。雖然這個解釋很不科學，讓人不得不懷疑其真實性，卻又讓人有種豁然開朗的感覺。

當然，說不害怕是騙人的。光想到自己命在旦夕我就不禁冷汗直流，我甚至不敢去想期限就在明天凌晨。但無論如何，至少真琴小姐來找我後，那股令我崩潰的恐怖感便消失了。

「事情愈來愈明朗了呢。」

真琴小姐看著我，眼裡充滿了堅強與決心。

我怔怔地反省自己剛才的行為，並思量之後的方向。

我以前完全不相信這個世界上有靈異、詛咒、鬼怪。事實上，現在我仍不願相信。但現在不是沮喪的時候。

我應該效仿真琴小姐和野崎先生，盡力去做現下能做的事。

我能做什麼？一個超自然雜誌的計時人員能做什麼？不中用的我究竟能做什麼？

「我要去跟野崎先生會合。」我反覆思量自己所說的話，「跟他一起調查。他是作家，我是他的責任編輯，肯定合作無間。除了這個，我想不到自己現在還能做什麼了。」

「嗯！」真琴小姐莞爾一笑，「雖然現在跟你道謝好像怪怪的，但我還是要謝謝你。話說回來，我覺得野崎有點太過逞強了。」

下午兩點半——

我跟野崎先生約在西武線東村山車站附近的連鎖餐廳，互相報告調查結果。

他說，畢業生名單上確實有井原這個名字。他叫井原昭二，畢業後進入市內的啟智學校就讀，啟智學校畢業後的去向則不得而知。

除此之外，他在過來的路上，還在網路上查到了幾個九十八學年度的畢業生。其中有三人的Facebook檔案設定為公開。

「我來負責跟他們聯絡。」

其實這本來就是我的工作。

「謝謝。」野崎先生一臉倦容，眼下熬出了深深的黑眼圈。「那我來調查稿子的來源，這條線還沒開始追呢。」

他說完，我們很有默契地各自展開調查工作，對話也就此結束。

我用手機登入Facebook，向三名畢業生發送好友申請。很幸運的，其中一人馬上把我加為好友。

丸山省吾，男性，上班族，目前住在大阪。

我立刻傳了封訊息給他——

丸山先生

感謝您把我加為好友。

我想請問一下，您認不認識一位叫做「來生里穗」的女性，又或是名字相仿的人呢？

她是您三角中學的同屆同學，當時有個外號叫「貞子」。

沒有錯的話，她應該有個還在念小學的弟弟和幼妹。三年級上學期時她就轉學了。

若您有她的消息，可否盡快告訴我呢？

突然打擾您非常抱歉，還請您不吝幫忙。

這封信怎麼看都很可疑。我本想找更冠冕堂皇的藉口，卻一個都想不到。

等待回信時，我查了一下附近的小學，並一一打電話向他們詢問——

「貴校在一九九八年是否有男學生離奇死亡？」

「他叫做來生龍平，也有可能是類似名字的人。」

因為想不到如何粉飾太平，我只好乖乖地向接電話的老師報上自己的真實姓名，告訴對方我正在找人，但我沒有說出詛咒的事。

『我們不接受採訪喔。』

『我們必須先審核內容，才能決定要不要接受您的採訪。請您告訴我聯絡方式，我們之後會跟您聯絡，但無法保證需要多久時間。』

『這個我沒有權限回答您，麻煩您明天再打來一次。』

『請您先把企畫書傳過來。』

『請您先到我們的官方網站上下載規定的採訪申請書，印出來填好後，再連同回郵信封一起寄過來。』

我早已預料到會是這樣的結果。神奇的是，我非但一點都不焦躁，反而很有禮貌地跟對方再三道謝。

在我打電話的期間，丸山回我訊息了。但他回覆得似乎很匆忙，信裡錯贅字連篇。

你好！

我收到你的訊訊息了。

我們國中確實有個歪號叫貞子的女生。我不記的她她的名字了，印象中她不是我們班的，好像是四班的？個性陰沉又常欺負人。

你在找她嗎？如果需要的話，我可以綁你問問看現在還有聯絡的國中通學。

這個世界上還是有好人的。我立刻跟他道謝，並老實告訴他我的時間緊迫。

無論如何，事情又有了些許進展跟收穫。

三角中學真的有個外號叫做貞子的女學生。

「常欺負人」應該是「常被人欺負」的筆誤吧？

下一步該怎麼做？我要如何善用這段等待期間呢？

我看向野崎先生。

「謝謝。」野崎先生說完後掛掉電話，俯身說：「我們也許正中紅心了。」

「你查到了是嗎？」

「對。」野崎先生把玩著手機問我：「你知道喜鵲出版社嗎？」

「喜鵲是牛郎星出版社的殘兵所創立的公司。牛郎星出版社雖然規模還滿大的，卻在十年前毫無預警地倒閉了。」

他眉頭深鎖地繼續說：

「關於其倒閉的原因眾說紛紜，甚至有傳言說他們遇到了靈異事件。因為牛郎星出版社就位於四谷，岩稻荷神社的附近。」

「說是因為阿岩作祟嗎？」

「好像是，但我覺得這個說法開玩笑的成分居多，畢竟《四谷怪談》只是……」

說到這裡，野崎先生突然欲言又止，臉上露出啼笑皆非的表情。我知道他為什麼會有這種反應，也知道他本來想說什麼。

《四谷怪談》只是創作。

現實中並沒有「阿岩」這號人物。雖然田宮家確實有個女生叫做「岩」，但《四谷怪談》中那個被丈夫謀殺的賢妻完全是虛構的設定。既然現實中沒有「阿岩」這個人，她當然不會化身女鬼出來說「我好恨啊」，也沒有怨念徒留世間。

即便如此，世人仍相信阿岩會出來「作祟」。每逢《四谷怪談》被拍成電影，又或是改編為歌舞伎時，沒有拜拜的工作人員接連發生死傷意外——光是這類文章我就看過不知道幾次。我甚至覺得，這個「作祟」的謠言甚至比起《四谷怪談》本身更廣為人知。

我從以前就認為這只是無稽之談，工作人員傷亡不過是碰巧罷了，說是阿岩作祟實在是言過其詞。但我現在已經沒有自信說得這麼肯定了，我想野崎先生也是一樣，所以才沒有繼續說下去。

這個世界上，真的有能夠奪人性命的「故事」。

我倆陷入一片沉重的寂靜之中。

「……我打電話給喜鵲的人問過了。」野崎先生好不容易重啟話題，「他們似乎真的發生了無從解釋的靈異事件。而湯水先生在死亡前一週，曾向他們採訪事情的詳細經過。」

我這才想起，野崎先生昨天曾跟我報告過湯水先生生前的行蹤。

野崎先生點燃香菸。

「據說牛郎星倒閉前，有幾個相關人士莫名失蹤了。」

他吞雲吐霧。

「跟湯水先生接洽的編輯好像並不清楚詳情，不過啊……」

野崎先生把手機拿給我看，上面是一個設計老舊的網頁。

一個複雜的黑底紅標誌印入我的眼簾——

第一屆　不為人知的恐怖故事大獎

下方寫著——

NEW

二〇〇五／〇八／三一　第一屆徵稿已截止

之後就停止更新了，也就是說——

「牛郎星出版社公開徵稿，卻沒有公布得獎名單。」

「這樣看來，這份稿子是……」

「對，而且啊……那份稿子……」野崎先生吐了一口煙，一副難以下嚥的模樣，「本來是這個活動的投稿。因讀過的相關人員紛紛死亡，才導致出版社因資金週轉不靈而倒閉。當時可說是一片混亂，所以至今真相依然撲朔迷離。」

小說的投稿？不無可能，且這和湯水先生生前的行蹤也一致。

「所以原稿還留在喜鵲那邊？」

「好像是。」

野崎先生熄掉抽了一半的香菸，沉下臉說：

「那份稿子的手稿或電子檔就這麼擱置在牛郎星出版社，後來又因工作人員擔心丟掉會發生什麼不好的事，進而收進了喜鵲的地下室倉庫。湯水先生在編輯的允許下，曾經到倉庫裡收集資料，恐怕……他就是在那裡找到稿子的。」

一個在調查出版界逸事的作家，在偶然的機緣下發現了這份稿子。

沒想到這份稿子是貨真價實的詛咒，裡面有一篇能夠奪人性命的文章。

「我們去一趟喜鵲吧，請他讓我們進倉庫調查。雖然希望渺茫，但說不定可以找到投稿人的名單。」

野崎先生拿起背包。

「那個人……為什麼要投稿呢……」我打從心裡感到疑惑，「你不覺得奇怪嗎？里穗，又或是說作者為什麼要投稿？又是基於什麼心態讓別人讀這份稿子呢？」

「誰知道呢。」野崎先生搖搖頭，一臉不置可否的表情回答，「這個問題，就只有作者知道了。」

在一位身材肥胖的親切中年編輯的帶領下，我們到喜鵲出版社的倉庫裡東翻西找。期間找到了幾份看起來像是投稿的東西，但並沒有發現投稿人名單。

編輯中途也加入我們的行列，找得滿身是汗，連襯衫都濕了。

「抱歉，沒幫上你們的忙。」他笑著說。

我們連聲跟他道謝後，離開了喜鵲出版社。

雖然沒有找到名單，但這一趟還是有所收穫。我們邊走邊打開一疊不平整又褪色的A4資料。

《喪眼人偶回憶錄》（編號27）

綜合評分……A

【評語】

平凡的題材，不平凡的料理方式。

我要特別嘉許作品中都市傳說的呈現方式，作者特地用墨水遮蔽文字，極富新意。

有些小地方的鋪陳似乎有什麼特別的含意，令人好奇不已（尤其是美晴所說的話）。不過，以「真人真事」的角度來看，這更加凸顯了這部作品的真實度。

自私的父親、一味只會忍受的母親，女主角夾在雙親之間兩面不是人。作品中對她痛苦的日常生活有深刻的描寫，鮮明呈現出現代人的家庭問題。我真心希望這部作品可以進入決賽。

這是第一頁的內容。應該是評審寫的吧？看到這個人對這部作品讚不絕口，我不禁有些高興。

接下來是第二頁──

綜合評分……E

【評語】

作者消費其他驚悚作品的態度相當不可取。墨水也不過是在賣弄小聰明罷了，讀到後面還能推敲出遮蔽部分更是致命傷。整部作品缺乏統合性，出場人物的言行、細節多有交代不清之處，以小說而言，這部作品實在不夠純熟。

故事本身就只是單純的悲劇，再加上用第一人稱敘述的方式，給人一種自怨自艾的感覺。作者的手法太過刻意，一味要將主角營造成悲劇人物，我個人對此不敢恭維。

看到這裡，我不禁氣得牙癢癢的，直到聽到自己的磨牙聲才把我喚回現實。我在心中告訴自己，現在不是因為嚴厲批評而生氣的時候，我得趕快看第三頁。

緊急　各位同仁　切勿外流

雖然之前已發過電子郵件通知，但為了確保每一位同仁都有看到，在此再發一次紙本。

直到九月二十五日為止，我們都無法聯絡上「第一屆　不為人知的恐怖故事大獎」的三位初選評審——磯山櫻子小姐、佐川啟太先生、岩下巖先生。

目前我們已收到磯山小姐和佐川先生的審評，但因岩下先生仍尚未繳交，恐發生延遲之情事。

若您有他們三位的任何消息，煩請與四樓第三編輯部的吉本（手機號碼090××××××××）聯絡。

看來這是牛郎星出版社的內部文件，撰文者應該是負責徵稿事宜的編輯。

從中可推斷出兩件事。

第一，我們幾乎可以肯定，第一頁跟第二頁各為磯山和佐川所寫的評語。不用想也知道，為什麼出版社會聯絡不上他們。而岩下應該也是《喪眼人偶回憶錄》的評審。

另一個發現則相當關鍵。

都市傳說上的「黑點」從一開始就有了。兩位評審在評語中都有提到此事，並一致認為這是作者刻意所為。

也就是說，作者一開始就有意隱瞞驅趕人偶的方法。但奇怪的是，就算真的照著稿子裡的方法連念三次「泉釋迦」，還是無法解除詛咒啊！然而，作者卻把這個「不管用的避邪咒」也用墨水遮住了。

是為了不想讓看的人有任何機會解除詛咒嗎？

若真是如此，作者寫這個故事就是出於惡意，喔不，是殺意，為了致人於死地而投稿。

我把推論和想法告訴野崎先生後，他面帶慍色地說：

「也許吧，這東西真是害人不淺。」

基本上我同意這句話，一方面卻又很想反駁他。不僅如此，我對評審在第二頁的嚴厲批評也很是不滿。

我能理解里穗的孤獨與痛苦，也明白她為何一天到晚躲在圖書館，最後又為何決心咒殺父親。這一切對我而言是如此的熟悉，雖然我倆境遇不同，但我懂她的辛苦與怨懟。

作者之所以會把事情寫成故事、寄到出版社，大概是又發生了什麼痛苦的事吧。

我茫然看向野崎先生的背影。

他突然停下腳步，頭也沒回就把一張公司內部文件拿給我看。「你看這個。」他指向下方的空白處。

我湊過去定睛一看，只見上面用淡淡的筆跡寫了「喪眼」兩個小字，下方用更小的字列出「普通恐怖」、「不要墨水」、「內容粗糙」幾個項目。這應該是編輯寫的吧？

一字一字看完後，我不禁睜大了眼睛。

幻覺　人偶　受到潛意識的影響？　實則傑作？

三位評審加上一位編輯……

這時，我用眼角餘光瞄到一個小小的身影，隨即立刻低下頭。

下午五點過後，我與野崎先生來到附近的神田站。

我精疲力盡地思考下一步，身旁的野崎先生則面如死灰地垂著頭。

我從口袋中拿出手機連上Facebook。

舟木叔叔、丸山先生、另外兩個畢業生都還沒有回覆。

我知道自己不久前才確認過，但除了不斷拿出手機確認，我已經無計可施了。

於是，我自暴自棄地在搜尋網站打上「井原昭二」四個字，按下搜尋鍵。

「野崎先生。」

我驚叫。

「怎麼了？」

「我找到井原了。」

我不可置信地點開網站，拿給野崎先生看。

東京現代美術館

當期展覽

兩千年代日本原生藝術展

井原昭二

野崎先生目瞪口呆。

所謂的「原生藝術」，原本是指未受過正規藝術教育的人的藝術創作。但事實上，這個詞其實有更狹義的意思——

身心障礙者的藝術創作。

小說裡的井原、三角中學畢業的井原昭二都符合這個特質。

我後悔莫及，野崎先生也不甘心地一拳打向自己的手掌。

我們都被偏見蒙蔽了雙眼。

下意識地認為像他這樣的人不會上網，社會身份也不會在網路上曝光。所以之前完全無意在網路上搜尋他的名字。

我急急忙忙打給東京現代美術館。

當我把手機放在耳邊，抬起頭來時——

只見黑色人偶站在鐵軌上，用那張纏滿紅線的臉看著我。

我立刻移開視線，將注意力放在撥號聲上。

晚間八點。

我和野村先生來到一棟電梯大樓，位於東村山站隔壁的久米川站附近，步行大概十五分鐘的距離。

一位有點年紀的女性——井原昭二的母親把我們帶到凌亂的客廳。

我們在矮桌旁並肩跪坐。不久，她從廚房用托盤端著兩杯茶走了出來。

美術館的人因拗不過我們的請求，把井原家的電話號碼告訴了我們。之後我們跟井原的母親聯絡上，並約在他們家見面。

「不好意思，突然前來打擾。」我又道歉了一次。

「不會！」她朗聲說。「今天剛好是我兒子不睡覺的日子，你們來得很是時候。」

「不睡覺的日子？」

野崎先生問。

「他星期日都不肯睡覺，一～直在畫畫。」

井原媽媽特別在「一」的地方拉長語氣，隨後露出和藹的笑容。雖然她表面上笑笑的，但我知道她一直在觀察我們。

這也不能怪她。如果今天兩個素未謀面的人突然來跟你打聽某人的消息，而且還說要立刻見面，即便對方報上了姓名，誰又能完全放心呢？

光是她答應見面，我們就謝天謝地了。

來到這裡，我心裡的感覺更難以言喻了。

這是我第一次跟小說裡的人物，又或者說原型見面。

「不好意思，可以讓我們見一下昭二先生嗎？」

野崎先生啜飲一口茶後問道。

「稍等一下喔。」井原媽媽說完，走到一間房前，微微拉開拉門。房裡傳出電視的聲音。

「阿昭，有客人來找你喔，我可以請他們進來嗎？」她探頭進去問。

『唔唔。』

半晌，裡頭傳來低沉的回應聲。井原媽媽不改笑容，轉過頭來對我們說了聲「請進」。

我們一同起身往房間走去。見井原媽媽徐徐推開拉門，我忍不住屏住呼吸。

走到門口，我與野崎先生不禁停下腳步。

那是一間約三坪大的房間，榻榻米上丟滿了四方型的畫紙。

上面全是同樣的蠟筆畫。

畫紙中央用黑筆描出一個半身女性——黑色的長髮，臉上有兩個黑色的圓，下面有紅色的圓，穿著藍色制服外套，雙手前伸。

來這裡的路上我瀏覽了美術館的網站，上面也登了一樣的畫。

井原昭二的畫作，怎麼看都是在畫《七夜怪談》中的貞子。

唯一的差別只有臉和衣服。若沒看過小說的人，還真不知道為什麼。

房裡有一張小小的矮桌。只見一個穿著褐色刷毛衣的男生，盤坐在打開的電視機前。

他又矮又胖，令人無法準確分出脖子與臉的界線，眼距比一般人都要寬，肥肥的手拿著一支蠟筆，目不轉睛地盯著我們。

他是井原昭二——「阿井」。

「你好，我叫藤間洋介。」

我不知道該說什麼，只好制式化地自我介紹。

「他們有事情要問你。」

井原媽媽在一旁補充道。

井原聽了，咬著唇歪了歪頭。

「不好意思，我就單刀直入地問了。」野崎先生突然蹲下來，指向井原的畫，「這是在畫誰？」

的確，這麼問應該是最快的。我在心中呢喃。

就我和野崎先生看來，這些畫並非真正的「貞子」。

而是里穗，怎麼想都是她。

「貞子。」

井原低頭玩弄手上的蠟筆。

「你記得來生里穗嗎？」野崎先生不動聲色，又問：「里穗，小里，或是類似名字的女生，你國中的同校同學。」

「小里？」

井原抬起頭。

「對！小里。」

見井原有所反應，我立刻點頭附和，不自覺地露出笑容。

「貞子。」

井原又說了一次，隨後轉向桌子。

野崎先生起身詢問井原媽媽。她想了一下後，低聲說：

「他和國小、國中同學都沒聯絡了——畢竟當時他被欺負得很慘。」

「什麼意思？」

被野崎先生這麼一問，井原媽媽面露難色回答：「現在他的身體上還留著疤痕」，並用表情請野崎先生別再追問下去。

其實不難想像，像井原這樣的孩子，很容易就成為同儕霸凌的目標，尤其容易被三島那種人視為耍弄的對象。話說回來，也許主犯就是三島她們也不一定。

「阿昭。」

井原媽媽高聲喚道。

「嗯？」

井原依然向著桌子。

「你認識里穗嗎？小里，三角中學的。」

「三交中學……」

「對。一個叫做里穗的女生……」

「貞子！」井原突然大叫，驚慌失措地瞪向我們，齜牙咧嘴說：「貞子好可怕！」

他蒼白的臉逐漸漲紅。

井原媽媽苦笑著附和他說：「是啊，貞子很可怕。」

我和野崎先生面面相覷。

來到這裡後，我們發現愈來愈多小說與現實的相符之處，小說內容也愈發趨近於現實。但也僅此而已。

「貞子！」

井原敲了一下矮桌，桌上有一張畫到一半的畫。井原沒有打草稿，只畫了上半部的描線、黑髮以及臉龐。我不禁心中一驚，原來他是照這個順序畫的啊？

「你很怕貞子嗎？」野崎先生突然問。

「很怕。」井原立刻點點頭，「所以才要畫。」

「是喔……」野崎先生撫了撫下巴。

井原隨後又看向他說：「很怕，所以才要看。」

「看？」

「看著畫。」

井原縮著身子說完，指向電視。

那是一台老舊的小電視，雖然從形狀來看並非映像管電視，但看得出有些年紀了。黑色的電視框上沾有密密麻麻的指紋。

現在播放的大概是美食節目吧？鏡頭正近距離拍攝菜餚。

畫面切換到一個穿著圍裙的女人。她一臉正經地坐在桌前，背後是五顏六色的後製背景。

我看過這個人。

她是之前我在家裡看稿時，在電視上看到的烹飪研究家。

「貞子。」

井原轉過來對我們說。

「……你說什麼？」

野崎先生茫然呢喃。

「她是貞子。」

「你、你說誰？」我也不禁問道。

「她！她是貞子！」

井原敲了一下電視，再指向榻榻米上的畫紙，口中不斷重複念道：「她！她是貞子！」

「他經常看這個節目嗎？」

野崎先生問井原媽媽。

「對。」她聳了聳肩，「每週日都準時收看。」

「他為什麼會說這位小姐是貞子呢？」

「他偶爾就會說，但只有看這個節目的時候。」

井原媽媽歪著頭，一臉拿他沒辦法的笑容。

我不可置信地走進房間，小心避開地上的畫，走到電視前。

井原愕然瞪著我。

「別怕，讓我看一下貞子。」

說完，我定睛看著螢幕。「貞子」正手腳俐落地做菜，她看上去約三十歲，皮膚白皙，一頭中分的黑髮往後紮成一束馬尾。

她的妝感自然，身材嬌小卻手腳修長，身穿淡藍色的毛衣，外面套了件天然原色亞麻的圍裙。

看到畫面右方，我不禁驚呼出聲。

「野崎先生！」

「唔唔？」

回答的是井原。半晌，野崎先生來到我的身後。

我緊緊盯著螢幕上的節目名稱。

辻村由佳里的團圓飯

「請問昭二先生是何時開始畫這種畫的？」

野崎先生向井原媽媽確認時間，我則在一旁瀏覽該節目的官網。

這個節目是前年九月開播的。

井原媽媽面露憂色說：

「印象中……是前年的秋天。」

井原目不轉睛地盯著電視。

本書約一半的地方，有一道「南瓜焗咖哩」。

這是我兒子最愛的菜色之一，第一次做給他吃就讚不絕口。

後來只要我買南瓜回來，他就會吵著要我做焗烤給他吃。

我先生也是一樣，他喜歡吃「嫩炒醃雞」。

還記得有次我做了一大堆放進冰箱裡，

隔天早上起床竟被吃得精光。

孩子天真無邪的點菜。

家人的歡呼。

以及不知不覺見底的菜盤。

為了看到家人吃得津津有味的模樣，我總是不怕失敗地一再嘗試，

在不自覺的情況下，完成一套又一套的食譜。

於是我才決定寫這本書。

裡頭沒有鮑參翅肚、山珍海味。

只有讓人想要天天做、每餐吃的菜餚。

以此獻給想要日日回味生活的你。

——節錄自《辻村由佳里的暖呼呼家常晚餐》 前言

第三章　由佳里

一

「感謝各位的大駕光臨。」

我環視現場眾人。

私底下的朋友、出版界相關人士、電視台的工作人員、我烹飪教室的學生、這棟公寓的住戶、他們的另一半和小孩。

前來採訪這場派對的雜誌記者和攝影師。

每個人的目光都集中在我身上。

然而我一點都不緊張。對我而言，在人前說話已是家常便飯。

「在此我要特別感謝各位對我的支持與鼓勵，為了聊表謝意，今天我特地為各位設置了酒席，微薄心意還請大家笑納。」

我看向又大又長的餐桌。上面鋪著原色桌巾，擺滿了我昨天就備好料、今早開始料理的菜餚。

白肉魚日式冷盤、春季蔬菜異國風沙拉、省時炸雞、德國熟食店風蘆筍醃蝦、免烤烤牛肉、燉飯風海鮮炒飯、簡易版義式水煮魚等等。

旁邊的小桌上放著許多盤子和叉子。

另外我還準備了西班牙水果酒、柳橙汁以及瓶裝礦泉水。

午後的陽光從落地窗灑進屋裡，將菜餚和酒品照得鮮豔誘人。

「我認為，烹飪的本質在於家常菜，也就是日常飲食。自當上烹飪研究家後，我這樣的想法便愈發強烈。」

我一邊選擇適當用詞，環視在場的每一個人。大家頻頻點頭，甚至有人在抄筆記。

只有小朋友一臉沒趣地看著桌上的食物。

「家常菜雖然不是功夫菜，但無一不是我們用心做出來的，希望家人享用佳餚、吃得開心。就這層意義而言，說家常菜是珍饈美味也不為過。」

我停了一拍，露出謙虛的笑容。

「不過，各位端剩菜上桌時，是不是也會有點不好意思呢？其實啊，我偶爾也會想偷懶一下，把昨天的煮南瓜稍微翻個面，假裝是今天剛煮好的菜呢。」

客廳兼飯廳內哄堂大笑，我靜靜等待笑聲告一段落。

「那麼，廢話不多說……」

見我舉起玻璃杯，賓客也跟著舉杯。

我環視一圈後說：「謝謝大家，乾杯！」

大家跟著複頌一遍後，現場響起一片掌聲。

相機的快門聲四起，小朋友和少數大人紛紛到桌邊拿盤子。

在角落待命的兩名助理——沙菜和由紀見狀，立刻跑到我身邊對我說：「您辛苦了。」

「你們也辛苦了。」我回道，「之後就沒有妳們的事了，妳們慢慢吃喔。」

「好的。」

沙菜說完便跑向餐桌，她原本就紅潤的臉頰，此時顯得更紅了。

由紀則低頭看向手上牽著的四歲男孩。

那是我兒子——悠太。

「去跟大家一起吃飯吧。」

我笑著伸手，想摸摸悠太的頭。

然而，悠太卻閃開我的手，抱住由紀穿著牛仔褲的大腿。

「那我帶他去吃囉。」由紀尷尬地笑了笑，帶著悠太走向喧鬧的人群。

看著一大一小的背影，我幸福地嘆了口氣。

悠太最近學會「害羞」了。有人在的時候，他總是避免與我接觸。這讓我感到有些孤單，不過，卻也代表他長大了。

「辻村老師！」

聽到有人叫我，我趕緊答「有」，尋找聲音的主人。

派對結束後，兩個助理忙著收拾，我則走出陽台，俯瞰夕陽下的街景。

下方的馬路離我很遠很遠，行人只有綠豆般大小。

濱離宮恩賜庭園中還有不少遊客。

高樓群被落日餘暉染得橙紅。

紅紫色的天空下是一片青紫色的大海，巨型郵輪正緩緩前行。

我今天沒有出家門半步。

等等也要在書桌前忙到深夜，寫完女性雜誌的專欄邀稿，以及校對烹飪雜誌的連載文章。雖然截稿日是後天，但我明天和後天都沒有空檔。

我從摩天景觀豪宅「汐留莊園」的五十二樓放眼望去，一邊盤算之後的行程。

隨著時間流逝，眼前的景色逐漸暗了下來。

隔天一整天都是專訪行程。

順便宣傳上個月出的新書《辻村由佳里的暖呼呼家常晚餐》。

在沙菜的安排下，媒體依序來到我家採訪。

「這次的書比之前更簡單易懂呢。」

「是的。」我回道，「簡單好做又吃不膩的家常菜是我的原點，所以我很少做艱難的料理。」

「原來如此。」

第二場採訪的女記者一臉佩服地感嘆道，她看上去是個新人。

坐在我身邊的女責任編輯也跟著低聲讚嘆，一副這是她第一次聽到的樣子。

記者繼續提問。

「看完這本書讓我想到『媽媽的味道』，該說是傳統嗎？一種精選的傳承口味。」

「沒錯。」我回答得相當理所當然，「一道菜能從媽媽、奶奶那一代流傳下來，一定有它的道理，不但方便好做，營養也非常均衡。當然，有些菜色跟現代生活有些脫節，但我們還是可以加以變化，像是減鹽、用高湯代替醬油等等，打造適合現代人的傳統菜。」

我滔滔不絕，說得天花亂墜。

「哇……」記者再次感嘆道，「這麼說，令堂從小就教您做菜囉？」

「是的。」

我臉不紅氣不喘地說。

其實我媽媽根本不會做菜，應該說，她不喜歡。

以前跟爸爸住時，媽媽還是個家庭主婦，但她端上桌的幾乎都是從超市買來的熟食。

這也是爸爸會變成那樣的原因之一。爸爸心目中的理想家庭，餐桌上是不能有外食的。

他希望下班後一打開門妻子兒女都在家，男主外，女主內，假日就是要一家人開心出遊。

這件事本身沒有問題，雖然有點傳統，但其實是件好事。問題出在爸爸的態度，他硬要將自己的觀念加諸在我們身上，不但把老婆逼煩了，小孩子也對他非常感冒。

跟媽媽兩人獨住後，也是由我負責開伙。

也因為這個原因，我常到圖書館借食譜，又或是收看烹飪節目。

其實這才是我踏入這一行的真正契機。

當然，這是個不能說的祕密。

「……是嗎？」

「咦？不好意思，我聽不太懂您的問題。」

「真是抱歉，我口條比較不好。」女記者連忙道歉，「我是要問您，您在家真的會做這些菜嗎？」

「當然會。」我點點頭，態度一如往常坦然，「應該說，這本書收錄的都是我先生跟我兒子喜歡的菜色。」

「畢竟這是一本家常菜食譜嘛。」女記者頻頻點頭。

我也看著她的眼睛頷首回應。

「哇！這本書真是太紅了！」負責第五場專訪的中年男記者說。

他幾乎是用捧的把錄音筆放在桌上，笑咪咪地問：

「像您這樣的暢銷作家，平常應該都忙得沒時間休息吧。」

「托您的福。」我笑著回答，「不過，我還是很注重和家人之間的相處，盡可能挪出時間跟他們一起吃飯。」

「這樣啊，那做家事呢？」

「當然也有好好做。」

這次我沒有說謊了。我平常真的有做家事、好好陪悠太吃飯，也盡可能親手下廚。曾有節目來拍攝我們全家人一起用餐的樣子，前幾天還重播了一次。

「您是什麼時候結婚的？」記者問。

「七年前。我到我先生辻村開的設計公司打工，因此而結緣。」

「喔，您本來是從事設計方面的工作啊？」

「不，只是玩票性質罷了。」我坦率回答，「我並非真想以設計為職。成為主婦是我一直以來的夢想與目標，所以從嫁給我先生、投入家庭的那一刻起，我就已經美夢成真了。」

我停了一拍後又開口。

「對我而言，現在這份工作其實是主婦的延伸。能夠以此為職我非常感動，但直到今日，我還是會隱約感到沒有自信，懷疑自己是否能勝任這份工作。」

「您真是了不起啊。」聽完我謙虛有禮的總結，記者瞇起眼睛說。

待七場訪問全告一段落，已是晚上七點多。

我將最後一場的記者和出版社編輯送出門。回到客廳時，由紀和悠太正在看電視。牆上的電視播映著我沒看過的外國卡通。

「您辛苦了。」由紀用關西口音跟我打完招呼後，起身準備走向廚房，「我剛才幫您把食材買回來了。」

「沒關係。」我制止了她，「我自己去看就好了，不夠再跟妳說。」

見我對她笑，由紀露出淺淺的笑容，畢恭畢敬地對我說「好的」，隨後又「啊」的輕呼一聲。

「先、先生剛才打電話回來。」

「嗯。」

「他說……今天也會晚點回家。」

由紀縮著圓潤的身體，一臉愧疚地低下頭。

由紀來這裡工作已有半年，卻還是無法放鬆。她給自己太大的責任與壓力了，所以才會如此戰戰兢兢。

「是喔，那也沒辦法。」我刻意朗聲說道，「這樣的話，我晚餐再多做一道嫩炒醃雞好了，多做一點放在冰箱裡。」

「好的。哎呀，可是家裡已經……」

「沒有材料了？」

「我馬上去買。」

由紀急急忙忙跑向玄關。

腳步聲走遠後，我對著悠太的背影叫了一聲。他沉浸在電視節目中，沒有回頭。

「悠太。」

我提高聲量又叫了一次。悠太立刻轉過頭來，用那雙遺傳自涼二的大眼睛看著我。

「你今天玩了什麼呀？」

他立刻抬頭挺胸回答：

「打電動，假面騎士的電動。」

只要沒有外人在，他就肯好好跟我聊天。

「這麼棒啊？那我去做晚餐，你在這邊等一下喔。」

聽到我這麼說，悠太連連點頭。

早上五點半醒來。

趕在萌生賴床的念頭前下床洗漱。

頭腦逐漸清醒後，我看著鏡中的自己。

黑髮，不適合濃妝的東方臉。

我以前很討厭自己這張臉，現在卻反而成了我的利器。

它讓我看起來更像主婦。

給人一種「好媽媽」的印象。勤勞顧家，三餐下廚，溫柔賢淑。

比起真正的廚藝高手，「看起來」像個好媽媽更能受到世間的禮遇，尤其對我們這個職業的人而言。

我們家根本沒有傳統，也沒有什麼傳承口味，所有食譜的設計製作都由我一手包辦。

我是說謊了沒錯，若有人說我偽造經歷，我也無話可說。但除此之外都是真的，只是因為太過完美，看來反而像是假的了。

我有家庭，有夫有子。雖然不是每天，但我們經常同桌吃飯，日子幸福而美滿。

我過著幼時無法想像的生活，也比以前更愛自己。

我喜歡現在的自己。

我喜歡辻村涼二的妻子辻村里穗，喜歡烹飪研究家辻村由佳里。

遠遠勝過來生里穗、陰沉孤獨的可憐蟲貞子。

完全清醒後，我走出盥洗室。

瞥了門口一眼，才發現我跟悠太的鞋子之間放了一雙全新的皮鞋。那是涼二的鞋子。

他是幾點回來的？我上床時已是凌晨一點，他肯定又更晚了。

我沒有打開他的臥房，而是走到廚房打開冰箱，拿出裝著嫩炒醃雞的琺瑯保鮮盒。一看，發現裡面少了三分之一。

是涼二吃掉的。

回來無論多忙多累，涼二都一定會到冰箱翻找自己喜歡吃的東西。他的眼睛尖得很，總能輕而易舉找到目標，毫無顧忌地大啖我做的菜。

正當我沉浸在自己的情緒裡時，冰箱的警告音響起，提醒我該關冰箱門了。

我把保鮮盒蓋起，悄悄關上冰箱，走到書房打開平板電腦收信

我習慣在吃早餐前先把能回的信回一回。

點開第十封信，我的手不禁僵在半空中。

辻村老師

您好。

我是Zoom Vision股份有限公司的澤渡。

上次很感謝您參與團圓飯的拍攝。

有位名叫野崎昆的作家和我們聯絡，表示他有急事要見您。

我問他是什麼事，但他卻說，只要跟您說「投稿內容」、

「今天凌晨四天的期限將至」……

您就知道了。您知道他在說什麼嗎？

他在電話裡的口氣聽起來相當緊迫。

再麻煩您了，謝謝。

PS.

因對方強調「分秒必爭」，雖然我有些半信半疑，還是跟他要了聯絡方式。聯絡方式如下，他說無論幾點您都可以直接跟他聯絡。

我另外還收到三封類似的信，都是合作過的出版社責任編輯寄來的。

這喚起了我一直試著遺忘的記憶，事實上，我也幾乎要忘光了——

喪眼人偶，以及那份寄出的稿子。

二

天亮了。不知不覺中，朝陽已從窗簾的隙縫透射進來。

我昨天一整晚都待在真琴小姐家。雖然我知道人偶要來是早晚的事，但還是無法獨自一人面對。我既無心回家，也無心休息，至今完全沒有闔眼。

真琴小姐縮成一團，睡在大床的正中央。

野崎先生則雙眼通紅地坐在真琴小姐身旁，一隻手放在她的頭上，另一隻手緊緊握著手機。

昨天深夜我們到處請人幫忙帶話給辻村由佳里，希望能和她見上一面。但至今都沒有接到任何回音，辻村由佳里本人也沒有跟我們聯絡。

然而，等待是如今唯一能做的事。

時間剛過九點，我寫了封電子郵件給戶波總編。若不是野崎先生提醒，我都忘了得跟戶波總編請假。

戶波總編

您辛苦了，我是藤間。

不好意思，今天我身體不舒服，想要跟您請假。

明天我一定會去上班的。

請假的理由當然不能說是「為了解開死亡詛咒」。至於最後一句話，其實是我由衷的願望。

十點半，戶波總編打電話給我。

『你還好嗎？』

聽到那熟悉的語調，我稍微安下心來之餘，不禁又更敬佩戶波總編了。湯水先生、岩田相繼死亡，照理來說會大受打擊的，但總編卻不動如山。

戶波總編真的很堅強，在這種情況下，居然還有餘力關心我。

「不太好，身體很不舒服。」

我沒有特意假裝病懨懨的聲音，因為我知道，自己現在的聲音已經非常低沉。

『感冒？』

戶波總編進一步追問。

「就……全身無力。」

我的腦袋已經筋疲力盡了，居然說出這種一聽就知道是謊言的答案。

『那就是憂鬱症囉。』戶波總編用再平常不過的口氣說，『憂鬱症就老實說啊，這又沒有什麼好隱瞞的。周防跟佐佐岡年輕時也得過啊，阿湯也得過。』

真令人意外，看起來無憂無慮的周防、沒什麼喜怒哀樂的佐佐岡居然都得過憂鬱症？就連湯水先生都得過！

「不，我沒有那方面的問題。」我甩掉腦海中多餘的思緒。

電話那頭傳來『啊哈哈』的苦笑聲。

『「那方面」是哪方面啦！你這傢伙，難道沒有發現自己根本沒那麼堅強嗎？不然你以為我為什麼要打電話來？』

戶波總編似乎很傻眼。

『每次碰到什麼事，你總是一肩扛下，自己承擔。之前就是這樣！你雖然一直道歉，但從頭到尾都沒有說明原因。我一直在等你給我一個交代，你卻遲遲不來。』

戶波總編劈哩啪啦地說完。

我握著手機咬著唇，面對總編的先聲奪人，我想道歉卻又說不出口。

我這才注意到周遭一片昏暗，自己站在走廊中間。我大概是不想讓野崎先生他們聽到對話內容，才下意識地離開客廳。

『你也沒跟我報告下一期的工作進度，失傳科技處理到哪了？還有電腦怪談呢？』

「兩個我都發好稿了，採訪流程也規劃好了。」

我趕緊報告現況。

『好，那都市傳說呢？』

「我、我跟野崎先生討論過後，決定寫記憶使者。」

明明才上週五的事，感覺卻像遙遠的過去。

『好沒爆點的主題喔，不過現在的都市傳說好像都不怎麼勁爆。了解了！』

戶波總編竊笑了幾聲。

還是有很勁爆的喔，我心想。

這個都市傳說又勁爆又危險，只可私藏不宜公開。

而且還即將取我性命。

「戶波總編。」

我喚道。

『嗯？』

「今天就讓我休假吧，明天再讓我好好跟您說明原因。」

『……嗯。是沒關係啦，就聽你的吧。』

「還有，之前湯水先生的事情我之所以知情不報……」我深深吸一口氣，「只是在逞強。」

『什麼意思？』戶波總編驚訝地問。

「因為我不想被人瞧不起，覺得我是個沒用的傢伙，連這麼簡單的工作都做不好。我已經搞砸夠多事了，一心只想把這次處理好……」

我一口氣將難以啟齒的話全盤托出。

「……所以才在您的面前故意逞強。」

說完，我不禁喘了口氣。

我說的句句都是肺腑之言。歸根究底就是如此罷了，然而，我卻因為這無聊的原因，給編輯部、戶波總編添了這麼大的麻煩。

我的心撲通撲通地跳著。

戶波總編沉默不語，是嚇到了嗎？還是生氣了呢？正當我在揣摩戶波總編的情緒時——

『說出來舒服多了？』

「舒服多了。」

實際說出口後，我才發現這並沒有那麼難以啟齒，也後悔自己怎麼不早點向戶波總編坦白。

『那就好，我聽了也舒服多了。』總編苦笑了兩聲，『有時坦白只是為了坦白而已，只要內容不要太誇張，說什麼都無所謂。這只是一種儀式，重點在於揮別過去，前進未來。』

「是、是啊。」

『所以我對你的坦白內容不予置評……不過，我倒是可以送你瑠美之前給我的樣本DVD，主角是還不錯的五十歲熟女……』

「不了，我沒那種嗜好。」

『啊？是喔。』

總編的語氣充滿調侃。

「不好意思，讓您擔心了。」

『不會，趕快好起來喔。』

戶波總編的聲音相當沉穩。

「掰掰。」

說完，便掛了電話。

回到客廳時，真琴小姐已經醒了。她和野崎先生兩人面對面坐在床上，一臉憂愁地看著他。

野崎先生大嘆一口氣後起身。

「藤間。」他一臉憔悴地看向我，「我們不能再這樣空等下去了。你的期限迫在眉睫，而我們……」

他突然欲言又止。發生什麼事了？

沉默了一陣後，他緩緩開口。

「我們倆剛才去陽台看過了，現在我們已經能夠清楚看到人偶。不出所料，我們都受到喪眼人偶的詛咒了。」

他沉重地說。

稿子裡的情節、里穗弟妹的下場……一下全浮現在我的腦海中。

我這才意識到自己幹了什麼好事。

「對、對不……」

「別在意。」野崎先生沉下臉來，「我不是在怪你。其實一開始聽你說這件事時，我跟真琴就已做好心理準備。」

我的眼角餘光瞄到真琴小姐輕輕點頭的模樣。

三

九點過後，涼二起床了。他剛沖完澡，正急急忙忙地整理衣冠。

我停下手邊的工作，開始準備早餐——菠菜鹹派、荷蘭豆培根即興沙拉、簡易版蛤蜊巧達湯。

「我吃飽了。」

離他坐下不過十分鐘的時間，涼二對著見底的盤子雙手合十，心滿意足地呼口氣。

「好吃嗎？」

我不加思索地問道。涼二充滿男子氣概的臉上浮現出笑容。

「很好吃，每一道都很棒……但湯特別好喝。」

「真的嗎？」我收拾碗盤，「是新作品喔。我原本還在盤算說，如果你覺得好喝，就把這道湯收錄進書裡。」

「是喔。」涼二一臉幸好的表情，苦笑道：「味道真的很棒喔。不過我不懂做，只懂吃。」

我送涼二到門口，他穿好鞋子後，突然輕聲說了一句「對了」，接著，把手伸進四方型的皮製托特包中。

「這個送妳。」

他拿出一個白色小盒子，盒上綁著酒紅色的蝴蝶結。我雙手接過盒子，驚訝得說不出話來。今天不是我的生日，也不是什麼紀念日啊。

「出書禮物。妳上個月出書了吧？」涼二難為情地搔搔頭，「還有就是……最近經常晚回家的賠罪。」

他露出靦腆的笑容，摸了摸剛剃好鬍子的臉頰。

「謝謝。」

我也笑了。

「那我走囉。」涼二說完便出門了。我不斷對著他揮手，直到門完全關上為止。

盒子裡是一只鈴蘭造型的白金珍珠胸針。

我走到陽台，俯視遠在下方的行人。

下午我得接受四場專訪，之後還得排定今年秋天出版的書裡要收錄哪些食譜。

我和悠太、沙菜、由紀、提早到場的責任編輯一起用完午餐，隨後依序接受記者採訪，不斷重複昨天的台詞。

家庭是我的原點，現在這份工作是家庭的延伸。

我的家庭非常美滿，先生和孩子都對我燒的菜讚不絕口，飲食是家庭幸福的根基，所以……

『所以我才會叫妳貞子，因為妳跟貞子一樣，都在散播詛咒。』

我頓時語塞。

我彷彿看到那間昏暗的保健室。

一個短髮少女站在裡頭，一臉不屑地瞪著我。

我不禁背後一涼，冷汗直流。

「您還好嗎？」

一位我之前沒見過的記者憂心忡忡地問道。我這才回過神來，趕緊回想剛才說到哪裡。

「……不，我沒事。所以，我才會寫這本書，和大家共享這份喜悅。」

我露出假惺惺的笑容。

都怪今早那些信，才害我想起這些多餘的回憶。

多餘，沒錯，就是多餘，我根本不需要這些東西。

我不需要來生里穗的過去，不需要當時的記憶。

當然也不需要想起喪眼人偶。

詛咒什麼的，跟我一點關係都沒有。

所以，即便那些人寫信跟我說，有個叫做野崎的人在找我，我也完全視而不見。

第三場專訪結束後，我和編輯聊了一下天。再一場就收工了，結束後去找悠太說說話好了，他現在跟由紀在房間裡玩。

櫃子上的時鐘指向四點多，對方遲到了。

四點二十分，對講機終於響起。

『芹菜俱樂部的編輯來找您。』

說話的是一樓大廳的接待人員，聽上去應該是仁科先生。雖然接起通話的是沙菜，但對方說話的聲音大到我在沙發上都聽得到。

接到我的眼神指令後，沙菜對仁科先生說：「請他們上來。」

芹菜俱樂部——第一次幫我開專欄的烹飪雜誌。雖然該專欄已經結束，但一直以來我們都保持聯絡。我認識他們的每一位編輯，也知道他們常跟哪幾位作者合作。

十分鐘後，門口的電鈴響了。沙菜走出客廳去應門，我則喝了口茶潤潤喉。

「咦？等一下！」

門口傳來沙菜的驚呼聲。緊接而來是粗重的腳步聲，疾步往這裡走來。

情況似乎不太對勁，我還沒有反應過來，身旁的責任編輯已先一步起身。

兩個素未謀面的男人走進我家客廳。

高的那個留著黑髮，身穿黑色襯衫，臉色有如死屍一般發青，難以判斷年齡。

身材嬌小的年輕人則一副未經世事的模樣，睜著小眼直視著我，彷彿要把我看穿似的。

沙菜從後方追了上來，「你們根本不是芹菜俱樂……」

「我姓野崎。」

高個男站得直挺挺的，看著我大方的說。

「我、我姓藤間。」

年輕人對我鞠躬。

「抱歉用這樣的方式闖進來。」自稱「野崎」的男人說，「但礙於事態緊急，我們只能分秒必爭。您看過電子郵件了嗎？來生里穗小姐。」

四

野崎先生動用了所有的人脈，打聽到辻村由佳里在今天下午會接受幾場訪問，而其中一個媒體是芹菜俱樂部。

因他在芹菜俱樂部有認識的編輯，便拜託那位編輯借他十五分鐘。

「開始前的十五分鐘就可以了，人命關天。」

野崎先生對著電話淡然說道。那過於冷靜的口氣，反而讓人知道事情的嚴重性，進而答應他的請求。事情出乎意料地順利。

「絕對不准先跟對方說喔。地點在哪？汐留？好。時間呢？……四點開始？」

野崎先生驚呼一聲，抬頭看向牆壁上的時鐘，指針指著三點半。

從這裡搭電車到汐留，即便轉車無縫接軌也要四十分鐘，搭計程車也差不多，甚至更久。我急忙起身。

野崎先生掛掉電話後對真琴小姐叫道：

「快點，不然就來不及了！」

「你們先去。」真琴小姐下床，站到野崎先生身邊，「讓我一個人靜一下，我等等就去。」

「為什麼？」

野崎先生愣然。

「因為我要準備，準備很多重要的事情。」

真琴小姐下定決心似地說。

「……我明白了。」

野崎先生把住址告訴真琴小姐，隨後快步走向大門。我也急急忙忙追了上去。

此時此刻，我們來到辻村由佳里的面前。

她住在一棟摩天景觀豪宅的五十二樓，客廳寬敞無比，整體裝潢以木頭色和白色為基調。

然而我的眼角餘光，卻瞄到巨大的盆栽旁有黑色和紅色。我刻意避開那個方向，將專注力全放在坐在沙發中央的女性。

站在她旁邊的中年婦女毫不避諱地瞪著我們，一臉警戒的表情。

辻村由佳里本人和電視、網路上看到的並無兩樣。

嬌小的身材、樸素的五官，中分的黑髮往後紮成一束馬尾，身穿水藍色毛衣和米色長裙。

她見到我們後相當鎮定，雖然有點緊張，卻並未失了分寸。就連剛才野崎先生叫出她的本名時，她都不動聲色。

這個人就是里穗嗎？

「我說！」一個看似助理的女生滿臉通紅地擋在野崎先生面前，高聲喊道：「請你們立刻離開，否則我要報警囉！」

然而，野崎先生連看都沒有看她一眼。

「我在問妳，妳看過電子郵件了嗎？」

他的口氣愈發不客氣。

辻村由佳里稍稍瞪大了眼睛。

「喂！」紅臉女孩幾乎是用吼的，「你這個人怎麼這麼沒禮貌？快跟老師賠不……」

「沙菜。」

那聲音彷彿在喚孩子似的，既沉穩又溫柔。

辻村由佳里悠悠起身。

「讓我跟他們單獨談一下。」

她看看紅臉女孩，再看向身旁的中年婦女。

「不行！」女孩一口拒絕，「他們如果傷害老師怎麼辦？」

「別擔心。」辻村由佳里微微一笑，「妳去房裡找由紀。」

她的口氣雖然平靜，卻有著讓人無法說不的魄力。

「是。」女孩面露懼色。

女孩和中年婦女離開房間後，辻村由佳里指著沙發說：「請坐。」

野崎先生起步走向沙發，同時問道：

「為了以防萬一，我想先跟妳確認一下，妳是來生里穗小姐沒錯吧？」

見他坐進沙發，我也跟著坐下。

「是的。」她大方承認後，慢條斯理地坐到我們對面，動作彷彿流水一般順暢，「但我現在已改姓辻村。」說完，她露出微笑。

「妳看過電子郵件了嗎？我昨天有請幾個人幫我聯絡妳。」

野崎先生前傾身子問道。

「今早看過了。」

「那份稿子是妳寫的嗎？」

「是的。」

里穗輕輕頷首。

來生里穗，貞子，熱愛恐怖作品的孤獨悲情女孩。

被雙親玩弄、傷害而痛苦不已的女孩。

曾經如此不堪的她，現在卻和丈夫兒子一起住在豪宅裡。

我想起之前在電視上看到他們一家和樂融融的畫面。

是那麼的完美，幸福到令人不可置信。

里穗她……過得很幸福，比以前幸福百倍、千倍。

我以為電視節目一定有造假的成分在，他們會揚長藏短，刻意強調美好的部分。

沒想到里穗……還有里穗的家人……我急忙壓抑住心中澎湃的感慨。

用美晴的話來說，問題就出在她身上。

就在剛剛，她承認自己就是稿子的作者。也就是說，她是害我詛咒纏身的始作俑者。

冷靜，我得冷靜。

「藤間看了妳的稿子後遭到詛咒，恐怕今晚就會喪命。」

野崎先生瞄了我一眼。

里穗不動聲色，只是默默地看著他。

「我也看了，我的死亡期限在後天。」

野崎先生一鼓作氣接著說，「那份稿子大部份都是基於事實所寫成，由此可見，妳對這個詛咒心知肚明，甚至知道稿子裡沒有寫到的資訊。我們之所以來這裡，就是要向妳請益，看看能不能找出解除詛咒的方……」

「你在說什麼啊？」里穗打斷他的話，歪著頭，一副不明所以的表情。「那部小說確實是參考事實寫成的。裡面所有的人物，包括我都是真有其人。但是……故事內容都是我創作出來的。這個世界哪來的詛咒呢。」

她話中參雜著苦笑。

「怎麼會這樣？」我脫口而出。

我看向她的身後——客廳角落的盆栽。

人偶穿著黑長袖和服，佇立在木頭地板上，脖子微傾向著我。

「我、我是……」口乾舌燥的我勉強發出聲音，「真的被詛咒了。看完稿子裡的都市傳說後，就看得到人偶了……祂現在就在盆栽的那邊……」

里穗轉向後方，看了一會又慢條斯理地轉回來，故作遺憾地說：

「我什麼都沒看到。」

一陣無力感向我襲來，我任憑身體沉進沙發之中，不知所措地看著祂。

五

如果對方提到詛咒，我只要裝傻到底，一口咬定稿子是創作即可。

幸好只有當事人才看得到喪眼人偶，他們無法提出客觀性證據。

倘若話題一直沒有交集，他們就會知難而退了吧。

這是我所採取的策略。

我若真承認了，他們一定會糾纏不休。我不知道他們是怎麼找到這裡的，但不管怎樣，我現在已經損失一場專訪了。再這樣下去只會浪費我的時間——工作的時間，和悠太、涼二相處的時間。

好不容易遠離那悲慘的過去，我不願現在的生活受到任何威脅。

我很遺憾他們兩人即將死亡，但是，這並不甘我的事。

野崎面無表情地看著我，藤間則欲言又止，垂頭喪氣。我心如止水地看著他們，冷靜到連自己都嚇了一跳。

其實，就算我沒有像這樣鐵了心腸，也是於事無補。

因為我不知道怎麼解除詛咒。

我所知道的，全都寫在那份稿子裡了。

不管我想不想、喜不喜歡，詛咒都會自行散播，奪人性命。

對此我無能為力。

龍平和真美的死，殘酷地讓我認清了這個荒謬的模式。

「我……我不想死。」

藤間喃喃自語後起身，用哀求的眼神看向我。

「為什麼我只是看了份稿子就得死，而且期限還只有四天！」

他顫抖著聲音說。

「那只是小說情節。」

我淡然說道。我能明白他的困惑與痛苦，但不能表現出來。

為了守住這個家。

藤間吸了吸鼻涕說：「妳弟弟也是被詛咒殺死的吧，還有妳妹妹。」

「你在說什麼？」我歪著頭裝傻，「我弟妹都活得好好的啊！」

這一點跟詛咒一樣，只要打死不承認，他們就奈何不了我，誰會想要追問陌生人的死活呢？他們既不會追問下去，也無法大費周章去查證。

因為他們已經沒有時間了。

還好他們是在這個時間點來找我。

「騙……騙人！」藤間用哭腔說完，含淚瞪著我，「妳為什麼不肯說、說實……」

他會揪住我的衣領嗎？還是一拳揍過來呢？

我在心中揣摩他接下來的行為，心如止水，悠哉得連自己都不敢相信。甚至覺得他要揍就揍吧，我無所謂。

我是不會屈服的，即便受傷流血，我也要保護這個家，守護我的生活。

我不需要絆腳石，更不需要會讓我回想起悲慘過去的任何刺激。

一個我沒聽過的鈴聲響起，野崎從包包裡拿出手機。

鈴聲讓藤間恢復了冷靜，他吸了吸鼻子，深深吐了一口氣。

「她在，目前僵持不下。」野崎看了我一眼。

我低頭看向自己的手掌。

掛斷電話後，野崎貿然開口道：

「現在被詛咒纏身的除了我們，還有一個人。」

我沒有說話，只是默默看著他。

在這樣的情況下，千萬不能問那人是誰，也不能說出任何以詛咒為前提的言論。

「我的未婚妻。」野崎用低沉的嗓音說，「我們預計秋天要登記結婚，我和她都很期待能夠跟彼此結為連理，無奈卻遇到這種事……」

他沒有再說下去，原本就陰沉的表情，此刻看上去更鬱悶了。

這是苦肉計，別上當了——我在心中告訴自己。

野崎再度開口。

「我們花了很久的時間才走到結婚這一步，畢竟要一個人跟你廝守終生是需要勇氣的。」

「你們有孩子嗎？」

「我們沒辦法生。」

他機械性回答，一副被問習慣了的樣子。

藤間睜大細長的雙眼，注視著野崎。

我不禁咬唇。無意戳到別人的痛處，讓我莫名感到一股罪惡感，心慌意亂。

這是他為了打動我而施展的計謀嗎？

我注視著野崎，他也不甘示弱地看著我。

「她是比嘉美晴的妹妹。」

我感到心頭一緊，下意識地用右手按住胸口。回過神來才發現自己忘了呼吸，趕緊吐了口氣。

「她馬上就要到了，妳應該願意見她吧？」

「你以為這樣就能騙到……」

「我說的都是事實。」野崎打斷我的話，

「當然，這一切都是偶然，有如奇蹟般、不幸的偶然。任誰都沒想到，出場人物的親妹妹居然會無意間看到這份稿子。而且若再不找到解咒方法，妹妹就會步上姊姊的後塵，遭到咒殺。」

他的眼神彷彿要穿透我似的。

「我不允許這樣的事情發生，她不可以死。所以，請妳據實以告，我不想把事情鬧大。」

這時，對講機響了。

『一位名叫比嘉的小姐來找您。』

接待人員仁科先生說。我請他讓對方上來，站著恭候大駕。

期間不斷想著美晴。

『妳是四班的來生同學吧？』

高挑的身材，正氣凜然的五官，充滿自信的笑容。

她跟我說過的話。

『妳把那個什麼人偶的故事告訴我。』

滿不在乎的眼神，沒什麼厚度的薄唇。

『妳也真辛苦。』

昏昏欲睡的表情，伸出腳的模樣。

『我正想找妳呢，貞子。』

「……！」

想到這裡，我不禁再度按著胸口，甚至緊緊抓起衣服，野崎和藤間一臉愕然地看著我。

這時，門鈴響了。

我搖搖晃晃地從走廊走到門口。

從客廳的動靜聽來，野崎跟藤間應該從沙發上站起來了。

我鼓起勇氣打開門。

外面站了一個身材嬌小的金髮女子。她穿著黑色的牛仔褲和刺繡外套，手上拿著伊勢丹百貨公司的紙袋。無論是那南國風情的臉龐，還是身上散發出的氣息，都跟美晴一點都不像。

我倆四目相交時，她倒抽了一口氣，瞪大著一雙銅鈴大眼，目光犀利地看著我。

半晌，她回過神來，不動聲色地說：

「我叫比嘉真琴，是美晴的妹妹。」

「……請進。」

語畢，我領她進門。

真琴靜靜地關上門，踩脫掉腳上的舊球鞋。我這才察覺自己竟盯著她的一舉一動，趕緊走向客廳。

背後傳來木頭地板吱嘎作響的微聲，以及紙袋的窸窣聲。

我下意識地轉過頭。真琴停下腳步，滿腹心思地站在走廊上，昏暗中，只見她的一雙眼睛閃閃發光。

我別過眼，頭也不回地往客廳走去。

不出我所料，野崎和藤間正站著等我們。「請坐。」我將手伸向角落的折疊椅。

「椅子就不用了。」

那聲音微弱而強勢。

她緩緩走進客廳，放下紙袋。

「妳是來生里穗小姐對吧。」

被她這麼一問，我才想到自己還沒跟她自我介紹。

「對。」我緊接著又說：「我是那份稿子的作者。」

真琴神態自若，不發一語地盯著我。

我想她一定對我沒好感。此時此刻的她內心肯定充滿憤怒，對害死她姊姊的我恨之入骨。如果今天情況對調，我一定也會恨得牙癢癢的，我非常了解她的心情。

但我現在……

「請妳救救野崎。」真琴打開天窗說亮話，隨即又說：「還有藤間。」

「詛咒的期限就要到了，迫在眉睫！」

「妳在說什麼啊？」我故技重施，「那只是小說情……」

「我不想把事情鬧大！」

她吼完，我眼角瞄到野崎一驚。

「美晴臨終之時一定也是這麼想的。」

真琴一臉沉痛地說。

我感到腹部翻騰，喉頭一陣緊繃。事到如今，我終於明白了。

我的直覺告訴我——

真琴為何而來。

美晴在保健室裡本想對我做什麼。

我懂她們的用意，也看透了她們的「邏輯」。

美晴和真琴想要直搗黃龍，消滅詛咒的源頭——

眼前的女人，是來殺掉我的。

六

里穗的臉色愈來愈難看。

她本來不是還好好地在跟真琴說話嗎？還重複了剛才跟野崎先生說過的話。

聽到真琴小姐要來後，里穗的樣子就一直不太對勁，不但緊抓著胸口，呼吸也比較急促。但現在的狀況明顯有了不同。

她似乎因為發現了什麼而相當慌張，不……應該說是驚恐。

「真琴！」野崎先生厲聲喚道，走向真琴小姐，「別著急，事情還有轉圜的餘地。妳不也說了嗎？最糟的情況就是當場驅邪。」

然而，她卻狠狠瞪了野崎先生一眼。

「那如果沒有成功呢？」她咬牙切齒，「還不是要放手一搏？驅邪失敗是常有的事，何況我們完全不知道對方的底細。」

「可是……」

「別擔心，我會跟她拚到底。」

真琴小姐淺淺一笑。

我聽得一頭霧水，看來就只有我一個人搞不清楚狀況，正當我想跟野崎先生問個清楚時——

「來生小姐，喔不，應該叫妳辻村小姐。」他轉向里穗，「狀況妳也看到了。我想妳多少也知道她想做什麼了。妳打算怎麼做？還是不肯說真話嗎？」

里穗看了看野崎先生、真琴小姐，最後看向我。我也看向她鐵青的面容。

僵持一陣後，她深深嘆了口氣。

「……我知道的就只有那些。」

她好不容易從嘴裡擠出這幾個字。

「我把知道的全寫進稿子裡了，我對那個詛咒的了解僅此而已。整篇故事都是真的，只有開頭跟結局是創作，因為我想讓它看起來更像小說。」

她說完，伸手扶住白色的牆壁。

我不知道她在心情上有何轉折，但至少她終於承認了，承認喪眼人偶的詛咒是真有其事。承認她因為把那個都市傳說告訴別人而害死了幾條人命。

「所以，我真的不知道該怎麼解除詛咒。」她靠著牆說。「我從來沒想過要害死他們，龍平、真美、美晴都是。除了爸爸以外，我從沒想過要害死誰。」

她的語氣充滿不屑，眼神散發出不尋常的光芒，掃視在場每一個人。

「我知道詛咒是透過我散播出去的，但除此之外我什麼都不清楚，況且這也不是我願意的，那份稿子也一樣。」

里穗理直氣壯地說。

「我只是想要找人我說話，聽聽我的遭遇、我的想法、我有多喜歡超自然世界！我只是單純的覺得，若那份稿子能出成書，我就一定能找到懂我的人……沒想到事情卻變成這樣。」

說完，她無力地靠在牆上，深深嘆了一口氣。她沒有流汗，也沒有哭泣，只是一臉茫然地看著我們。

「那墨水呢？」

野崎先生問。

「稿子寄到出版社時，都市傳說的地方就已被人塗上墨水，遮蔽部分內容。出版社認為這是妳特意所為。」

「不是我。」里穗先是用力搖頭，然後幽幽地說：「我沒有做過那種事。」

我靜靜聽她說完，心中平靜得不可思議。真琴小姐來前我所感到的憤怒與怨恨，此時此刻已消失無蹤。

我無能為力——

里穗要說的其實只有這樣。從她身上我們一無所獲，當然也沒找到解除詛咒的方法。

我因為看了她寫的稿子而受到詛咒。面對死亡，說不怕死是騙人的。

可是，她並不打算詛咒任何人，相反的，還想要找到懂她的人，找到志同道合的盟友。

事實上，她成功達到目的了。至少，這裡就有一個懂她的人。

我被她的故事所深深吸引，甚至在不知不覺中與她站在同一陣線。

我無法責怪里穗，也無法怨恨她。

見她如此幸福快樂，我實在不想拿過去的事情煩她。

「真的嗎？」真琴平靜問道，「妳難道就沒有恨的人嗎？像恨妳爸爸那樣。」

「沒有。」

里穗想也不想地回答。她離開牆壁，站到真琴小姐面前。

「我不恨誰也不怨誰。雖然也有辛苦之處，但我現在真的很幸福。」

她一隻手放在胸口，口氣平靜而堅決。

沉默了一陣後，真琴開口了。

「這我相信，妳是很幸福沒錯，不過，這個家就不一定了。」

「咦？」里穗愕然。

真琴抬眼瞪著她說：

「這個家簡直糟透了，外面太陽那麼大，屋裡卻這麼陰暗，空氣也混濁不清。光是待在這裡都令人感到窒息。或許妳覺得自己很幸福，但這間屋子卻是破綻百出，到處都是縫隙。」

七

真琴撥了撥金髮，眸子露出冷冽的光芒，銳利的視線彷彿要看穿我的心似的。

「縫隙……？」

「對。」她點點頭，厲色說：「縫隙會召喚不好的東西，妖魔、鬼怪、厄運、不幸……」

「妳在說什麼啊？」

我又問了一次。雖然內容充滿怪力亂神，但我知道她的意思，也知道她要表達什麼。問題是，她為什麼要在這個場合、這個時間點說這些？為什麼突然批評起這間屋子、我的家人？

「這跟我們在說的事情有什麼關……」

「當然有關係！」真琴吸了口氣，「既然知道妳是個壞人，我就不會手下留情了。」

說完，她開始向我逼近。

那一瞬間，我想起保健室裡的景象。

身材高挑的美晴穿著制服，蹣跚向我逼近。

『妳真是個不折不扣的爛人耶，貞子。』

我彷彿聽見她那充滿不悅的聲音。

「真琴！」

野崎叫了一聲後，粗魯地走向真琴。

「別過來。」

真琴的口氣冷得像冰。野崎停下腳步，安撫著她說：

「快住手，這麼做……無法解決事情。」

「可以解決！我敢保證！」真琴立刻接話，「就算不行，也有一試的價值。」

「沒有。」野崎反駁道，「就算有，也不應該由妳來做。」

「更不應該由你來做！」

真琴嗆回去。

我緩緩往後退，就怕被她們發現。

「真琴，好了。」

「不好。」

「我們還有其他辦法。」

「沒有。」

「我們可以當場驅邪。」

「驅邪也不一定有……」

「妳給我住手！」

被野崎這麼一吼，真琴身體抖了一下，不敢相信地看著野崎。我又後退了一步。

藤間則一臉驚慌地站在旁邊，一下看野崎，一下又看向真琴。

「對不起。」野崎走向真琴，摸著她的肩膀向她道歉。

真琴握住他的手。

「……再不找到解決的方法，你就要死掉了。」然後她用很微弱很微弱的聲音說：「我不要你死。」

野崎微微一笑，把手伸向真琴。

真琴用力搖了搖頭，擋住野崎先生的手說：「不可以。」然而，野崎卻默不作聲，不斷想要把手伸向外套裡面。

一想到她胸前——外套內袋裡裝了什麼，我就不禁寒毛直豎。

真琴退後了幾步。

「答應我，妳千萬不可以用那個東西，也絕對不可以拿出來。」野崎指著她說，那口氣雖溫柔卻不容反抗，「我也不要妳死。」

野崎說完突然轉向我，他抿著唇，眼神充滿了決心，一個伸手拿出真琴口袋裡的東西。

我逃不掉了！

我想叫卻發不出聲音，雙腳一軟。真琴還來不及開口制止，野崎一個箭步就要向我衝來。下個瞬間——

走廊突然傳來一陣聲響，一個稚嫩的聲音對我喊道：

「媽媽？」

悠太光著腳丫走進客廳。

由紀青著一張臉追了過來。

悠太警戒地看向僵在原地的真琴和野崎，巧妙地避開他們，來到我的面前。

「媽媽，妳還好嗎？」

我下意識地蹲下，用力把悠太抱入懷中。一掃心中五味雜陳的情緒，忍著不要哭出來。

「啊，對不起對不起。」直到由紀一邊嘟噥一邊跑向我們，我才回過神來，想起自己並未脫離被殺害的險境。

我得保護悠太！

我愣在原地，思考下一步該怎麼做。

野崎一臉絕望，無力地看著我，不，他的視線落在我的前方——

他是在看悠太。

真琴在他身後用雙手捂著臉，抖著肩膀發出嗚咽聲，抽抽嗒嗒地哭了起來。

藤間則不知所措地左顧右盼。

最後，野崎深深嘆了口氣，抬頭仰望天花板，瞥了我一眼說：

「……抱歉。」

他的聲音不帶任何感情。語畢，他轉身摸了摸真琴的頭。

緊接而來的，是一片沉默。

「發生什麼事了？」

悠太沉下臉，憂心忡忡地說。

我輕輕摸著他的臉頰，笑著對他說：

「沒事喔，什麼事都沒有。」

真琴拿起伊勢丹百貨的紙袋，邊揉眼睛邊往門口走去。

「抱歉給你們添麻煩了。」野崎對我鞠躬道歉，「妳要報警也沒關係……但是，可以的話，請妳後天再報警。」

「我不會報警的。」我不加思索地回答，「今天的事情就一筆勾銷，我今天一整天都在工作，就跟平常一樣，對吧？由紀。」

「對，沒錯。」由紀頻頻鞠躬。

「謝謝，失陪了。」

野崎面無表情地向右轉，快步向走廊走去。藤間瞄了我一眼後也跟了上去。

真琴搖搖晃晃走到門口後，轉過身來看向我。她雙眼通紅，臉頰和鼻子也紅紅的。

「對不起。」

她的聲音如流水般柔和。

我對她搖搖頭。

「沒關係。」我毅然頷首後賠罪道：「我才要跟妳道歉，沒幫上你們的忙。」

她唉了一聲，吐出一口熱騰騰的氣。

「我可以拜託妳一件事嗎？」

「什麼事？」

她露出憐憫的眼神，瞄了一眼由紀說：

「請妳對妳兒子好一點，還有妳先生……還有工作人員。」

八

關上大門後，我們無力地走在沒有窗戶的走道上，地毯映照出淒涼的螢光燈光芒。

野崎先生拖著沉重的腳步走在我的前方，真琴則在我身後無聲地哭泣。我實在不明白，為什麼事情會變成這樣？

這棟大樓的電梯口寬敞到讓人覺得是一種浪費。在等電梯時，野崎先生打了通電話說：「結束了，很抱歉拖到這麼晚。」我想，對方應該是芹菜俱樂部的編輯吧。

電梯終於來了。電梯門緩緩打開時，一個含糊不清的聲音叫住了我們。

「不好意思。」

我們不約而同地回頭。

一個體型圓潤的女人戰戰兢兢地站在那裡。她穿著深藍色的薄毛衣和卡其褲，剛才在里穗家有看到她，印象中……好像叫做由紀。

她遞出一隻手機，用關西口音說：

「我在沙發上撿到這個。」

聲音似乎被地毯和牆壁吸收掉了，明明這麼近的距離，聽起來卻這麼遙遠。

那是我的手機，大概是坐著的時候從褲子後方的口袋掉出來了吧。「不好意思。」我道歉後接過手機，只見由紀一副欲言又止的表情，縮著渾圓的身體，不斷瞄向在電梯裡按著開門鍵的真琴小姐。

真琴小姐見狀，用濃濃的鼻音問：

「怎麼了嗎？」

「請問……」由紀注視著真琴，「妳們本來就認識嗎？」

見真琴小姐皺起眉頭，由紀又問了一次：

「妳跟辻村老師本來就認識嗎？」

「不認識。」真琴小姐搖搖頭，「我只在電視上看過她。」

「如果不認識……」由紀停了半晌，小聲說：「妳怎麼知道他們感情不好？」

我們面面相覷，野崎先生臉上好不容易恢復了一些表情。

「該說是直覺嗎……怎麼說呢……」真琴呢喃，「被我說中了是嗎？」

「是。」由紀用力點點頭，又急忙否認道：「啊，也不是啦，悠太——老師的兒子很喜歡媽媽，老師跟先生也沒有感情冷淡或交惡，她也很愛自己的家人，只是……」

她遮遮掩掩，用更小的聲音說：

「老師對我們很嚴苛。」

「嚴苛？」野崎先生重複道。

由紀一臉難以啟齒的表情，戰戰兢兢地開口。

「……這半年來已經有三個人辭職了，其中一個還只做了一個月就不做了。」

不知不覺間，我們三個已將臉湊近由紀。

「悠太多少知道老師是怎麼對我們的，大概是聽到了聲音吧，所以對媽媽有些害怕。她先生似乎也因此不喜歡待在家裡。」

由紀眉頭緊蹙。

我聽了簡直不敢相信。

里穗做事總是畏畏縮縮，對同年紀的美晴說話也是畢恭畢敬。然而，眼前的人卻告訴我，她工作時非常嚴苛？

「妳要說的就這些嗎？」野崎先生冷淡地問，「應該不只這些吧，如果只是嚴苛，妳不會特地來跟我們說這些。」

由紀默不作聲，只是微微點頭。

「她對妳做了什麼？」真琴小姐問。

她已經沒有按著開門鍵，電梯門關起來了。

「就、就是……」

她搔了幾下髮際，身體像在踏步一般左右搖晃。過了一陣後，她才低下頭，對我們伸出左手。

然後用右手捲起袖子。

真琴小姐倒抽了一口氣，野崎先生則露出厭惡的表情。

我很想別開眼睛，但我做不到。

我不懂……這實在說不通，我無法將里穗和眼前的景象聯想在一起。

由紀白皙的下臂上，布滿了大大小小的瘀青。

「我很擔心。」由紀用小到不能再小的聲音說，「一想到如果發生什麼事，讓老師把矛頭轉向悠太，我就寢食不安。」

她的語氣充滿痛苦。

由紀身後有一個突兀的顏色。

人偶站在電梯口連接走道的牆邊，彷彿在聽我們說話一般向著我們。

纏滿紅線的小臉，被日光燈照得發亮。

九

我把悠太交給沙菜照顧，交代負責人員重新安排採訪時間，隨後便把自己關在書房，不准任何人進來。

在書房中只聽得到空氣清淨機的運作聲，我終於得以喘一口氣。

看樣子我成功逃過了一劫。他們離開了，而我還活著。

真琴和野崎的眼神告訴我，他們是認真的。

雖然他們非常猶豫和迷惘，但我看得出來，他們是真心想要殺了我。

如果悠太沒有即時進來，後果一定不堪設想。又或是他們再意志堅決一點、再狠心一點，也許就會在小孩面前把我殺了。

幸好我夠走運。

我深深吐了口氣，整個人靠在椅子上。

被他們逼問稿子的事時，其實我很訝異自己當下會那樣回答。我想，應該是被逼急了，我才會說出那種沒頭沒腦的話。

我真的想要找人說話嗎？我真的想要有人懂我嗎？

也許吧。在我的潛意識中，或許真的藏有這樣的想法和願望，不然怎麼會寫出那樣長篇大論的文章，而且還是手寫。

但是，我的顯意識就不是這麼想了，至少我沒有這樣的需求。

我看向牆邊的訂製白色書櫃。

一整面高及天花板的書櫃上，有我的書、同行的書、烹飪雜誌、圖鑑、營養學專書、物流專書……就是沒有恐怖書籍。

以前愛不釋手的恐怖書籍，現在已從我的生活消失無蹤。

那是當然的。

將那份稿子寄給出版社後，我就把家裡的恐怖書籍全丟了。就連那些考慮再三才忍痛買下的書，我都毫不留戀地處理掉。

像那種無聊至極的東西，我才不要留在身邊呢。

陽光在不知不覺間變成橘色，我起身拉好窗簾時，對講機響了。不久，沙菜在門外喊道：

「這次真的是芹菜俱樂部的人。」

十

藤間洋介先生

感謝您對敝人送出好友申請，敝人已經將您加為好友了。說來冒昧，在此想先跟您說明敝人對驚悚作品的堅持和想法。若您有無法認同妥協之處，我倆還是不要勉強來往為佳。

驚悚基本教義派、特攝基本教義派、電腦特效反對派、打死也不接受《七夜怪談》第二集以後的系列作品、《咒怨》勉強只接受錄影帶版一二集、即時收聽收看基本教義派、喜歡以前的東西、懷舊主義、好萊塢驚悚否定論者、日本驚悚懷疑論者（但《七夜怪談》除外）、最恨日本國內那些對恐怖作品沒有熱愛又沒有想法的跟風導演……

我將視線移開手機螢幕，打從心裡感到厭煩。離開里穗家後，我收到舟木裕次郎的訊息，想說還是看看吧，沒想到卻是這種內容。

我們搭上地下鐵都營大江戶線的列車，往方南町——野崎先生的自家兼工作室前進。根據野崎先生的說法，在他家施行「最後一手」是最合適的，在我家或真琴家都太過危險。

我沒有追問為什麼，因為從里穗家到車站的路上，野崎先生的臉比死人還像死人。

現在野崎先生坐在我的對面，兩眼無神地看著前方，坐在她旁邊的真琴則低著頭。剛才在電梯口時，真琴小姐三番兩次要求要回里穗家一趟，說她很擔心、不能袖手旁觀，惹得野崎先生厲聲說：

「我們得先解決眼前的問題。」

我茫然看著眼前並肩而坐的兩人，真琴小姐的右手緊緊握著野崎先生的左手。

目前人偶不在我的視線範圍內，也許仔細看會找到，但我沒有勇氣這麼做。

我再次看向手機螢幕，有氣無力地開始打字。

謝謝您加我為好友。

您口口聲聲說自己喜歡《七夜怪談》，但我記得這部電影剛上映時，您還調侃它是「低等驚悚片」不是嗎？這件事我是從您以前女朋友（好像叫做幸子吧）的女兒里穗那邊聽來的。

我應該沒說錯吧？看來，您是那種對以前說過的話選擇性失憶的人，有什麼新作品就不管三七二十一地謾罵，總是說以前多好，現在多爛。說您是自以為是的「死老頭」也不為過！

沒想到我也能說出這麼沒禮貌的話。雖然有點猶豫，但最後還是毅然決然按下送出鍵。光是這點事都能讓我心跳加速，我實在不喜歡這麼懦弱的自己。但不喜歡歸不喜歡，此時此刻的我心裡還是痛快的。我不禁感到神清氣爽，整個人靠在椅背上。

我們在中野坂上站下車，往丸之內線的月台前進。在排隊等往南方町的電車時，舟木回訊了。

唉呀，能收到您文情並茂的訊息令我深感光榮。看完您的信我不禁莞爾，身為有幸第一手「體驗」《七夜怪談》的世代，我對您的言論實在不敢恭維。我是不知道您為何要打聽我的消息，但無論您怎麼說，都不損《七夜怪談》是絕世名作的事實。打從在電影院鑑賞過《七夜怪談》後（看錄影帶、DVD、藍光只能說是「看電影」，不能說是「鑑賞」，這點應該不用我多說吧。※我想你們年輕人應該不知道Betamax錄影帶，在此就不多做贅述），我就為該作品的優質和完美所深深吸引。敝人當初確實說過那樣的話，敝人從小就接觸各種恐怖電影、怪奇電影、怪談電影，想也知道，那句話不過是敝人充滿愛的吐嘈罷……

「這人真是麻煩。」正當我這麼想時，手機突然傳來震動，螢幕上顯示「佐佐岡慎也」五個字。

『喂。』

他還真會挑時間，我遙想著跟工作有關的記憶，接起電話。

『戶波總編有跟你說什麼嗎？』

佐佐岡劈頭就說。他今天的說話方式比平常更快、更大聲。

「發生什麼事了嗎？」

『我、我也是一頭霧水……』

佐佐岡毫不隱瞞自己的困惑。

『我剛才回到辦公室，發現桌上堆了一大堆文件，還有一張戶波總編留下的辭職紙條，說以後不會來了，還說剩下的工作就交給我們。打電話過去也不接。』

「戶波總編？」

我不禁大喊出聲，隨後與真琴四目交接。

『然後啊——』佐佐岡嗤笑一聲說，『你桌上也放了一些東西，有工作文件，還有……』

「還有？」

『熟女的A片，跟一張寫著「你就靠這個忍忍吧」的紙條。』

聽完我不禁愣在原地。電話裡佐佐岡『喂？喂？喂？怪了？』的聲音，聽起來是那麼的遙遠。

十一

晚間六點——

芹菜俱樂部的採訪結束後，由紀一臉傷腦筋地跟我說，涼二剛才打電話回家，說今天也會晚點回來。

「好。」我用一個字簡單帶過。

「不好意思，可以拜託妳準備晚餐嗎？清淡一點的。」

聽到我這麼說，由紀的身體縮得更小了。

晚間七點，我們四個圍著桌子吃飯。沙菜照著我的食譜做了沙拉和燉菜，由紀則做了她在家裡學會的豬肉炒洋蔥。

悠太津津有味地吃著她們做的菜。

吃完晚餐後，我又到廚房開始工作，試做「簡易版蘋果奶油蛋糕」。這道甜點預計收錄在秋天的新食譜書裡。

責任編輯對這道甜點的要求是「用最最最簡單的方法做出好吃的蘋果奶油蛋糕」。我之前試做了好幾次，無奈皆以失敗收場。

我丟出份量方面的指令後，沙菜便手腳俐落地開始準備材料，由紀則拿出要用的器具。

之後我用眼神示意沙菜按下碼表。

第一步是煮蘋果。將蘋果粗略削皮，切成厚七公釐的扇形片狀。準備一鍋五十西西的水，將蘋果和兩大匙砂糖放入水中，用小火煮五分鐘，待蘋果出水後轉成中火，時而攪拌，煮到湯汁收乾為止。

第二步是做麵糊。將五十克的砂糖、兩顆蛋、二十五西西的沙拉油、奶油二十五克、牛奶兩大匙放入攪拌機攪拌。雖說用大量奶油取代沙拉油會更好吃，但這不符合這個時代對「家常菜」的要求。幫大家省錢是辻村由佳里的義務。

將煮好的蘋果放入麵糊簡單攪拌。加入過篩後的一百克低筋麵粉、一小匙發粉拌勻，倒進模型中。準備把模型放入烤箱時，我不禁停下動作。

「預熱呢？」

我瞪著沙菜和由紀，她們兩人張著嘴面面相覷。

「妳們在搞什麼？」

我努力保持冷靜，由紀低著頭，全身顫抖不已。

「真、真的非常對不起！」

沙菜不停向我鞠躬道歉。我沒有回話，只是默默看著她。

我好聲好氣地教導她們一番。試做了幾次後，終於做出了成果。照這個步驟就沒有問題了，省時又好吃。

我將收拾工作交給她們兩人。正當我走向走廊、打算去上洗手間時，不遠處傳來關門的聲音。是悠太。他剛才應該是跑出來偷看我們工作。

他一定是想我了。雖然在人前他總是因為害羞而閃避我，但媽媽不在身邊，他還是會不安吧。所以那時候他才會來客廳找我。

肯定是這樣沒錯。悠太很黏我，也很愛我。

幸好我活了下來。

滿腔的母愛和獲救的安心感令我胸口發疼。我打開悠太的房門——

悠太愕然回頭。他待在房間中央，眼眶濕濕的，臉上盡是不安。

「對不起喔，放你一個人。」

我跑過去將他抱進懷裡，比傍晚的那一抱更用力、更有愛。

「媽媽。」

悠太的聲音小到幾乎要聽不見，他伸出纖細的短手環住我的身體。

我不斷叫他的名字、摸他的頭。

感受著悠太的體溫、氣息。

我覺得自己真的好幸福，家庭和樂，事業又成功。

從婚後到現在我一直都很幸福，之後也會一直幸福下去，用不著真琴置喙。

我讓沙菜她們下班回家、送悠太上床睡覺，然後開始寫書。整理好剛才試做的食譜後，我伸個大大的懶腰，搥搥肩膀。

時鐘指向晚間十點多。

我的腦中浮現野崎等人的身影。

藤間說他今天深夜就會沒命。我想，面對即將來臨的死亡，現在他應該是心驚膽跳、看著人偶不斷發抖吧。然後到了後天，另外兩人也會步上他的後塵。

我試著想像了一下他們三人死亡的情景，卻沒什麼真實感。

明明看到龍平和真美的屍體、發現詛咒的力量時，我是那樣的害怕。

明明當時的恐懼與懊悔，現在依然深深烙印在我的心中。

是因為長大了的關係嗎？還是因為時間沖淡了一切呢？

不是——我在心中否定道。

是因為我拋棄、扼殺了過去的一切。爸爸、媽媽、那個令人窒息的家、恐怖書籍、來生里穗。

詛咒、人偶什麼的，跟現在的我一點關係都沒有。

我是辻村涼二的妻子，辻村悠太的母親。

現在的我，是辻村由佳里。

這時，門外的客廳傳來電鈴的響聲。

這麼晚了會是誰啊？還是一樓接待中心有事找我？

我站起來，躡手躡腳地走出書房。

『GIGA出版社的戶波來找您。』

仁科先生說，聲音裡微微透露出警戒。

我沒聽過這個名字，也沒聽過這家出版社。

「他找我什麼事？」

仁科先生沒有回答，正當我要叫他時——

『對方說，要跟您談稿子還有……由佳里的事情。』

仁科先生難掩困惑。

這次，換我沉默了。

還有其他人看了稿子是嗎？奇怪的是，這個人怎麼會跟野崎等人差不多時間看到稿子，又在同一天找到我家呢？

想不透……但對方刻意報上了「由佳里」這個名字，肯定是意有所指。這個人是在告訴我，他是為了詛咒的事而來。

由佳里——我對這個女孩幾乎可說是一無所知。

既不知道她姓什麼，也不知道她讀哪所學校。我對她的了解，就只有稿子裡寫的那些。她令我十分在意。其他的事情我都可以捨棄、都可以忘記。就只有跟她有關的回憶、她的名字深深烙印在我的腦海中。

烹飪研究家用本名也不會有什麼問題，但我卻以「由佳里」作為藝名。

啞然一陣後，我好不容易開口說：

「請他上來。」

仁科先生以出奇的速度恢復冷靜，回答道：『遵命。』

我等了好久門鈴都沒響。這麼晚了，應該沒什麼人搭電梯才對啊。

正當我準備到廚房泡茶時，門口的電鈴終於響了。

我快步穿過走廊，打開大門。

外面站著一個頭髮斑白、皮膚黝黑的……

中年女性。

「抱歉這麼晚來打擾您，敝姓戶波。」

她說完，露出一抹淡淡的笑容。

十二

「先別管戶波總編的事了，雖然很令人在意……」

野崎先生盤腿坐在我對面，露出奇妙的表情。

「如今當務之急，是處理藤間的詛咒。」

晚間十點，我人在野崎先生的家裡。他家位於公寓一樓，從方南町出站後，沿著環狀七號線步行五分鐘即可到達。

在真琴小姐的指令下，我們三人一起吸地、擦地，把老舊的榻榻米打掃得乾乾淨淨。結束後，我和野崎先生不發一語地坐在榻榻米上，中間放著那份稿子。

人偶已來到房間角落。

站在牆邊的榻榻米上，彷彿原本就放在那裡似的。

來這裡的途中，無論是站在車站月台上、走在馬路上，又或是彎過轉角，我都能感受到祂離我愈來愈近。

打掃時祂還在窗外，站在小院子正中央的雜草堆中。

現在卻已離我不到兩公尺。

「你那只人偶在哪裡？」真琴小姐問。

我們三人之中只有她站著，手插在刺繡外套的口袋裡。

「那裡。」我指向房間角落。

真琴小姐看了一陣後說：「你的在那邊啊……」

「我的從這裡看不到，來的路上倒是看到了，在很遠的地方。」

「我的也是。」野崎先生點頭道。

真琴小姐也點頭回應他。

「我能感應到鬼怪，那東西因受到詛咒的召喚，已經來到藤間的身邊。可是……」她從口袋拿出一個小玻璃瓶，「方向卻有點奇怪。」

說完這些令人摸不著頭緒的話，真琴小姐打開玻璃瓶的蓋子，用手指擋住一半蓋口，大動作地將裡頭的透明液體往外灑。

透明液體呈飛沫狀濺灑在榻榻米上，有些還噴到了我的臉上。我反射性地往後退，一股帶著刺激性的獨特香氣向我的鼻子襲來。

「這是酒。」真琴小姐邊灑邊說，「如果你不喜歡酒味，我先跟你道歉。但以現在的狀況來說，用酒驅邪是最有效的。」

說完，她開始沿著房間灑酒。

酒——日本酒嗆鼻的甘甜逐漸在房裡蔓延開來。我不會不喜歡，反而覺得很香。我平常覺得日本酒太烈，頂多喝一杯就不行了，但真琴灑的應該是高級貨。

「這是伊勢丹百貨裡面最貴的日本酒。」真琴小姐咳了兩聲，「這種比神社賣的有效。對付比較弱的只要一杯就夠了，但這次一杯應該不夠。」

酒瓶見底後，真琴又甩了幾次，才收進口袋中。

「人偶有什麼變化嗎？」她問。

我看向角落方向。

人偶跟剛才一模一樣，用那張纏著紅線的臉向著我。

「……沒有。」

我只能發出呢喃的聲音。真琴說了一句「果然沒用」，瞪著角落一陣後，向野崎先生點點頭。

「藤間，很遺憾。」野崎先生看著我說，「我就老實跟你說吧，我們拿這個詛咒完全沒轍。雖然之前我就有一點這種感覺，但目前看來，人偶跟詛咒的源頭真的是各自為政，抱歉。」

他的語氣充滿了不甘心。真琴趺坐在榻榻米上，不斷搔著頭髮。

「沒關係。」我回答。

追究里穗的責任是沒有意義的。就算有，我也不想那麼做。

我希望里穗可以繼續過現在的生活，別再跟人偶扯上關係了。

我用眼角餘光瞄到黑色的身影。更近了，人偶又更靠近了。

明明沒吃東西，此時此刻胃袋卻是如此沉重。

野崎先生嘆了口氣說：

「不過，既然這個詛咒召喚了鬼怪，我們也許可以從鬼怪身上下手，試著做法鎮壓驅邪。喔不，應該說，這是我們唯一的辦法了。」

野崎先生面如死灰，只有一雙眼睛炯炯發亮。

我沒有回答，只是輕輕點頭。

詛咒、驅邪、鬼怪、做法、鎮壓……這些詞聽起來好虛幻。

如果這一切全都是假的、只是一場玩笑，那該有多好。

「嚴格來說……」野崎先生再度開口，「只有一個辦法有可能解開詛咒，但就現在的狀況而言，基本上是無法施行的。」

「什、什麼辦法？」

我急忙問道。

「火燒或撕毀，把稿子破壞到完全無法閱讀的程度。」

野崎先生皺著眉頭說。

十三

「妳家真是漂亮，寬敞又安靜，裝潢擺設也很有品味。」

自稱戶波的女性坐在客廳的沙發上，翹著腳說。我還沒有開口，她就擅自坐下了。

我端了一杯茶放在桌上，站著問：

「請問妳找我有什麼事嗎？」

她沒有回答，只是從包包裡拿出一個白色塑膠袋，從裡面拿出一疊稿紙，上面寫滿了字，還有不少被火燒出來的洞。

「這份稿子是妳寫的吧？來生里穗小姐。」

戶波笑著問完，小心翼翼地將稿紙放在桌上。我一時無言以對，半晌才反問道：

「妳怎麼會有這個？」

「我在偶然的機緣下拿到的。」戶波把塑膠袋折好，「我們公司的年輕人給我的。我在警察局跟他不期而遇，他硬塞給我的。一開始我還搞不清楚是怎麼一回事。」

她做出一個逗趣的表情，聳了聳肩，然後滿不在乎地說：

「然後……那個年輕人就死掉了。」

雖然搞不清楚前因後果，但我聽得懂她的意思。

她口中的「年輕人」，看完稿子被詛咒了。

戶波抬眼斜視著我。

「我在好奇心的驅使下循線調查，就找到妳這裡了。」

她不改笑容。

我立刻明白了她的言下之意。

「也就是說……妳看過這份稿子了？」

「當然，我拿到稿子的隔天，馬上就在公司看了。」

戶波撥了一下長髮。

「差不多就是這個時間。」

我不禁往她身邊掃視了一番，不過想當然耳，什麼都看不到。

「喪眼小人偶在這裡啦。」

戶波用調侃的眼神看著我，指向沙發旁邊。

雖然我早料想到她已受到詛咒，但沒想到時間這麼急迫。

「妳是想來找我解開詛咒是嗎？」我看著她空無一物的身邊，隨即又說：「很遺憾，我無能為……」

「不是！」

那聲音是如此尖銳，我不禁閉上嘴巴。戶波目光炯炯地看著我說：

「我是來向妳問個清楚的，因為稿子裡有很多令我匪夷所思的地方。」

十四

「你……你為什麼不早說？」

我脫口而出。

既然有這種辦法，為什麼不早點試試看，非要拖到火燒屁股了才說出來？

「你是跟里穗實際見過面後才發現這個方法的嗎？」

「不是。」野崎先生馬上回答，「我很早就注意到了，只是一直沒有執行。」

「為、為什麼？」

「因為不會成功。」

他拿起稿子的第一頁。

「原稿——湯水先生家裡的原稿上有燒過的痕跡。藤間，我記得你說，進到湯水先生家時聞到一股燒焦的臭味。由此可以推斷，有人曾經在那間屋子裡燒過稿子。」

野崎先生指向燒焦的黑色痕跡，我點點頭，催促他趕快說下去。

「那麼，燒稿子的人是誰呢？就常理判斷，就只有湯水先生。我想，他一定是想到了我剛才說的那個方法並付諸實行。」他停了一拍，眼神直直瞅著我，「結果你也看到了。」

我想起湯水先生的屍體，現在回想起來，那是一切的開端。

真的嗎？這個方法真的不管用嗎？想到這裡，我腦中浮現出一個疑問。

「可是……他沒有把稿子全燒掉耶，會不會是因為這樣才不……」

「問題就在這裡。」野崎先生打斷我的話，「湯水先生沒有把稿子燒盡，燒到一半火就熄了，你覺得這是為什麼？」

見我沉默不語，他又接著說：

「火被人滅掉了，而且是才點火就馬上被滅掉了。能做到這個地步的應該不是人類，而是鬼怪。」

真琴小姐也輕輕點頭。

「什麼鬼怪呢？被詛咒召喚而來的鬼怪，說得明一點，就是喪眼人偶的本尊。照理來說，應該是那東西把火滅掉的。也就是說……」

野崎的口氣平靜而淡然。

「如果強行破壞原稿，可能會讓詛咒提早發酵。立刻遭到人偶咒殺，所以湯水先生才落得那樣的下場。這也是至今我不敢輕易嘗試的原因。」

十五

「這是妳的第一部作品嗎？」

戶波拿起原稿，焦黑的碎片紛紛掉落桌面。

「對。」我回答。

「是憑記憶寫的嗎？還是依據採訪內容寫成的？」

「全憑記憶寫的。我把還記得的一口氣全寫了進去，有什麼寫什麼，幾乎沒有猶豫的部分。」

戶波聽我說完，「哈哈」笑了兩聲。

「也就是說，這份稿子是妳充滿熱情的恩賜囉？」她臉上的笑容很明顯是在諷刺我，「妳對自己的記憶力就這麼有自信啊？」

聽到這裡，我再也藏不住心中的怒氣，瞪了她一眼說：

「不好意思，妳問這些問題是何居心？」

她不為所動，笑咪咪地再度把原稿放在桌上。

「無論是小說還是其他文體，文章真的是很神奇的東西。」

說完，她放下翹起的腳，慢條斯理地站了起來，開始在屋裡踱步。

「寫的人會在不知不覺中投入許多情感在其中呢。」

她沒有看我，自顧自地繞著客廳走。

「像是連作者本人都沒注意到的嗜好、情緒，又或是對自己不利的內容。旁觀者清，當局者迷。別人一看就知道的東西，自己卻來來回回檢查好幾遍都沒看出來。所以才需要仔細校稿和推敲，校對不只是為了抓錯漏字或核對事實。不過，現在出版業不景氣，人手不足，要做好這點並不簡單。」

她看著地板，喜孜孜地呵笑兩聲。

我露出假惺惺的笑容問道：

「妳到底在說什……」

「這部小說根本就是劣作。」戶波斬釘截鐵地說，「看來妳雖然有烹飪之才，卻沒有寫小說的才能。我沒什麼編輯文學作品的經驗，但還是看得出這部作品有多拙劣。會說妳寫得好的，大概只有濫好人吧。」

一股怒氣沖上我的腦門，我知道自己笑僵了，但還是故作姿態地嘆了一口氣說：

「恕我冒昧，請問您是何方神聖？從您說話的方式看來，您應該是一流出版社的資深人員吧？」

我的口氣盡是嫌惡。

戶波撇嘴笑了。

「我是GIGA出版社的戶波，超自然雜誌的總編，從外星人、靈異、陰謀論、超常現象、怪談到都市傳說，任何怪力亂神雜七雜八的東西我都來者不拒。」

十六

我們三個圍著稿子影本坐在榻榻米上。

旁邊放了一台黑色的長型機器，上方的中央有一道切口。

那是一台電動碎紙機，我們打算用它碎掉稿子。

「還好我在特價時買了這個。」野崎先生說。

我沒有回答，真琴小姐也無言以對。

「我準備好了。」

真琴小姐盤腿正坐，先是用雙手拂了兩下大腿，然後用左手摸著右手無名指上的大戒指。

那枚戒指的裝飾非常誇張，應該不是婚戒吧？是的話未免也太大、太粗了。

大概是注意到我的視線，真琴小姐抬起頭呢喃道：

「除魔。」

「希望可以一切順利。」野崎先生看著我說，「但成功的機率很低，情況甚至可能變得更糟。」

「沒關係……就拜託你們了！」我回望著他，「除此之外已經無計可施了，我不想要坐以待斃，那太痛苦了。」

說完，我往人偶的方向看去。

雖然我已經做好心理準備，但那東西已經離開角落，比剛才更靠近我了。真琴小姐坐在窗邊，而祂就站在真琴小姐身旁。

真琴一臉嫌惡地看向旁邊。

「祂在我這裡是嗎？」

「……是，對不起。」

「怪了。」真琴小姐張望四周，「我知道那東西正往你那去，但應該不是從這邊啊。」

她傷腦筋地歪著頭。

「沒關係，事情究竟如何等等就知道了。」

野崎先生語調平靜，表情卻相當僵硬，看得出來他很緊張。

真琴小姐輕輕點頭後閉上雙眼，摸著戒指小聲念咒。

「藤間。」

「是。」

「記得，無論發生什麼事，你都要以保命為優先。」

說完，他按下碎紙機的開關。

隨著碎紙機發出吵雜的運轉聲，空氣和榻榻米傳來微微震動。

野崎先生把幾張稿子縱向放進碎紙口。

唧唧唧唧唧唧唧唧噫噫噫噫！

房裡傳出轟然奇響的同時，我的眼前變得一片鮮紅。

我尖叫了一聲，反射性地往後退。

人偶站在我的面前，不，正確來說，是整個黏在我的臉上。

唧唧噫唧唧唧噫噫噫噫！

那叫聲是從人偶的臉部——紅線後方發出來的。紅線鬆開了，我隱約看到裡面的黑色物體。

碎紙機毫不留情地吞噬稿子。

一旁的野崎先生樣子也不太對勁，他不斷在眼前揮舞手臂。

突然間，真琴小姐一躍而起。她臉色鐵青地低下頭，看著我們說：

「……來了。」

十七

我的胸口一陣燥熱，燙得彷彿要燒焦了。

「換妳回答我了，妳為什麼要寫這種東西？」她滿臉的不耐煩，隨後露出惡作劇的笑容說：「妳該不會……是想致人於死地才投稿的吧。」

「沒錯。」我說，「我之所以投稿，就是想要他們統統去死。」

「他們是指誰？妳想要詛咒誰？」

戶波歪著頭問。

忍著滿腔恨意，我緩緩地開口：

「像妳這種人。」

「是喔……」戶波的聲音高得出奇。她雙手抱胸，又開始在屋裡踱步。

「妳以前不是很喜歡恐怖故事嗎？為什麼要做這種事？」她刻意做出不解的表情，眼神直直瞅著我，「看完那部小說，我還以為妳感謝我們都來不及了，怎麼會恨我們呢？」

「……也是，妳懂什麼。」

我說。

像戶波這種人，怎麼可能明白我的心情。

像她這種賣弄小知識欺騙大眾、傲慢無禮、自以為與眾不同的人……

怎麼可能明白像我這種被唾棄的邊緣人的心情呢？

同儕的霸凌排擠、因為單親而被人指指點點，這種痛苦，她怎麼會曉得？

當發現我所熱愛的超自然世界總是偷工減料，被自大狂妄的言論所污染時的空虛感。

書上談論的永遠都是那幾個主題，登的永遠都是那幾張照片。那些自詡為「評論家」的人，一天到晚以貶低名作為樂。

小說家了無新意，打著「模仿」和「致敬」的名義胡作非為。

以為自己買了本電影大解析，回來才發現裡面都是一些假「熱愛驚悚」之名，行「自我膨脹」之實文章那時的失望。

滿懷期待買的新書，內容居然和舊書內容一模一樣，隻字未改，那時我有多絕望。

我知道自己很幼稚。在這方面我有嚴重的潔癖，有如小孩一般任性。其實我可以選擇一笑置之，我也知道不能一竿子打翻一條船。

但我還是做不到。即使自己早已過了二十歲，開始工作，成為一個正經體面的大人，那一直以來遭到背叛與欺騙的痛苦，卻無法簡單地一筆勾銷。

我真的好想殺了這些無趣的人，毀滅這個無趣的世界。

然後，我想起自己其實有這個能耐。

於是，我才寫了這份稿子，寄到出版社。

之所以塗上墨水，是因為我不想讓他們有任何解咒的機會。

「妳不肯說是嗎？」

戶波的聲音把我拉回現實。她垂著雙腿坐在餐桌上。

我沉默不語。

「妳這個人真是不講理呀，一想到要被妳這種人咒殺，就讓我無法忍受。」

戶波跳下桌子。

「算了……既然如此，我們來聊聊可憐蟲里穗好了。」

她樂不可支地說。

十八

榻榻米發出不協調的聲響。

突然間，人偶從我眼前消失了。

——還來不及鬆一口氣，榻榻米上突然被染成血紅色。我的腳邊、整個房間地上，瞬間成為一片紅海。

大量紅線不斷從榻榻米下竄出，彷彿細長的蚯蚓一般在地上扭動。

是線！是紅線！

我下意識地抬起屁股。

一堆紅線就這麼無聲無息地向前延伸，幾十條紅線同時攀上碎紙機，鑽入碎紙口、機器的各處縫隙中。

「碰」的一聲巨響，碎紙機冒出白煙。運作聲逐漸減慢，最後停了下來。

紅線離開碎紙機，彷彿各有各的生命一般，低鳴、如波浪般前進後退，在房裡游移。無數的線頭不斷扭動……

彷彿在避開我們似的。

真琴小姐閉著眼睛，蹲在地上念咒。

這就是……真琴小姐的力量嗎？她的力量保護了我們。

「不出我所料。」野崎先生半蹲著看向我，「岩田的爸媽應該沒有受到詛咒，卻陳屍在一樓，岩田則是二樓。」

他停了半晌。

「這東西……喪眼人偶本尊是由下往上而來，從地底深處。」

我想起岩田家裡的情景，想像岩田被無數紅線纏身的樣子。

這麼說來……岩田的爸媽是遭到池魚之殃囉？

他們之所以喪命，只是因為他們在比較下面的樓層。

紅線不斷在屋裡遊走，爬上牆壁、蓋住地板，有幾條更爬上了電燈、纏住桌子。

「所以你們才帶我來這裡。」我這才恍然大悟，「因為真琴小姐的家位於四樓。」

「對。」野崎先生說，「否則會傷及很多無辜。」

聽著聽著，我不禁感到一陣頭暈目眩。

無論是看到的人還是聽到的人，都會受到詛咒。

然後在四天後被潛藏在地底的東西鎖定、殺害。

不知什麼時候，人偶已來到房間中央。

周圍有無數紅線扭動。

這些……這些線，就是喪眼人偶的本尊嗎？

「……祢來做什麼？」真琴說。

因紅線跟人偶擋到我的視線，我只看得見她的衣服和金髮。

「退下。」

有一瞬間，我透過縫隙看到真琴正閉上眼睛念咒。

「退下！」

真琴大吼完後的下一秒——

喔呵呵呵呵呵。

刺耳的笑聲在房間裡迴盪。

紅線停止扭動，下一瞬間，竟一口氣向我們襲來。

十九

「里穗是個寂寞的孩子，她沒有朋友，總是被欺負。」

戶波邊走邊說。

「對。」

我回答。雖然我不知道話題會如何發展，但心中的負面情緒已減少了許多。

「老師靠不住，爸爸是個人渣，媽媽是個……該怎麼說呢，愚笨無知。」

「……對。」

「媽媽的男朋友也是個蠢貨，用現在的話來說就是『自以為是的死老頭』。」

「沒錯。」

見我點頭，戶波嗤笑出聲。

「在學校唯一長時間有交集的朋友就只有井原，他是智能障礙對吧？」

「對，唐氏症。」

「你們常常玩在一起。」

「也不是每天，但我偶爾會去特教班找他玩。」

「是喔……」戶波歪著頭低聲說：「原來妳是這麼理解的啊？」

客廳裡只有空氣清淨機的低鳴聲。

「……妳是什麼意思？」我直接了當地問。

我聽不懂她的意思，也不懂她的心態。

戶波收起笑容。

「妳還記得嗎？妳在稿子上寫了井原哭喪著臉和突然大叫的事。」

「記得。」

我據實回答。井原偶爾就會那樣，玩到一半突然大叫。

「那樣的孩子本來就無法控制情緒和行為……」

「並非如此。」戶波打斷我，「我是不知道妳怎麼想啦，但深入讀過稿子後，就會發現根本不是這麼一回事。每次妳寫到井原做出這些行為時，都沒有交代前因後果，每次都用『玩』這個字簡略帶過。」

我不禁苦笑了一陣說：

「那只是單純的省略罷了，如果什麼都要交代清楚，不就沒完沒了？」

「是喔？省略？」戶波不甚開心地重複我的話。

「那這個妳又要怎麼解釋——每次里穗都是單獨跟井原玩，老師一來里穗就會立即離開。如果一開始老師就在場，里穗就會打完招呼就走人。」她再度繞著客廳走來走去。

「這又是為什麼？」

「……沒有為什麼。」我回答。

不知不覺中，我的心跳聲已大到自己都聽得見。

「我只是把還記得的事情寫出來罷了。」

「喔。」戶波故作佩服貌地說：「後來，井原變得很怕里穗。」

「那是因為電影！」我因為急著解釋，聲音不自覺地高八度，「大家都說我很像貞子，所以井原才會……」

「是喔，一切都是恐怖電影的錯。」

她嘲諷似地說，沉默一陣又開口：

「那美晴說的話妳又要怎麼解釋？」

聽到美晴兩個字，我的潛意識、記憶受到刺激，心臟猛然跳了一大下。

「美晴……？」

我茫然重複道。

「對。」戶波不知不覺間已是一臉正經，「她在保健室時曾問妳：『像跟井原那樣嗎？』還罵妳是個『不折不扣的爛人』，這又是怎麼回事？」

「……我不知道。」我回想、思考了一番後回答。

我是真的想不透，卻又為此而焦躁不安，心煩意亂。怪了……好像有什麼地方不太對勁。

「那錢仙呢？」戶波追問，隨後又補充道：「正確來說，是三島問的問題。」

「那、那些全部……」我不知道怎麼了，口乾舌燥，手心也因為出汗而濕透了。

「都是她們亂說的，她們是在欺負我。」

「妳怎麼了？從剛才就不太對勁。」戶波瞪大眼睛問。

我一時語塞，想要回答，卻又因為口乾舌燥而發不出聲音。

她抬頭望著天花板。

「里穗她……面對三島她們的言語霸凌，本來是打算默默忍受的。所以聽到她們說她援交、媽媽怎樣又怎樣，里穗都充耳不聞，努力保持冷靜。然而，里穗中途卻突然忍無可忍，明知道可能會引來更大的麻煩，卻還是把手從十元硬幣上拿開了。錢仙的規則應該大家都知道吧？」

戶波看向我，撇嘴說：

「三島一定是看到了。她看到里穗在特教班裡對井原做出的行為，所以才會說出某句話。而里穗發現東窗事發，才會做出那麼激烈的反應。妳應該還記得吧——ＳＭ。那不只是單純開黃腔而已，而是在說妳常常欺負井原。」

「不要再說了！」

我失聲大吼，隨後急忙用手摀住嘴巴。如果把悠太吵醒怎麼辦？這樣他就會知道媽媽在國中時欺負智能障礙的同學……

沒有！沒有沒有沒有！我沒有欺負井原！我沒有對他使用暴力！胡說八道！全都是胡說八道！

我沒有打他的背！也沒有用球丟他的胸口！

我沒有折他的手指！沒有捏住他的鼻子害他不能呼吸！更沒有在他耳邊大叫！也沒有捏他大腿、拉他、抓他、揍他……

「我沒有做過這些過分的事。」

「哪些過分的事？」

戶波咄咄逼人。此時此刻，我只能不斷地搖頭，回過神來，才發現自己像老太婆一樣彎腰駝背，捂著嘴巴。

「對了，還有一件事。」她撥了撥頭髮，「稿子裡面有一段寫說，你放學後把井原帶到廁所……」

「我、我沒有！那是因為他突然想上廁所……」

「根本就沒有這一段。」

她冷淡地說。我抬起頭，不敢置信地看著她。

戶波的目光冷得像冰，從上而下看著我。

「妳到底幹了什麼好事……？」

她的聲音是如此空虛。

我上當了！我居然被這麼老套的手法給騙了！

我再也支撐不住，當場跪倒在地。

原來我的記憶如此不可靠……那些原本早已遺忘的往事，接二連三地浮上心頭。

「為什麼？妳、妳要這樣對……」

一個黑影突然來到我的眼前。戶波蹲了下來，將臉湊近我小小聲說：

「這個道理很簡單。人家不是常說，霸凌者很快就會忘記自己欺負別人的事，但被霸凌者卻永遠忘不掉。妳的小說就是典型的例子，也就是說，妳在不知不覺中把祕密都寫進去了，白痴。」

說完，她瞪了我一眼。

我沒有回嘴，也沒有看向她，只是俯首看著木頭地板。

「不過，妳有想起來就好。」

她的聲音突然變得好溫柔，我不禁抬起頭。她一臉沉穩地說：

「這樣我就能跟妳問清楚了……」

戶波的嘴角揚起，眼神中卻沒有一絲笑意。

她一把抓住我的頭髮，把我拉到她的臉前。

然後用異常低沉的聲音呢喃道：

「妳還記得美晴說的話吧？她之所以會提到井原，是因為妳說妳跟由佳里兩個人一起玩。」

見我啞口無言，她靜靜地開口——

「好久不見啊，小里。告訴我，妳對我女兒做了什麼？」

二十

紅線纏住我的手腕，用力一拉將我摔到地上。我想站起來，才發現雙腿也被纏住了。身體就這麼浮了起來，再從天花板重重落地。

「……！」

我痛到發不出聲音，口鼻附近灼熱無比。睜眼一看，榻榻米上沾著有別於紅線的暗紅色。是我的血！鼻梁大概斷了，呼吸才會這麼困難。

「咚」的一聲，房子震了一大下。抬起臉一看，野崎先生倒臥在我的身旁。

身體稍微可以動了──發現這件事後，我立刻抱著野崎先生滾向角落。

紅線捲成漩渦，縫隙間露出一個老虎刺繡。

是真琴小姐。

所有紅線不斷往天花板延伸。

──正當我這麼想時，紅線又無聲無息地降了下來，垂直縮進榻榻米中。

紅線縮回去後，我終於看見真琴的背影了。

房裡有如遭到暴風雨肆虐過後一般殘破不堪，書架倒了、桌子斷成兩半，書桌上的電腦冒著白煙。

野崎先生呻吟著。我一放開他，他便痛苦地喘息著呼喚「真琴」。

真琴小姐緩緩起身。

她的雙眼不斷流出鮮血，把兩頰染成了鮮紅色。

「在哪……？」

她有氣無力地說完，整個人搖搖欲墜。

野崎先生一躍而起，一把抱住差點昏倒的真琴小姐，兩個人一起跌在地上。

這時，紅線又出現了。線頭從兩人前方鑽出，彎曲成蛇頭狀，扭曲著直逼他們。

呵呵呵呵呵。

屋裡響起一陣笑聲。

我按著發疼的鼻子，撐著地板準備要站起來，卻摸到不是榻榻米的東西。我低頭一看——是稿子。

我反射性地拿起稿子，一口氣撕成兩半。

線頭發出不協調的慘叫，一下全「看」向我。

「來啊！」

我本想氣勢磅礴地大吼，實際發出的卻是混濁不清的嘟噥聲。

我將撕成兩半的稿子疊在一起，用力握在手中。

無數個線頭彷彿箭矢一般向我飛來。正確來說，是直衝我的臉部。

我已做好死去的心理準備。

腦中浮現出湯水先生的屍體和戶波總編，就在這時——

紅線在我眼前猛然停住。

二十一

我能感受到戶波的鼻息。

「我問妳……妳們是怎麼玩德州電鋸殺人狂遊戲的？」

頭髮被她緊緊抓住，我忍不住痛得呻吟。

「屍變遊戲又是什麼？妳又是怎麼扮傑森的啊？」

戶波目漏凶光，顫抖低語。

「給我說清楚。」

她的一字一句刺進我的心裡，我的腦中不斷浮現出各種畫面——和由佳里相處的快樂時光，和她一起在圖書館裡看書、去她家玩、看錄影帶……

我用衣架、大托盤、鐵鎚、菜刀……對由佳里的手、頭、肚子、背、腿……

「我……我什麼都沒有做。」

「還有——」戶波對我的回答充耳不聞，「妳們去看完招牌回來後，由佳里為什麼哭個不停？她出門後不是沒哭了嗎？而且妳為什麼要叮囑由佳里『不可以告訴別人』？不可以告訴別人什麼？妳說啊！」

妳說啊！妳說啊！妳說啊！她彷彿機械一般不斷重複一樣的話。

我的雙頰發燙，臉頰眼睛口鼻裡被淚水、口水和鼻水弄得黏糊糊的。什麼時候變成這樣的？怎麼會這樣？

我沒有做壞事，我明明就沒有做壞事！

為什麼會想起這些畫面？

「喂……」

戶波放開我的頭髮。我睜開眼睛，只見她泫然欲泣，眉頭緊皺、雙唇顫抖。

「那天過後亞紀就自殺了。妳來我家找她、跟我聊完的隔天。」

我茫然聽著她的聲音。亞紀——原來由佳里叫做亞紀。

怎麼會這樣？

「亞紀聽到妳說還想跟她見面時，她的表情……」

戶波虛脫地垂下頭，伏地哭了起來。

我爬起來坐在地板上，擦了擦臉頰，調整呼吸。

好冷……手腳冰到發疼。

我盯著伏在地上的戶波，蜷起身體。

不知道過了多久。

客廳裡只剩下呼吸和嗚咽的聲音。就在這時——

「妳真是個不折不扣的爛人耶。」

戶波用空洞的聲音說。她輕輕呵笑了兩聲，彷彿在嘲笑我一般。

我彷彿聽見美晴的聲音。她也曾說過同樣的話，惡狠狠地瞪著我，語氣裡盡是厭惡。

看來，美晴也知道我跟井原的事，是不小心撞見了嗎？還是聽別人說的呢？

『要不是妳是這種人，我也不能毫無顧忌地破解詛咒。』

所以她才打算殺了我，覺得對我下手也無所謂。

認清這個遲來的事實，我不禁潸然淚下。

淚水模糊了我的視線，矇矓之中，我看見戶波緩緩起身，高高在上俯瞰我。

「所以妳才會產生出這種傢伙，毫無憐憫之心的爛東西！」

她微微看向自己的肩膀。

人偶大概站在她的肩上……不，是趴在她的肩上。

穿著黑色和服、留著妹妹頭、臉上纏滿紅線的詛咒人偶。

全是假的都市傳說、小孩子隨口胡謅的故事。

「正好，我毋須髒了自己的手。」戶波整個人搖搖晃晃，擦了擦淚水後朗聲說：「我只要待在這裡，就會牽連到妳。」

我不發一語地看著她，牽連？什麼意思？

「這傢伙會連周遭的人一起殺害，所以美晴才會在最後一刻把妳趕出保健室。真是個好心人。」

戶波哼了一聲又說：

「我可沒她這麼好心。」

她說完，靜靜地閉上雙眼。

這時走廊傳來開門的聲音，我循聲看去。

「媽媽……」

一個聲音不安地喚道。一片朦朧的視線中，我看見一個小小的身影，咚咚咚地直直向我跑來。

是悠太！他睡到一半醒來，因為害怕而跑來找我。

正當我要呼喚他的名字時——

喔呵呵呵呵呵呵呵。

房裡響起一陣熟悉的笑聲。

野崎和浩先生
真琴小姐

恭喜兩位結婚了。

最近很流行「生前契約」。這份包裹寄到時，我已經用一種特別的方式「壽終正寢」了。恕我無法告訴你們詳情。

兩位今後一定會遇到重重困難，彼此懷疑、發生衝突。

但是無論如何，都請你們永遠不要忘記相識時的初衷——我不會這麼叮囑你們的，因為人是很健忘的生物。

而且婚姻並沒有這麼單純，遺忘並不能解決所有事。

老話一句，你們要一輩子互相體諒、互相扶持。

其實你們兩個根本用不著我操心，但俗話說「苦口婆心」，再加上我真的是個老太婆了，所以就忍不住多嘴了幾句，還請見諒。

微薄之禮略表心意，希望你們會喜歡。

祝兩位百年好合。

戶波彌生

終章

今早好不容易校完這個月的《月刊　胡說八道》，我徒步走到「汐留莊園」。

摩天景觀豪宅矗立在我的眼前。本想抬頭看有多高，但一下就放棄了。坐了一整個上午的辦公室，全身有如結凍般僵硬。

十月份上午已有些許寒意，我將外套拉鍊拉到最高。不知是不是因為冷空氣的關係，景色感覺很緊繃，門口的草皮看上去有些發白。

多麼靜謐的景色啊，靜謐而平和，讓人完全無法相信，這裡半年前曾發生過「謎樣集體死亡事件」。

當時死亡人數超過百人，再加上知名烹飪研究家辻村由佳里和她兒子也在死亡名單之中，這件事被媒體大肆報導，現在偶爾還會在電視上看到。

媒體開始拿「恐怖攻擊」、「陰謀論」大作文章，網路上也是謠言滿天飛。

雖然這些臆測都不是事實，卻比真相更趨近於現實。

時至今日，就連我這個當事人也無法相信，這場災難是「詛咒」所引起。

我走回車站，回家後睡了將近二十四個小時。

悠哉到中午過後，我洗了個澡、比平常更仔細刮鬍子，穿上好一陣子沒穿的西裝。西裝有點緊，看來是我變胖了。

我用早已忘了是什麼時候買的髮蠟抓完頭髮，並且跟領帶搏鬥了幾十分鐘後，好不容易才出門。

去參加野崎先生和真琴小姐的結婚典禮。

婚禮會場看起來是一家「行家才知道的餐廳」，全場約莫有二十名賓客。

晚間六點，新人在我們面前念誓詞、交換戒指。現場沒有神父，沒有牧師，也沒有神社祭司，據說這是相對於「神前婚」的「人前婚」儀式。

之前他們曾跟我說過會場很難找的事。因為真琴的「能力」會在白天招引鳥類，不方便在白天舉行，然而，能在夜間舉行典禮的會場又不多。

儀式順利結束後，喜宴便開始了。有點像普通的聚餐，又有點續攤的氣氛。

我除了新郎新娘以外幾乎都不認識，只能自己一個人坐在空的椅子上，吃著不知名又沒有滋味的料理。

真琴小姐穿著婚紗，過來找我說話。

「謝謝你來參加。」

她栗子色的頭髮往上梳成一個奇妙的髮型。

「恭喜妳。」我露出笑容，「還好我們都平安無事。」

「真的。」說完，她幸福地笑了。

喜宴進行到一半，我回想起半年前的那一天那一刻，在野崎先生家所發生的事。

紅線彷彿失去力量般掉落在地，一邊扭動一邊縮回榻榻米中。其中幾條紅線掙扎一陣後，終於沒了動靜。房間裡留下幾條長達數公尺的紅線。

我們一頭霧水，完全不知道發生了什麼事。

隔天從醫院回來的路上，我看了手機新聞後，才把一切連了起來。

辻村由佳里——里穗死了。

既然詛咒的媒介、源頭不在了，本尊自然無法來這個世界了。

——野崎先生跟我一起離開醫院時，差不多是這樣跟我解釋的。對此我沒有異議。

真琴小姐住院住了一陣子，並於隔月康復出院。她的眼傷並無大礙，傷勢也不嚴重，也因為這樣，她現在才能站在這裡接受大家的祝福。

「這種小而巧的典禮也不錯呢。」

周防拿著啤酒坐到我身邊，心情似乎非常好。新郎新娘只有邀請私底下的朋友，但周防不是，大概是因為他是野崎先生的「心靈同梯」吧。我也不是，我也不清楚他們為何邀請我，唯一想到的理由，就是我們是一起存活下來的戰友。

「是啊。」我回應道，「人也不會太多。」

周防應聲附和後，感慨地說：

「戶波總編應該很想來吧。」

戶波總編去世了，其陳屍地點正是「汐留莊園」——我和野崎先生就這兩點，推論出一套來龍去脈。

岩田把原稿拿給了戶波總編，導致她被詛咒纏身。對此我們沒有確證，也沒有踏進案發現場，據說戶波總編身邊也沒有原稿。我們只是想不到其他可能性，單純就現狀推測罷了。

但能夠確定的是，戶波總編跟那份稿子是有關聯的。

她很有可能是由佳里的媽媽。

就是那個跟里穗有過一面之緣、喜歡看驚悚電影的媽媽。

去參加戶波總編的喪禮時，我從她的一些老朋友和遠親口中，打聽到她的過去。

戶波總編曾有過一段婚姻，並生下一個名叫亞紀的女孩，但亞紀小時候就不幸過世了。

前夫名叫湯刈清志，湯刈唸作Yukari，音似由佳里。

湯刈清志——湯水先生的本名。

他倆曾是一對夫妻，所以警方才會詳細告訴她湯水先生的死因。

佐佐岡和周防都知道這件事。

「我以前曾聽她稍微提過，如果她女兒還活著，差不多跟小真一樣大了。」周防說。

「這樣啊。」我應道。

「是啊。」他將杯子裡的酒一飲而盡，「所以啊，戶波總編還送了他們結婚禮物喔。你知道是什麼嗎？」

「不知道。」

「精選驚悚片DVD和超自然書籍！五大箱喔！」周防用手比出箱子的大小，笑個不停，「這人也真是的，到底多喜歡超自然世界啊。」

周防走向野崎先生，野崎先生雖然看起來很疲倦，卻笑得比平常都還開心。真琴小姐則跟一群女生朋友在拍照。

現場笑聲不斷，酒酣耳熱。

我有一種獨自被留下的感覺。這時，我想起第一次見到戶波總編的事。

面試那天——

見戶波總編領著佐佐岡進入GIGA出版社的會議室，我已吃了一驚。聽到她說自己是總編時，我更驚訝了。理由很簡單，因為她是女人，僅此而已。

面試接近尾聲時，他們問我有沒有問題。

「編輯部裡有沒有不成文的規定呢？默契之類的。」

戶波總編聽完眨眨眼，問佐佐岡說：「有嗎？」

佐佐岡沒有回答，只是歪著頭。

「喔我想起來了！」戶波總編突然笑了，「編輯部裡禁止戀愛！」

佐佐岡一臉無奈。

「之前有個人一直想要追我，工作也不好好做。」她前傾身子瞪著我，威脅道：「千萬不要以身試法，如果你不守規定，就馬上回家吃自己。」

她的表情看起來一點都不像在開玩笑，我被她的氣勢震懾住，僵硬地點了點頭。

「那就好。」戶波總編恢復開朗的表情，「對了，同性也不行！」

我無言以對。

很幸運地，我被錄取了。開始上班後，戶波總編非常照顧我。我常常被周防罵、被佐佐岡嗤笑，有好幾次都對自己失去了信心。這時戶波總編都會關心我、幫我善後。

我對戶波總編充滿了敬佩。雖然我不喜歡工作、跟兩個前輩也不是處得很好，但我非常喜歡戶波總編。

我喜歡她有很多原因，她工作起來比誰都認真，博學多聞，工作能力又強。但追根究底……我一直很想遇到像她這樣的人，一起共事、聊天。

然而……

喜宴結束後，餐廳被散場的賓客擠得水泄不通，往店門口的隊伍以龜速前進。

謝禮是一盒餅乾。

周防離開時顧著講電話，看都沒看我一眼就快步彎過轉角。其他人也三五成群，消失在夜晚的黑暗中。

背後傳來一陣哭聲，我不禁轉過頭。

真琴小姐站在餐廳前，用雙手摀著臉，抖著肩膀哭泣。面前站著一個比她更嬌小、綁著馬尾的女子，旁邊放著一個大大的行李箱。

女子不知道說了什麼，脫掉右手的黑色手套。真琴一邊抽咽，用雙手握住她的手。距離太遠，我看不清那名女子的長相。大概是真琴小姐的朋友吧，原本無法參加，卻特地過來祝福她。

野崎先生站在真琴小姐身旁，不斷向該名女子鞠躬。

我轉過身，獨自往車站走去。

這些事情再再都提醒了我——

所有人都雙雙對對，就只有我孤身一人。

佐佐岡升上總編輯，過去我從沒看他工作得這麼開心過。有次我校稿到一半他親口跟我說，他不屑在女人手下工作。

「做事冒冒失失的，你知道我幫她收過幾次殘局嗎？」

佐佐岡忿忿不平地說。其實我覺得這只是戶波總編個人的問題，跟是不是女人沒關係。但我沒有說出口。

我每天平凡地去上班、工作、回家，忙不過來的時候就睡在公司。我經常在想——

里穗和戶波總編之間究竟發生了什麼事？

雖然有著悲慘的童年、但長大後卻過著幸福日子的里穗，和戶波總編在那間大屋子裡都說了些什麼呢？

我想，她們的話題一定都圍著詛咒轉。可是，即便知道不可能，我還是會想像她倆大聊恐怖書籍、電影和超自然事件的模樣。兩個驚悚迷聊起來，肯定是你一言我一語，聊得欲罷不能吧。我好希望看到她們相處愉快的樣子。

我曾經認真想從稿子裡找出線索，但看了好幾次都沒有收穫。

如今我依然留著那份缺了幾頁的稿子影本。

每每失眠時，我就會讀稿子讀到天亮，懷念戶波總編。

我已經見不到她了，也再也無法和她說話了。

野崎先生得救了，真琴小姐也保住一命。

唯一失去至親的人只有我。

我應該感謝他們倆人捨命相救，卻無法壓抑心中不甘。我覺得上天好不公平，失去戶波總編的痛苦在我心中日漸膨脹。

現在，我獨自看著電腦螢幕。

佐佐岡和周防都下班了，深夜的編輯部裡只有我一人。

我手上拿著原稿，手機裡也有交流簿的翻拍照片。

我將《喪眼人偶》這篇都市傳說寫成文章，到網路上散播，並附上翻拍照片——我在心中想像自己這麼做的畫面。

電腦郵件、手機郵件、簡訊、LINE。

Twitter推文、私訊、Facebook貼文、個版、留言、訊息。

里穗死了，詛咒也失效了。

再也不會有人因此而喪命。

可是，也許會再度出現像她一樣可以發動詛咒的人。

進而成為新的「源頭」，在不知不覺間，將詛咒散播出去。

口耳相傳，又或是像我一樣在網路上貼文。

我一邊回想野崎先生跟我說的理論，一邊在腦中想像——

有一幅常見的日本地圖，上面有一個紅點。

紅點瞬間擴張至日本全國，以迅雷不及掩耳的速度跨過海洋，蔓延至全世界。

隨著笑聲響起，無數紅線從紅點竄出。鮮紅的細線有如蛇隻一般，纏繞住大地。

然後大家都死了。

我、野崎先生、真琴小姐、周防、佐佐岡，還有其他所有人。

無數具沒有眼珠的屍體堆疊在一起。

整個地球被紅線緊緊包住，傳出永無止盡的笑聲。

呵呵呵呵呵呵。

我一個人看著螢幕，腦中不斷想像這樣的畫面。

完

謹此獻給山村貞子和鮎井郁介

〈參考・引用文獻〉

松山ひろし《詛咒的都市傳說　鹿島大明神大追擊》（R's出版）
小池壯彥《四谷怪談——鬧鬼的真相》（學研Plus）

鈴木光司《七夜怪談》（角川ホラー文庫）
小野不由美《殘穢》（新潮社；獨步文化出版）
殊能將之《鏡子裡的星期天》（講談社文庫）
名梁和泉《二樓之王》（角川書店）
織守きょうや《記憶使者》（角川ホラー文庫；台灣角川即將出版）

栗原晴美《栗原晴美（小晴）》（扶桑社）
飛田和緒《飛田和緒的家常菜》（小學館）
阿古真理《小林カツ代和栗原晴美　烹飪研究家與當代》（新潮新書）
中島志保《每天都想吃，「像飯一樣」的蛋糕與馬芬》（主婦生活社）

《寶島別冊》457期
《意猶未盡！驚悚的樂趣！——從吸血鬼德古拉的家譜到連環殺手恐慌的真相》（寶島社）
NEKO CINEMA BOOK-ENTERTAINMENT SERIES VOL.1《The Nightmare from The Movies——驚悚電影～戰慄與怪奇的故事》（NECO PUBLISHING）

＊以上書名部分為暫譯

國家圖書館出版品預行編目資料

喪眼人偶 / 澤村伊智作；劉愛夌譯. -- 一版. --
臺北市：臺灣角川, 2017.06
面； 公分. --（文學放映所；101）

譯自：ずうのめ人形
ISBN 978-986-473-706-2(平裝)

861.57 106006288

文學放映所101

喪眼人偶

原書名＊ずうのめ人形

作　　者＊澤村伊智
畫　　家＊山科理繪
譯　　者＊劉愛夌

2017年6月5日　一版第1刷發行

發 行 人＊成田聖
總　　監＊黃珮君
總 編 輯＊呂慧君
編　　輯＊林毓珊
美術設計＊吳佳昫
印　　務＊李明修（主任）、黎宇凡、潘尚琪

發 行 所＊台灣角川股份有限公司
地　　址＊105 台北市光復北路11巷44號5樓
電　　話＊(02)2747-2433
傳　　真＊(02)2747-2558
網　　址＊http://www.kadokawa.com.tw
劃撥帳戶＊台灣角川股份有限公司
劃撥帳號＊19487412
法律顧問＊寰瀛法律事務所
製　　版＊尚騰製版印刷有限公司
I S B N ＊978-986-473-706-2

香港代理＊香港角川有限公司
地　　址＊香港新界葵涌興芳路223號新都會廣場第2座17樓1701-02A室
電　　話＊（852）3653-2888